제9회 김만중문학상
소설 부문 은상 수상작

박정선 장편소설

제9회 김만중문학상
소설 부문 은상 수상작

─새들의 눈물─

책나무
과무

| 목차 |

은희-미안하다 • 006 / 경하-안개 속에서 • 030 /

동하-운명 속으로 • 054 / 은희-제비꽃 • 096 /

경하-카나리아 • 115 / 동하-해일 • 132 /

은희-악마놀이 • 154 / 동하-분노 • 183 /

경하-초침 소리 • 195 / 은희-검은 밀물 • 212 /

동하-더 사랑하고 싶다 • 227 / 은희-독풀 박새 • 239 /

경하-조심스럽게 • 252 / 은희-산에 오르다 • 264 /

새들도 눈물을 흘린다 • 281

제9회 김만중문학상 소설 부문 은상 소감

'새들의 눈물'이 '새들의 노래'로 변화되는 세상을 소망하며 • 288

제9회 김만중문학상 소설 부문 심사평

감동을 주는 생생한 현장감, 작품을 이끌어 나가는 필력 • 290

은희 - 미안하다

그를 떼어 놓고 돌아섰을 때의 슬픔을 뭐라고 해야 할까. 어떤 불가항력의 운명 앞에 쌔근쌔근 자고 있는 젖먹이 어린 것을 버려두고 도망쳐야 하는 엄마의 심정이 그런 것일까? 그날은 나에게 가장 슬프고 가장 잔인한 날이었다. 그날, 우리를 축복해 준 금빛 햇살과 짙푸른 바다와 살처럼 따뜻한 모래를 박차며 나는 끝없는 허공을 향해 달렸다. 우리가 투숙 중인 호텔이 멀어지고 그와 멀어질수록 이렇게 가면 다시는 만날 수 없는데, 이러면 안 돼, 돌아가야 해, 다시 돌아가야 해, 라고 나를 달래며 억지로라도 발길을 돌리려 했지만 그럴수록 내 몸은 그와 멀어져 갔다. 끝내 호텔이 보이지 않고 괌의 짙푸른 바다도 내 시야에서 사라지고 말았다.

불과 3일 전만 해도 내가 그럴 거라고는 꿈도 꾸지 못했다. 그러니까 도망치기 며칠 전, 경하 씨와 나는 결혼하여 괌의 관광호텔에 여장을 풀었다. 당연히 우리도 다른 신혼부부들처럼 신혼여행의 끝없는 행복에 취했다. 신혼여행 첫날 햇살이 작열하는 바다에서 수영을 즐기며 백설처럼 희고 고운 모래밭을 손잡고 걸으며 웃었다. 그리고 그날 밤 무사히(?) 잤다. 다음 날도 놀다 지치면 야자수 그늘에 앉아 이야기를 나누며 또 웃었다. 신혼여행에서 경하 씨는 나에게 최고의 웃음을 가르쳐 주었다. 그렇게 마음껏 웃어 본 건 내가 태어나 처음이었다. 나는 어려서부터 웃음이 낯설었다. 태어날 때 신이 나에게서 웃음을 제거해 버린 것처럼 웃지 않았다. 엄마도 좀처럼 웃지 않았으므로 엄마를 닮았고 신이 엄마부터 웃음을 제거해 버린 줄 알았다.

연애할 때 경하 씨는 나를 웃게 하려고 무척 애를 썼다. 신문을 갈기갈기 찢어 새처럼 날리다 들켜 버린 엉터리 마술을 보여 주었고 어설픈 원맨쇼를 하기도 했다. 이를테면 "나는 팔불출입니다. 나의 천사 은희 자랑을 시도 때도 없이 하니까요. 그녀는 나를 별로 좋아한 것 같지 않은데 내가 미쳐서 날뛰죠. 그래도 좋은 걸 어쩝니까. 나는 그녀가 이담에 천당에 가더라도, 혹 무엇을 잘못하여 지옥에 가더라도 따라갈 작정입니다. 어때요. 이만하면 괜찮은 팔불출이죠?"라고 읊어 댔다. 나를 웃기자고 하는 말이었지만 황홀한 고백이었다.

꽘의 밤하늘을 바라보며 그는 별만큼이나 많은 아이를 낳아 제멋대로 키우자고 했다. 아이들이 원한다면 학교도 보내지 말고 자기네들이 하고 싶은 대로 내버려 두자고, 나무꾼이 되든지 성자가 되든지, 그러면 나라로부터 애국훈장을 받을지도 모른다면서 웃었다. 부모에게 자식이라곤 오직 자신 하나뿐인 그는 형제가 없음을 안타까워하면서 부모에게 미안하다고 했다. 자기 잘못이 전혀 아닌데도 부모님을 쓸쓸하게 해 드린 것이 항상 마음에 걸린다는 것이었다. 우린 그렇게 행복해하면서 둘째 날 밤도 무사히 잤다. 마음이 여린 경하 씨, 상대의 입장을 배려하는 데 최선을 다하는 경하 씨라 하더라도 신혼여행 세 번째 날, 세 번째 맞이하는 밤엔 그대로 넘어갈 수 없는 태세였다.

그날도 바다에서 수영을 하고 야자수 그늘에 앉아 놀았다. 그리고 서서히 밤이 되자 그는 어서 호텔로 돌아가 우리 둘만을 위해 준비되어 있는 침대에 눕기를 원했다.

"요즘엔 신부 쪽에서 먼저 보챈다던데, 오늘이 벌써 3일째야. 알아?"

그가 나를 향해 웃으면서 말했지만 나는 그때부터 물이 고갈된 샘처럼 웃음이 나오지 않았다. 신혼부부를 위한 밤의 방, 호텔방은 낮과 밤의 분위기가 전혀 달랐다. 바다를 떠다 놓은 듯 낮엔 짙푸른 바다가 방 안으로 성큼 들어온 탓에 바다 같았다. 두렵지 않았다. 그런데 바다가 사라져 버린 밤의 방은 수심처럼 깊었다. 칠흑 같은 어둠으로 포위된 채 아름다운 조명으로 감미롭게 변해 버린 방은 나에게 공포로 다가왔다. 그날 밤에도 경하 씨가 함께 목욕을 하자고 했다. 나는 완강하게 거절했다. 배려심이 깊은 그는 첫날밤처럼 그리고 둘째 날 밤처럼 혼자 목욕을 하고 의기양양하게 나왔다. 목욕탕에서 나온 그는 가운을 걸치지 않았다. 고스란히 알몸이었다.

그런데 툭 불거진 성기, 뜻밖에 그에게도 남자의 성기가 있었다. 전날 밤과 그 전날 밤엔 팬티를 입고 가운까지 걸쳤지만 3일째 밤엔 과감하게 나가기로 작정한 모양이었다. 나는 그에게도 성기가 있다는 것에 충격을 받았다. 혼란스럽기 시작했다. 따뜻하고 선한 경하 씨에게 그런 건 어울리지 않았다. 현기증이 몰려왔다. 대학 때 그는 나에게 관대했으므로 우리는 3년 동안 연애를 하면서 단 한 번도 섹스를 한 적이 없었다. 믿기 어렵겠지만 몇 번의 키스와 손을 잡아 본 것이 전부였다. 경하 씨는 보통 남자였고 당연히 그도 섹스를 하길

원했다. 키스를 하다 보면 가끔 내 가슴을 더듬었고 치마를 만지며 내 감정을 진단했다. 나도 그와 무엇이든 하고 싶었지만, 경하 씨에게 내가 줄 수 있는 모든 것을 다 주고 싶었지만, 몸과 마음이 바다와 육지처럼 전혀 달랐다. 나는 그때마다 소스라치게 놀랐고 경하 씨는 "그래, 결혼할 때까지 꾹 참을게."라고 하며 인내했다. 그리고 약속을 지켜 주었다.

나는 그의 성기를 보지 않으려고 피하면서도, 어려서 동물원에 갔을 때 무서운 동물을 보고 놀라 손으로 눈을 가린 채 손가락 사이로 봐 버린 것처럼, 내 눈은 이미 그걸 보고 말았다. 성기는 조금 움직이는 듯했다. 정말 움직이고 있었다. 세상에서 가장 큰 애벌레처럼 머리를 쳐들며 꺼떡거리는 것 같았고 무엇을 공격할 것처럼 우뚝 일어서기도 했다. 나는 후다닥 목욕탕으로 들어가 문을 잠갔다. 다시는 목욕탕 밖으로 나가지 않을 것처럼 거듭 잠금장치를 확인했다. 샤워기를 틀어 물세례를 맞으며 그의 성기를 머릿속에서 쫓아내려고 안간힘을 썼다. 그럴수록 악착같이 그의 성기가 머릿속으로 파고들었다. 성기는 점점 커지면서 딱딱하고 거칠고 사나운 무기로 변했다. 무기는 내 몸 어딘가를 뚫어 버릴 것처럼 공격해 왔다. 몸이 휘청거리며 목욕탕 벽에 닿는 것 같았다. 이미 내 등이 목욕탕 벽에 닿아 있었고 더 이상 도망갈 곳이 없었다. 겁에 질려 눈물이 솟구쳐 올랐다. 그럼에도 소리 내어 울어서는 안 된다는 걸 기억하며 손으로 입을 틀어막았다.

그것은 다시 애벌레로 변했다. 애벌레가 내 몸을 더듬기 시작했다.

아래 대퇴부를 지나 배꼽을 지나 귓속이며 콧속이며 눈 주위를 기웃댔다. 나는 필사적으로 그것을 떼어 내려고 몸부림쳤다. 그러자 내 입속으로 들어가려고 했다. 내 입에서 악, 하는 소리가 터져 나오고 말았다. 구토가 시작된 것이었다. 구토 소리에 경하 씨가 문을 두드렸다. 정신이 번쩍 들었다. 문이 열릴까 봐 문을 몸으로 눌렀다.

"괜찮아?"

경하 씨가 문에 대고 소리쳤다.

"괜찮아."

나도 큰 소리로 대답했다. 경하 씨는 더 이상 문을 열려고 하지 않았다. 샤워기는 계속 물을 쏟아 내고 있었다. 물소리 속에서 나는 나와 싸우기 시작했다. 앞으로 경하 씨가 어떻게 나오든 그걸 받아들여야 한다고. 지금처럼 이래서는 안 된다는 자책을 수없이 하며 각오를 다지고 또 다졌다. 어차피 나는 경하 씨에게 내 과거를 속인 입장이었다. 지금까지 속인 대로 앞으로도 계속 속이면 되는 일이라고, 그렇게 속이면서 살아가면 되는 거라고 단단히 마음을 다졌다.

나는 새로운 나의 각오를 믿으며 용기 있게 목욕탕에서 나왔다. 경하 씨는 TV를 보면서 목마르게 나를 기다리고 있었다. 괜찮은 거냐고 물었다. 그는 갓 결혼한 신랑이 아니라 의사의 눈으로 나를 바라보았다. 나는 저녁에 고기를 먹은 것이 잘못된 것 같다고 거짓말을 했다. 경하 씨가 열을 감지 해 보고 위와 배를 눌러 봤다. 위를 손으로 꾹 누르며 아프냐고 물었다. 나는 그의 손을 떼어 내며 전혀 아프지 않다고 했다. 그는 손을 떼지 않으려고 했다. 완강했다. 그의 손은 의사의 손에서 점점 신랑의 손으로 변해 갔다. 그의 손이 배꼽 아래로 내려가려고 했다. 나는 소스라치게 놀라며 자리에서 벌떡 일어났다. 경하 씨도 놀라 당황했다. 그는 애써 태연한 척하며 가방을 열고 약을 꺼내 나에게 정성껏 먹였다. 소화제라고 했다. 한 손으로 내 머리를 받쳐 들고 한 손으로는 물을 마시도록 물 컵을 기울여 주었다. 나는 어린아이처럼 물을 받아 마셨다. 그의 손길이 따뜻했다. 왈칵 눈물이 솟구쳐 올랐다.

나는 다시 어떤 일이 있어도 아까처럼 그래서는 안 된다는 각오를 다졌다. 경하 씨의 성기는 흉악한 무기나 무서운 벌레가 아니라 내가 사랑하는 그의 소중한 몸이라는 것만 생각하기로 했다. 그리고 '그건 나에게 사랑을 표현하는 가장 적극적인 방법'이라고 속으로 암송하기 시작했다. 마음이 편안해졌다. 자신감이 생긴 것 같았다. 경하 씨는 아기를 다루듯 내 등을 다독거리며 나를 안아다 자기 옆에 뉘였다. 나는 속옷에 가운을 입었고 그는 여전히 알몸이었다. 그가 내 가슴을 애무하며 가운을 벗기려고 했다. 나는 가운을 단단히 틀어쥐었다.

"설마 오늘도 이걸 입고 자겠다는 건 아니겠지?"

경하 씨는 제법 손에 힘을 주며 가운을 틀어쥔 내 손을 떼어 내려고 했다. 나는 손을 펴야 한다고 생각하면서도 더욱 세게 가운을 틀어쥐며 '경하 씨도 가운 입어요. 제발'이라고 애원했다. 그가 웃으면서 나를 달랬다.

"은희야, 우린 이제 부부야. 대학생이 아니라구. 나는 당신의 몸을, 당신은 내 몸을 마음껏 바라볼 수 있고 즐길 수 있는 거야. 우린 이제부터 사회적 금기에서 벗어났다니까.”

사실 대학생은 사회적 금기에 묶인 것도 아니지만 그는 너그러운 사람이라 그렇게 말했다. 그가 너그러울수록 미안했다. 그럼에도 나는 여전히 그를 경계하고 있었다.

“이런 맹꽁이. 내 몸은 은희 거구. 은희 몸은 내 거야. 그리고 우린 결혼할 때까지 참자는 약속을 잘 지켰잖아.”

그가 나를 안으며 가볍게 웃었다. 나는 그의 목을 끌어안으며 ‘이렇게만 있으면 좋은데 이렇게만 하고 살 순 없을까’라고 속으로 중얼거렸다.

잠시 숨고르기를 한 그가 내 손을 잡아끌어다 자기 성기에 대려고 했다. 딱딱해진 성기의 더움이 느껴졌다. 나는 다시 각오를 다졌지만 두려움이 엄습했다. 곧 내 살이든 뭐든 사정없이 뚫어 버릴 것만 같았다. 그것은 정말 뭐든 뚫어 버리고 마는 무시무시한 힘일 것이었다. 그런 사나운 성기는 따뜻한 경하 씨의 것일 수 없다는 생각이 다시 쳐들어왔다.

“안 돼!”

나는 나도 모르게 외마디 소리를 질렀다. 그는 애써 참는 눈치였지만 고개를 갸웃했다. 경하 씨는 하는 수 없다는 듯 어젯밤처럼 다시 가운을 입었다.

첫날밤과 둘째 날 밤, 그리고 세 번째 밤까지 그렇게 보내고 아침을 맞았다. 다시 호텔방으로 아름다운 바다가 들어왔다. 속이 시원했다. 나는 무시무시한 위기를 넘긴 것처럼 안도했고 그는 허전한 표정을 감추지 못했다. '잘 잤어?'라고 인사를 해 주었지만 첫째 날 아침과 둘째 날 아침과 달리 서먹하게 들렸다.

"어서 옷 갈아입어. 아침 먹으러 가야지."

아침을 먹으러 가자는 말도 메마르게 들렸다. 그런데 이 모든 것은 내 생각인 모양이었다. 그는 태연하게 내 손목을 잡고 식당으로 내려가 생선 요리를 주문했다. 식사를 하면서 그가 내 표정을 살피는 눈치였다. 생선살을 먹기 좋게 잘라 집어 올리며 "입 벌려 봐."라고 했다. 분위기를 어떻게든 재미있게 만들어 보려는 심정이란 걸 내가 모를 리 없었다. 나는 입을 벌리며 생선 조각을 세 번 받아먹었다. 경하 씨도 입을 벌리면서 "아!" 했다. 나도 생선을 그의 입에 세 번 넣어 주었다. 그러다가 또 말이 끊어졌다.

아침을 먹은 다음 커피를 마시러 갔다. 괌에서 가장 유명하다는 마린커피숍은 이미 신혼부부들로 만원이었다. 만개한 꽃밭처럼, 딱 그만한 젊음으로 가득 찬 홀은 분위기만으로도 달콤하고 향기로웠다. 높다랗게 탑처럼 솟아오른 대형 통유리창으로 바다와 아침 햇살이 흠뻑 젖어 들었다. 그것은 해맑은 새로움이었다. 지구는 아침마다 새롭게 태어난다는 것을 말해 주는 것 같았다. 모든 게 청결했다. 그와 반대로 나는 불결했다. 세상이 청결하고 해맑을수록 나는 반대쪽으로 밀려났다.

홍보대사처럼 단정하게 차려입은 남자 종업원이 우리 테이블에 커피를 따라 주고는 "굿모닝" 하며 아침 인사를 했다. 경하 씨가 "땡큐"

라고 답하며 내 커피에 시럽을 넣어 주었다.

"종업원이 굿모닝이라고 인사한 거 뜻 알아?"

커피를 마시면서 경하 씨가 나에게 물었다. 경하 씨는 종업원의 인사에 신이 난 듯했다. 나는 굿모닝이 굿모닝이지 무슨 다른 뜻이 있겠느냐는 표정을 지었다.

"지난밤에 섹스를 잘했느냐는 거래."

경하 씨는 그렇게 말하며 웃었다. 경하 씨가 또 웃음을 유도한 것이었다. 나도 웃으려고 애썼지만 웃어지지 않았다. 겨우 미소만 지었다.

"그런데 우리가 지금까지 그냥 잤다고 하면 믿을 사람이 있을까?"

경하 씨가 사람들을 둘러보며 나지막하게 말했다. 나는 누가 들을까 봐 걱정스럽게 주위를 살폈다.

"아무래도 은희는 왕족이거나 귀족의 후예가 틀림없다는 생각이 들지 뭐야. 옛날에 왕족이나 귀족들은 결혼하고 바로 그걸 하지 않았대. 경우에 따라서는 3년까지도 갔는데, 가장 빨리 한다 하더라도 신혼 밤을 이삼 일 이상을 우리처럼 그냥 보낸 다음에야 했다는 거야. 실은 그게 옳은 일이지. 섹스는 인생을 결정하는 중차대한 문제니까. 인생의 심장이니까."

경하 씨는 미안해하는 나에게 배려를 하느라 말을 많이 했다. 나는 커피만 마셨다. 커피를 마시면서 섹스는 인생을 결정할 중차대한 문제라는 것과 인생의 심장이라는 말에 공감했다. 공감하면서 가슴이 천 길 아래로 쿵 떨어졌다. 만약 가슴이 유리라면 산산조각이 났을 것이었다.

쿵 떨어진 가슴을 경하 씨 몰래 가까스로 추스르며 커플들을 둘러
봤다. 그들은 단 한 커플도 빠짐없이 지난밤에 섹스를 했을 것이었
다. 그리고 경하 씨 말대로 우리가 지금까지 그냥 잤다는 걸 상상하
지 못할 것이었다. 그래서일까, 그들과 우리는 차이가 있었다. 남자
들 팔에 여자들이 푹 안겨 있고 남자들은 여자를 귀여운 아기처럼 다
독거리고 있었다. 일 초라도 떨어져 있으면 상대가 공중으로 사라져
버리기라도 할 것처럼, 서로 꼭 붙잡고 있었다. 우리는 뚝 떨어져 앉
아 있었다. 손님처럼 마주 보고 앉아 있는 커플은 우리 두 사람뿐이
었다.

"이리 와."

경하 씨도 그걸 느꼈는지 나에게 자기 옆으로 오라고 했다. 그러더
니 벌떡 일어나 자기가 내 옆으로 왔다. 오른손으로는 내 손을 잡고
왼손으로는 내 이마를 쓸어 주며 내 눈에 키스를 해 주었다. 그런 다
음 내 눈을 지그시 들여다보며 속삭였다.

"오늘 밤엔 강제로라도 할 거야. 알았지?"

그는 웃으면서 여전히 따뜻하고 너그럽게 말했지만 오늘 밤엔 하늘
이 무너져도 하고야 말겠다는 각오가 느껴졌다. 커피 잔을 든 내 손
이 파르르 떨렸다. '강제'라는 말이 가슴 한쪽을 슥 베고 지나갔다. 손
떨림이 멈추지 않았다.

"은희를 내가 잘못 길들였어. 선화도에서 키스할 때 시작했어야 했
는데. 그날도 키스만 한 건 우리뿐이었다는 거 알기나 해?"

선화도는 경남 지역에 있는 섬인데, 그때 경하 씨는 의대생이었고

방학 때 의료봉사를 떠났었다. 봉사정신을 기른다는 취지로 옛날에 했던 걸 S대 의대에서 다시 부활한 것이었다. 나는 과가 달랐지만 경하 씨를 따라나섰다. 모두 커플끼리 갔었다. 밤이면 커플들끼리 바닷가 어디론가 흩어졌다. 그들이 어디서 무얼 했는지 알 수 없었다. 우리는 경하 씨 말대로 키스만 했었다. 그날 섹스까지 하지 못한 걸 억울해한 것 같은 경하 씨의 말에 나는 대꾸할 말이 없었다.

신혼부부들이 이야기를 하면서 장난을 치기도 했다. 여기저기서 신부들이 까르르 웃는 소리가 들렸다. 해변을 향해 밀려오는 파도처럼 그녀들의 웃음소리가 모조리 나를 향해 날아들었다. 나를 비웃는 것만 같았다. 경하 씨는 커피를 마시면서 웃음소리에 끌려 주위를 두리번거렸다. 웃음소리는 계속되었다. 정말 나를 비웃었다. 비웃기만 한 게 아니라 '섹스를 거부하면서 뻔뻔하게 결혼을 하다니.'라고 책망하기 시작했다. '섹스를 거부한다는 건 인간이기를 포기하겠다는 선언이지.'라고 나를 몰아붙였다. 웃음은 갈수록 강도를 높여 갔다. "과거를 숨기고 감히 결혼을 하다니, 넌 위선자야."라고 했다. 웃음은 끝내 "저토록 순결한 경하 씨를 망치려고?"라며 나를 압박했다.

숨이 막혔다. 멀미하는 것처럼 속이 울렁거리기 시작했다. 경하 씨 몰래 손바닥으로 가슴을 쓸어내려 봤지만 소용이 없었다. 자리에서 일어났다. 경하 씨가 어딜 가느냐고 물었다. 화장실에 간다고 했다. 중간쯤 가다가 다시 돌아와 핸드백을 어깨에 멨다. 아무래도 토할 것 같고, 토하고 나면 화장을 고쳐야 할 것이었다. 예상했던 대로 화장실에서 아침 먹은 걸 모조리 토했다. 갈색 커피까지 토해 내고는 세

면대에서 얼굴과 손을 씻었다. 옆에 두 여자가 있었다. 두 여자도 손을 씻으며 말을 주고받았다.

"얘, 니 신랑 어때?"

"끝내주지. 어젯밤에 세 번이나 했거든."

"우린 술 때문에 망쳤어. 겨우 한 번하고 만 거야. 그것도 시시하게. 대신 오늘 밤엔 끝내주겠다고 큰소릴 쳤으니까 기대해 봐야지. 그런데 니 신랑 그렇게 대단한 줄 몰랐는데?"

"그게 겉으로 나타나니? 그거야말로 해 봐야 아는 거잖아."

"맞아. 아무튼 부럽다."

신혼여행도 친구끼리 함께 오는지 두 여자가 신혼 밤일을 태연하게 주고받았다. 경하 씨의 말대로 요즘엔 신부가 보챈다는 말이 현실인 모양이었다. 그녀들이 손을 씻고 후다닥 나가 버린 다음에도 나는 계속 손을 씻었다. 다시 속이 매스꺼웠다. 여자들이 주고받던 말이 내 속을 더 매스껍게 만든 탓이었다. 세상이 온통 섹스로 뒤덮인 듯했다. 아니, 사람들이 섹스를 위해 사는 것만 같았다. 하긴 경하 씨 말대로 섹스는 인생의 심장이니 그럴 것이었다. 그렇더라도 나는 손을 씻고 또 씻으며 진저리를 쳤다. 다른 여자들이 들어와 나를 힐끔힐끔 쳐다보면서 고개를 갸웃거릴 때에야 물이 제멋대로 흐르고 있다는 걸 알았다. 나는 물을 의식하지 못한 채 손을 뽀드득뽀드득 계속 문지르고 있었다.

화장실에서 나와 우뚝 선 채로 경하 씨가 있는 쪽을 바라보았다. 경하 씨는 화장실 쪽을 잠깐 바라보더니 시계를 보고 있었다. 나를 기다리는 것이었다. 오늘 밤을 기대하는 경하 씨의 얼굴이 행복해 보였다. 잠시 망설였다. 1분도 안 되는 짧은 시간에 내 머릿속에서 지구를 낱낱이 분석할 정도로 수많은 생각이 교차했다. 그리고 회전하던 지구가 갑자기 멈춘 것처럼 내 의식의 모든 것이 몇 초 동안 정지했다. 결단의 순간이었다. 나는 경하 씨가 있는 테이블 쪽 반대편 문을 통해 빠른 걸음으로 커피숍을 빠져나오고 말았다. 무작정 바닷가로 나갔다. 아침 햇살이 모래 속으로 스며들기 시작하고 있었다. 허공을 향해 질주하듯 드넓은 모래밭을 달리기 시작했다.

지금은 아침이지만 갑자기 지구가 사라져 버리지 않는 이상 오늘도 어김없이 밤이 온다는 불변의 진리를 생각하면서 미친 듯이 뛰었다. 오늘 밤엔 참지 않을 것이며 강제로라도 할 것이라는 경하 씨의 다짐을 생각하자 몸에 날개가 달린 것 같았다. 달리면서 꿈을 꾸는 것 같았다. 나는 초등학생 때부터 어딘가를 향해 끝없이 달리는 꿈을 자주 꾸었다. 늘 쫓기거나 도망을 치는 꿈이었다. 외할머니는 키 크는 꿈이라고 했다. 그땐 정말 그런 줄 알았다. 그런데 지금 이렇게 도망치기 위해 어려서부터 예행연습을 했던 것인지도 모른다는 생각이 들었다. 얼마나 달렸을까. 길고 긴 모래밭을 거의 벗어났을 때 내 속에서 "이 정도면 죽어야 하잖아?"라는 말이 들려왔다. 명령이었다. 내 나이 26세, 어쩌면 너무 오래 살았는지도 모를 일이었다.

지금까지 나를 버티게 해 준 것들을 생각했다. 물론 나는 크리스천이므로 신앙이라고 말해야 할 것이다. 신앙생활을 하는 사람들은 슬픔도 기쁨도 무조건 하나님 뜻이라고 표현하기 때문에. 그런데 나의 신앙관은 적어도 현실적인 내 고통을 덜기 위해 갖는 것은 아니었다. 신앙은 현실적으로 눈앞에 빤히 보이는 인간의 자질구레한 행복과 불행에 관여하는 형이하학적인 것이 아니라 눈에 보이지 않는 훨씬 위에 있는 형이상의 무엇이라는 생각이었다. 그렇다면 무엇이 나를 여기까지 지탱하게 해 주었는지 자문했다. 초등학교 때부터 중학교까지는 외할머니 때문에 견뎠고, 외할머니가 돌아가신 다음 고등학교 시절은 이모 때문에, 대학 시절은 경하 씨 때문에 견딜 수 있었다는 것이 마치 통계표처럼 일목요연하게 정리되었다.

그러니까 내 의지는 아무것도 없었다. 있을 턱이 없었다. 그러므로 나는 오래 살았고 죽어도 될 것이었다. 죽는 방법을 생각했다. 눈앞에 바다가 있었다. 신이 나를 위하여 바다를 준비해 놓은 것 같았다. 바다 품속으로 깊숙이 들어가 버리기로 했다. 나를 환영하듯 멀리 수평선 끝에서 하얀 뭉게구름이 꽃처럼 피어올랐다. 괌의 바다가 특유의 코발트빛을 자랑하면서 어서 오라고 손짓했다. 파도가 나를 쓸어 갈 것처럼 일어섰다. 달리는 속력을 줄이고 몸을 바다 쪽으로 돌렸다. 오전이라 아직 물놀이 커플도 없었다. 좋은 시간이었다. 바닷속으로 성큼성큼 들어갔다. 수평선 저쪽에서 태양에 빛나는 물비늘이 천국의 계단처럼 반짝이고 있었다. 나는 그곳을 향해 물의 압력을 헤치며 전진했다. 물이 무릎을 거쳐 점점 차오르자 바다의 힘이 느껴졌다. 지구의 모든 바다가 힘을 합해 나를 품어 가려고 했다.

몸이 휘청거리기 시작했다. 그때 누군가 "위험해요!"라고 소리쳤다. 남자 두 명이 득달같이 달려들어 나를 붙잡아 끌어냈다. 이렇게 되면 시끄러워질 것이었다. 사람들이 모여들 것이고, 경하 씨가 쫓아올 것이었다. 나는 두 남자를 뿌리치며 다시 뛰기 시작했다. 두 남자가 뒤쫓아 왔지만 죽을힘을 다해 달리는 나를 따라잡지 못했다. 뛰면서 죽더라도 괌에서 죽으면 안 된다는 걸 알았다. 그러면 경하 씨가 힘들어질 것이었다. 일단 서울로 돌아가기로 했다. 나는 무사히 괌을 빠져나와 비행기를 탔다. 그리고 비행기가 서울을 향해 괌의 바다 위를 날 때에야 경하 씨를 혼자 남겨 두고 온 괌을 내려다보았다. "미안해 경하 씨, 미안해."라고 속으로 소리치며 우는 동안 비행기가 목적지에 도착했다.

간첩처럼 몰래 서울로 잠입했다. 지금부터 어떻게 해야 할까? 무엇을 어떻게 해야 할지 몰랐다. 나를 가장 잘 헤아려 줄 것 같은 이모를 찾아갈까 생각했지만 이모에게 내가 왜 이런 행동을 하는지에 대해 설명할 자신이 없었다. 아무리 생각해도 갈 곳이 없었다. 사면초가에 갇힌 포로처럼 아득했다. 다시 죽는 문제에 대해 생각해 보았다. 모텔에서 죽는 사람들이 종종 뉴스에 나온 것을 떠올리며 모텔로 갔다.

방 안에 들어서자 알 수 없는 냄새가 정말 죽음의 냄새처럼 왈칵 달려들었다. 밤이 깊도록 방 안을 서성거렸다. 경하 씨가 귀신처럼 알고 문을 두드릴 것만 같았다. 다시 경하 씨 걱정으로 마음이 어지러웠다. 도망치는 것으로도 모자라 신혼여행 중 신부가 실종 상태에서 죽었다면 경찰은 맨 먼저 신랑에게 혐의를 둘 것은 상식이었다. 내가 죽은 이유를 찾을 때까지 경하 씨는 경찰로부터 자유스럽지 못할 것이었다. 나로 인하여 힘든 시간을 보내야 할 경하 씨를 더 고통스럽게 만들 수는 없었다.

함부로 죽을 수도 없다면 멀리 가기로 했다. 모텔에서 나오자 막상 갈 곳이 없었다. 서울에서 가장 멀리 갈 수 있는 곳이 남쪽이라는 생각으로 서울역에서 경부선 고속기차를 탔다. 기차의 속력만큼이나 빠르게 지나가는 산을 바라보며 비로소 '사랑하므로 떠난다'는 말을 실감했다. 그런 말은 대중가요나 영화, 그리고 문학에서만 통용되는 줄 알았는데, 나도 경하 씨를 사랑하기 때문에 그의 곁을 떠난다고 말하고 싶었다. 이런 나를 향해 세상 사람들은 연애할 때 헤어지지 왜 결혼까지 해서 한 남자의 가슴에 상처를 주느냐고 질타할 것이 뻔했다. 정말 그랬어야 했다. 그런데 연애 중에 경하 씨는 나의 유일한 지지대였고 나에게 결핍되어 있는 모든 것을 채워 준 탓에 그런 생각을 할 겨를이 없었다. 너무 행복하고 너무 따뜻해서 내 속에 잠복해 있는 복병을 전혀 생각하지 못했었다.

내가 그런 변명을 할 동안 기차가 종착역인 부산역에 닿았다. 막상 부산에 닿자 서울과 부산이 너무 가깝다는 생각이 들었다. 고속기차로 불과 2시간 30분 거리인 부산도 내가 숨을 곳이 못 되었다. 역 광장에 선 채로 하늘을 향해 구름을 바라보았다. 구름들이 부지런히 어디론가 흘러가고 있었다. 나도 그렇게 어디론가 계속 가야 한다고 생각할 무렵 머릿속으로 번개처럼 지나가는 것이 있었다. 나는 미리 예정되어 있거나 누군가의 인도를 받는 것처럼 경남으로 가는 버스터미널로 갔다. 경험이란 참 중요한 것이었다. 그때의 추억이 나를 그

리로 인도해 준 것이었다. 선화도에 간 건 대학 2학년 때였으므로 5
년 전이었다. 버스를 타고 3시간 동안 경남 K읍으로 갔고, 그곳에서
버스를 갈아타고 1시간쯤 더 간 다음 바닷가 마을에서 다시 배를 타
고 선화도로 갔던 기억이 생생하게 떠올랐다. 고향을 찾아가듯 그쪽
으로 갔다.

　버스가 K읍에 내려 주자 다시 버스를 갈아타고 종점인 바닷가 마을
로 갔다. 그리고 바닷가 마을에서 배를 타고 30여 분쯤 달려 섬에 닿
았다. 마치 지구 끝에라도 온 것 같았다. 서울과 멀어질 대로 멀어졌
다는 생각에 비로소 안도가 되었다. 낯설지 않은 선화도는 그대로였
다. 배에서 내려 마을로 진입하면서 그 집을 찾았다. 바닷가에서 가
장 먼저 만나는 집, 곧 쓰러질 것만 같은 집이 아직도 그 자리에 있었
다. 그때처럼 낮은 돌담이 둘러쳐진 마당에 비파나무와 태산목이 우
뚝 서 있고 파도 소리가 가득했다. 태산목은 목련을 닮은 하얀 꽃을
높은 가지 끝에 피워 올렸고 비파나무는 짙은 녹색 잎에 솜털이 무성
하게 돋아나 있었다. 어린 소녀와 귀먹은 할머니가 살고 있었는데 아
직도 살고 있는지 궁금했다. 봉사를 왔을 때 귀먹은 할머니는 손을
다쳐 치료를 받았고 소녀는 배가 아파 약을 타 갔다.

　돌담 너머로 집 안을 살펴보았다. 할머니와 소녀가 아직까지 살고
있었다. 반가웠다. 따뜻한 봄 햇살을 향해 방문이 활짝 열려 있었다.
소녀는 초등학생쯤으로 자랐고 할머니는 더 늙어 보였다. 툇마루에
두 사람이 나란히 앉아 있었다. 소녀가 아픈지 할머니가 죽을 먹이려
고 애썼다. 소녀가 먹지 않겠다고 고개를 살래살래 흔들었다. 말을

못하는 할머니가 가슴을 치며 또 한 숟갈을 떠서 먹이자 소녀가 억지로 받아 삼키려다 토해 내고 말았다. 음식을 먹지 못하는 소녀는 눈물을 흘리고 있었다. 소녀가 무척 슬퍼 보였다. 집 안으로 들어가 아는 체를 하면서 내가 먹여 주고 싶었지만 죄를 짓고 쫓기는 죄인 같은 처지라 그럴 용기가 나지 않았다.

발길을 돌려 그때 민박을 했던 집을 찾아갔다. 바다와 가까운 민박집도 그대로였다. 나는 주인아줌마를 알아봤지만 주인아줌마는 5년 전 나를 알아보지 못했다. 아줌마는 여름이 아니면 좀처럼 서울 손님이 오는 법이 없다면서 무척 좋아했다. 얼마나 있을 거냐고 물었다. 아줌마가 묻는 '얼마나'에 대한 대답이 나오지 않았다. 그건 내가 앞으로 얼마나 살 것인가에 대한 질문이었고 나로서는 대답을 할 수 없는 문제였다. 그래도 대답은 해 주어야 했다. 잠시 망설이다가 될 수 있는 대로 오래 있겠다고 했다.

섬은 경하 씨의 웃음소리로 가득했다. 바다에는 메아리가 없는데도 파도며 갯바위며 몽돌 등등 모든 것에서 그의 웃음소리가 바다를 울리고 있었다. 그때 3박 4일 동안 하루하루 봉사가 끝나면 선화도의 해산물로 가득 차려진 저녁을 먹고 밤을 즐겼다. 노래를 부르고 연극도 했다. 두 번째 날 밤, 노래도 연극도 끝나고 커플들끼리 어디론가 흩어졌다. 경하 씨도 내 손목을 잡고 멀찍이 떨어진 곳으로 갔다. 오직 별과 파도만 있는 곳, 파도가 바위에 포복하는 소리를 들으며 경하 씨는 나에게 첫 키스를 했다. 첫 키스는 감격스러웠다. 감당할 수 없는 황홀감에 휩싸였다. 어느 소설에서 파도치는 밤 바닷가에서의 키스는 성스러울 지경으로 감미로운 것이라고 묘사했던 걸 읽은 적이 있었다. 맞는 말이었다. 총총한 밤하늘의 별과 장엄하게 울려 퍼지는 파도 소리를 들으며 키스하는 순간이 무슨 성스러운 의식이라도 치른 듯 경건하고 엄숙하기까지 했다. 그렇게 첫 키스를 하면서 끝없는 감격 속으로 빠져든 나는 마치 신 앞에 고백하듯이 나의 모든 것을 경하 씨에게 말하고 싶어졌다.

"경하 씨, 나 할 말이 있어."

"나중에 해. 지금은 아무 말도 하지 말자. 응."

"아니야, 지금 해야 해."

"필요 없어. 아무 말도 하지 마."

경하 씨는 키스를 하고 또 하면서 나를 풀어 주지 않았다. 그때 이모가 했던 말이 떠올랐다. 내가 중학교에 막 입학했을 때였다. 이모가 써 놓은 글이 있었고 나는 아무 생각 없이 무심코 읽으려고 했다. 그러자 이모가 기겁을 하며 빼앗아 버렸다. 나는 깜짝 놀라며 미안해했지만 한편으로는 섭섭했다. 언제나 나에게 다정하고 친절한 이모였기 때문이었다. 내가 미안해하자 이모는 이모대로 나에게 미안해하면서 사람은 누구에게나 비밀이 있을 수 있는데 남에게 절대로 말해서는 안 되는 비밀이 있을 수 있고 말을 해도 되는 비밀이 있다고 했다.

그때 이모가 했던 말 '절대로 말해서는 안 되는 비밀'이라는 말이 불꽃처럼 혀를 날름거렸다. 만약 말을 해 버린다면 불꽃이 나를 숯덩이로 만들어 버릴 것만 같았다. 나는 단단히 입을 봉해 버렸다. 그리고 이 세상을 떠나는 날까지 경하 씨에게 절대로 그런 말을 해서는 안 된다는 결심을 하며 눈을 떴다. 아무것도 모른 경하 씨는 키스를 끝내고 행복한 표정을 감추지 못한 채 나를 바라보았다. 나에게 '아까 무슨 말을 하려고 했지?'라고 물어볼 줄 알았지만 경하 씨는 묻지 않았다. 키스의 여운에 취해 잊어버린 것 같았다.

봄이 한창인 선화도는 산과 바다가 한꺼번에 바빴다. 산에서는 나물을 뜯고 바다에서는 해초를 뜯었다. 물속이 얕은 바위에서는 파래와 김을 뜯고 물 깊은 곳에서는 톳과 우뭇가사리를 건져 올렸다. 파래를 뜯던 젊은 여자가 향기의 여왕이라는 만병초 꽃그늘에 앉아 아기에게 젖을 물리고 있었다. 진달래를 닮은 하얀 꽃이 바람을 탈 때마다 향기가 퍼졌다. 향기 속에서 취한 듯 아기에게 젖을 먹이는 엄마와 젖을 먹는 아기가 천상의 풍경처럼 보였다. 아기에게 젖을 물리는 모습을 처음 본 나는 가슴이 뛰었다.

아기는 열심히 젖을 빨며 엄마의 눈을 뚫어져라 쳐다보고, 엄마는 아기 엉덩이를 찰방찰방 두드려 주면서 아기의 눈을 지그시 내려다보는 것이었다. 아기는 한 손으로 엄마 한쪽 젖을 만지며 젖을 먹었다. 작은 손가락이 하얀 젖무덤 위를 사슴벌레처럼 꼼지락 꼼지락 기어 다녔다. 아기와 엄마의 행복한 교감에 나는 전율했다. 엄마는 아기에게 양쪽 젖을 번갈아 가며 먹이고, 양쪽 젖을 다 먹고 난 아기의 눈과 내 눈이 마주쳤다. 아기가 처음 보는 나를 향해 활짝 웃었다.

엄마가 떠올랐다. 나에게 젖을 먹여 본 적이 없었다는 것, 눈 한 번

맞춰 보지 못했다는 것, 내 엉덩이 한 번 두드려 주지 않았다는 것 등등이 떠올랐다. 의사라는 직업은 항상 바쁘다고 했다. 나는 바쁜 엄마를 이해하려고 애썼다. 그러면서도 늘 그립고 야속했다. 정말 단한 번도 엄마는 나에게 눈을 맞추면서 젖은커녕 우윳병 한 번 물려 준 적이 없었다. 그래서 나는 엄마 눈 속을 알지 못했다. 나처럼 엄마도 내 눈 속을 모르기는 마찬가질 것이었다. 내 눈 속에 별이 있는지 눈물이 있는지 전혀⋯⋯. 서울역에서 기차를 탈 때 엄마를 생각했었다. 내가 하고 있는 행위에 대해 나중에 엄마가 감당해야 할 일들을 생각하자 엄마에게 미안했다. 전화를 걸어 '죄송해요. 지금 아무 말도 할 수가 없어요. 엄마 사랑해요.'라고 마지막 인사라도 할까 했지만 그만두고 말았다. 용기가 나지 않았다. 정확하게 말하면 위선이란 생각이 들었다.

대학 2학년 첫 학기부터 나는 집을 나와 기숙사에서 졸업할 때까지 생활하면서 집에는 거의 가지 않았다. 내가 집을 멀리한 것처럼 엄마도 나와 하루빨리 멀어지고 싶었던지 나를 일찍 결혼시키려고 대학을 졸업하기만 기다리고 있었다. 물론 나도 경하 씨와 빨리 결혼하고 싶었지만 직장이 확정될 때까지 학원 강사 아르바이트를 하면서 기다리기로 했다. 나는 국어과 중등교사임용시험에 합격했으므로 곧 발령을 받을 수 있었다. 그런데 서울 시내는 좀처럼 자리가 나지 않았다. 나는 경하 씨 직장이 있는 서울 시내를 원했고, 교육청에서 서울 시내는 3년 정도 기다려야 한다고 했다. 얼마든지 기다릴 수 있었다. 그런데 결혼을 먼저 했다. 엄마는 마치 죽음을 눈앞에 둔 사람처럼 부랴부랴 내 결혼을 서둘렀다. '왜 그럴까? 엄마는 왜 그렇게도 내 결혼을 서두를까?' 하고 생각하다가 고마운 생각이 들었다. 경하 씨와 빨리 결혼한다는 것, 나로서는 꿈같은 일이었다.

섬은 거침없는 바람과 파도를 안고 있었지만 고요했다. 결코 육지와 연결될 것 같지 않았다. 태양은 바다 끝에서 솟아올라 하루 종일 섬의 하늘을 횡단하다 다시 바다 끝에서 사라졌다. 나는 다음 날도 그다음 날도 망부석처럼 앉아 바다를 바라보았다. 전날보다 바람이 더 불고 파도가 크게 일었다. 파도로 뒤덮인 바다를 돌고래 떼가 지나가고 있었다. 선화도 사람들이 함성을 지르며 배를 내기 시작했다. 돌고래를 잡으러 가는 것이었다. 멀리 돌고래를 잡으러 가는 사람들의 배와 돌고래가 어우러지는 것이 보일락 말락 했다.

그런데 사람들이 그냥 되돌아와 작살을 던질 수가 없었다면서 이야기를 주고받았다. 고래들이 새끼들을 등에 업고 가기 때문이라고 했다. 결혼하기 전, TV로 본 중국 어느 바다가 떠올랐다. 겨울 바다였다. 험한 파도가 뒤덮여 있는데 엄마 돌고래가 아기 돌고래를 업고 어디론가 가고 있었다. 파도가 엄마 등에서 아기를 쓸어내렸다. 엄마는 다시 아기를 찾아 등에 업었다. 계속 파도가 아기를 쓸어내렸지만 엄마는 끝까지 아기를 찾아 업고 파도를 헤치며 전진했다. 아기 돌고래는 생후 한 달 된 것이었고 아직 핏빛이 사라지지 않아 몸 색깔이 연분홍빛이었다. 아기 돌고래는 어부들의 불법 포획 습격을 받아 몸에서 피가 흐르고 있었다. 엄마 돌고래는 아기 돌고래가 이미 죽은 것도 모르고 아기를 등에 업고 어디론가 가는 것이었다. 네티즌들은

"아가 너를 집으로 데리고 가마"라는 제목으로 글을 올리며 슬퍼했다. 나도 아기 돌고래를 위해 글을 올렸다. "죽더라도 엄마 등에 업혀 있으니 넌 행복하겠구나."라고 썼다. 문득 작살을 던질 수 없었다는 선화도 사람들이 고마웠다. 돌고래처럼 내가 죽더라도 나를 업고 집으로 가는 그런 엄마를 그리워하며 바닷가에서 오래오래 울었다.

다음 날부터는 숲으로 들어갔다. 바다는 자꾸 눈물을 부추긴 탓이었다. 주변을 차단한 울창한 숲은 몸과 마음을 은둔하기에 알맞았다. 섬의 거센 해풍이 올라와 나뭇가지를 흔들었다. 바람이 나뭇가지를 흔들어도 나무들은 제자리에 붙박아 선 채 끄떡하지 않았다. 나도 그런 나무가 되고 싶었다. 아폴론의 끈질긴 구애를 물리치기 위해 월계수로 변신한 다프네처럼 나도 나무가 되어 몰래 살고 싶었다. 나무들은 살아 있고 나무에게도 영혼이 있다는 신화를 떠올리며 나무의 가슴에 귀를 대 보았다. 물의 흐름과 나이테가 느껴졌다. 동심원을 그린 선의 마디와 물관이라는 혈관의 움직임이 내 심장을 관통했다. 나무의 혈관을 타고 내 심장을 거쳐 새들의 울음소리가 들려왔다. 새들의 울음소리는 귀를 통해 들려오지 않고 심장을 통해 들려온 것이었다. 그건, 내가 경하 씨에게 마지막으로 해 줄 수 있는 선물인 것처럼 멀리 섬 밖을 향해 우는 내 울음소리였다.

며칠 동안 숲을 헤매던 끝에 몸져눕고 말았다. 몸은 천 근 무게로 내려앉았고 말을 하기조차 어려울 지경으로 목이 잠겼다. 자꾸 눈이 감겼다. 이대로 누운 채 눈을 뜨지 못할 것 같다는 생각이 들었다. 미친 듯이 꽝의 모래사장을 뛰어 선화도까지 왔고 선화도 바닷가에서,

산에서, 몇날 며칠을 울었으니 그럴 것이었다.

"여기 누워 있을 게 아니라 어서 병원에 가 봐야 할 것 같구만."

인정 많은 주인집 아줌마가 비싼 전복죽을 쑤어 주면서 자식처럼 걱정을 했다. 몸이 아프지 않더라도, 또 주인집 아줌마가 그렇게 말하지 않더라도 선화도에서 언제까지 머무를 수는 없었다. 살아 있는 이상 엄연한 현실을 살아야 할 것이었다. 읍내에서 버스를 갈아타고 선화도로 올 때 학원 간판이 즐비한 것이 떠올랐다. 우리나라는 어딜 가나 학원 천국이라는 것이 고맙다는 생각이 들었다. 아줌마 말대로 읍내로 나가 병원에서 주사라도 맞은 다음 학원 강사 자리를 알아보기로 마음먹었다.

경하 - 안개 속에서

　화장실에 간 은희는 좀처럼 돌아오지 않았다. 나는 화장실 쪽을 여러 번 바라보았다. 한 번, 은희 얼굴이 별똥별처럼 반짝하고 지나갔었다. 당연히 테이블로 올 줄 알고 기다렸다. 그런데 번개처럼 스치는 예감을 육감이라고 하던가, 이상했다. 화장실에 간 은희가 나에게로 돌아올 것은 당연한 일인데, 어서 일어나 은희의 손목을 잡고 데리고 와야 한다는 생각이 스쳤다.

　나는 빨리 자리에서 일어나 화장실 쪽으로 가야 한다고 생각하면서도 일어나지 않았다. 육감은 나를 일으키려 했지만 머리가 일어나지 못하게 막아 버린 탓이었다. 아무리 신혼여행이라지만 신랑이 화장실까지 신부를 데리러 가는 건 너무 지나친 애정 표현이라는 생각이 들었다. 그리고 화장실에 간 신부를 데리러 간 신랑은 아무도 없었다. 나는 점점 조급하게 시계를 보고 또 보았다. 은희는 좀처럼 돌아오지 않았다. 돌아오지 않을 것만 같은 불길한 예감에 사로잡혔다.

　코발트빛을 자랑하는 괌의 푸른 바다가 장맛비를 몰고 오는 먹구름처럼 시커멓게 변해 버리고 말았다. 마린커피숍을 해체하듯 구석구석 뒤지기 시작했다. 은희는 다음 날도 그다음 날도 돌아오지 않았다. 괌의 모래알을 하나하나 헤아리듯 해변을 뒤졌다. 할 수만 있다면 바닷물을 미세한 거름종이로 몽땅 걸러 내고 싶었다. 은희는 괌 어디에도 없었다. 돌 틈 사이에도, 키 큰 야자수 나무 아래에도, 바람 속에도 없었다.

관할 경찰서에서 괌에서는 더 이상 찾을 곳이 없다며 결론을 내렸다. 더 이상 나 혼자 감당할 수 없는 문제가 되고 말았다. 양가 부모님들에게 알려야 할 것이었다. 겁이 났다. 그렇더라도 은희 부모님에게는 서둘러 알려야 했다. 은희 아버지 나중범 부장검사가 전화를 받았다.

"아버님, 은희가."

"은희? 은희가 왜?"

"은희가 며칠째 돌아오지 않습니다."

"싸웠나?"

"아닙니다. 전혀."

"그럼 오겠지. 기다려 봐."

"사흘째입니다. 올 사람이면 벌써 왔겠지요. 경찰들도 괌에는 없는 것이 확실하다고 합니다."

"뭐야? 이유 없이 사람이 사라질 리가 없잖아? 말해 봐."

"이건 이유라고 할 수는 없지만, 첫날밤부터 은희가……."

"은희가 첫날밤부터 어쨌다는 거야?"

"……."

"어서 말해 보라니까. 숨길 생각 말고 솔직하게 말하란 말이야."

당연히 은희 아버지가 놀랐다. 나는 차마 섹스를 못했다는 말을 할 수가 없어 말이 막혔고, 은희 아버지가 격앙된 목소리로 다급하게 재촉했다. 나머지 말을 해야 했다.

"은희가 잠자리를 거부한 것, 아니 미룬 것 말고는 맹세코 아무 일도 없었습니다."

은희 아버지는 말이 없었다. 점잖은 분이 듣기가 민망했을 거라고 생각하며 후회했다. 내가 뭘 숨기는 게 있다고 의심하는 것에 놀라 나도 모르게 그만 실토하고 만 것이었다.

"여기로 오실 거죠?"

은희 아버지는 대답이 없었다. 묵묵부답으로 몇 초가 흘렀다. 나에게 화도 내지 않았다. 그리고 조용히 입을 열었다.

"중요한 재판 때문에 곧까지 가는 건 곤란해. 자네도 알다시피 지금 정치적으로 예민한 시기잖아."

"그럼 은희 어머니만 오시는 건가요?"

"더 기다려 봐. 그리고 이젠 자네 사람이야. 모든 건 자네가 책임져야지."

"지금 누가 책임을 지느냐 마느냐가 중요한 게 아니지 않습니까!"

내 말투는 상당히 격앙되어 있었다. 지칠 대로 지친 데다 뜻밖의 반응에 놀란 탓이었다.

"자네, 지금 나에게 큰소리 쳤나?"

"책임보다 사람 찾는 일이 더 중요하기 때문입니다. 아무튼 무슨 대책을."

내가 그쯤 말했을 때 전화가 끊어지고 말았다. 세 번이나 다시 걸었지만 받지 않았다. 보통 그런 일이 발생하면 부모들이 이유를 불문하고 허겁지겁 현지로 달려오는 것이 상식일 것이었다. 계속 기다렸지만 3일이 지나도 오지 않았다. 부모님으로서 이상한 반응이라는 생각이 들었다. 아니, 이상한 반응이었다.

어이없게도 가끔 신혼여행지에서 신부가 사라졌다는 뉴스가 내 현실이 되어 있었다. 나에게 일어난 이 이상한 일을 받아들일 수 없었다.

"은희가 어디로 갔는지 너희들은 알지! 말해 봐, 말 좀 해 보라니까!"

모래를 휘저으며 미친 듯이 소리쳤지만 우리가 놀았던 백설 같은 모래밭과 바다는 자기네와 아무런 상관이 없다는 듯이 평화로울 뿐이었다. 7일 동안 결혼 휴가를 다 까먹고 다시 3일을 더 기다렸지만 끝내 은희는 돌아오지 않았다. 은희 아버지는 물론 은희 어머니도 오지 않았다. 사라진 은희보다 부모님 태도가 더 원망스러웠다. 문득 말도 안 되는 생각, '친부모가 아닌가?' 하는 생각까지 들었다.

은희가 혹시 이모에게 연락을 했을지도 몰라 은희 이모에게 전화를 했다. 이모는 은희 부모와 반응이 전혀 달랐다. 깜짝 놀라다 못해 소리 내어 울었다. 어떡하면 좋으냐며 벌벌 떨었다. 이모가 은희 엄마 같았다. 이모는 나를 위로하면서 무슨 수를 써서라도 은희를 찾아야 한다고 당부했다. 그러면서 "불쌍한 은희! 불쌍한 은희!"를 연발했다. 나는 순간 은희가 왜 불쌍한 건지 이해할 수 없었지만 그런 걸 물어볼 여유가 없었다.

은희 이모 역시 무슨 일이 있었느냐고 꼬치꼬치 캐물었다. 나는 아무 일도 없었다고 했다. 마음속으로는 신혼여행 3일 동안 섹스를 단 한 번도 하지 않았다는 말을 하고 싶었지만 참고 말았다. 은희 이모는 우울증을 앓고 있는 환자였다. 은희는 늘 이모 걱정을 했다. 이모는 언제나 넋을 놓을 정도로 허탈하다고, 종종 집을 나가 어딘가를 헤매다가 기진맥진하여 돌아온다고 했다. 은희는 그런 이모를 빈 상자이거나 사람이 살지 않는 빈집 같다고 했다. 그렇게 자신 하나도 가누기 힘든 사람에게 그런 말을 해 봐야 도움 될 게 없었다.

"우리 언니, 아니 은희 엄마 꼼에 갔지?"

전화를 끊으려는데 이모가 물었다.

"아니오."

"엄마가 돼 가지고 어떻게 그럴 수가!"

은희 이모는 '엄마'라는 말에 힘을 주었다. 원망하는 눈치였다. 자기라도 꼼으로 오겠다고 했다. 나는 곧 귀국할 거라며 말렸다.

결국 우리 부모님에게도 은희가 사라졌다는 나쁜 소식을 알렸다. 귀국하면 바로 인사를 드려야 하는데 둘러댈 방법이 없었다. 아버지께서 당장 걷어치우고 귀국하라라며 노발대발했다. 은희도 이해할 수 없지만 은희 부모님을 더 이해할 수 없다면서 분노했다. 짐을 챙기다 말고 멍청하게 방 안을 둘러보았다. 은희가 사용했던 베개에 은희가 남겨 놓고 간 긴 머리카락 몇 개가 묻어 있었다. 은희의 분신이라는 생각으로 집어 들고 정신없이 바라보는데 폰이 울렸다.

"은희 돌아올 거야. 기다려 봐. 기다려 보자구."

은희 어머니였다. 걱정은 되는 모양이었다. 전화라도 걸어 준 것이 고마웠다. 더 고마운 것은 은희가 돌아올 거라는 믿음을 준 것이었다. 나도 그렇게 믿고 싶었다. 다시 짐을 챙기기 시작했다. 나에게 주고 간 선물처럼 남아 있는 은희 물건들을 챙겼다. 옷장에 걸려 있는 은희 옷가지와 손수건, 스타킹 하나까지 챙겨 넣었다. 긴 머리를 빗어 내리던 황금색 뿔 브러시까지 챙겨 넣었다. 베개에 묻어 있는 머리카락도 버릴 수가 없어 은희 손수건에 곱게 말아 넣었다. 의사의 직감으로 혹시 어딘가에 쓰일지도 모른다는 생각 때문이었다.

비행기가 뜨고 은희와 3일 동안 놀았던 괌의 바다와 하늘이 멀어졌다. 내가 아끼고 아낀 보물을 잃어버리려고 괌으로 왔다가 돌아가는 것 같았다. 정말 그런 셈이었다. 생각할수록 황당하고 어이가 없었다. 손가락에 끼여 있는 커플반지를 만지며 창밖을 바라보았다. 구름 속에 숨어 있는 태양이 반짝 빛을 쏘며 나타났다 사라지곤 했다. 그럴 때마다 은희가 나를 놀리고 있는지도 모른다는 생각이 들었다. 구름 속에 숨었다 나온 햇살처럼 은희가 어디선가 '경하 씨!' 하고 부르며 나타날 것만 같았다. 은희와 나는 지금 숨바꼭질을 하고 있는 것이기를 간절히 바랐다.

가슴이 꽉 막히면서 목이 타들었다. 주스를 두 번이나 청해 마셨다. 두 번째 주스를 가져다준 여자 승무원이 눈물이 탱탱하게 차오른 내 눈을 바라보며 어디가 아프냐고 물었다. 아프지 않다고 고개를 가로젓다가 그만 눈물샘이 열리고 말았다. 눈물이 볼을 타고 흘러내렸다. 눈 속 가득히 눈물이 차오른 사람에게는 동정 어린 질문을 해서는 안 된다는 걸 여자 승무원은 모르고 있었다.

서울로 돌아왔다. 서울? 몸이 부딪치고 귀가 멍멍할 지경으로 분주하고 시끄러운 서울이 고요했다. 텅 빈 허공이었다. 은희가 종종 이모는 텅 빈 상자이거나 빈집이라고 했던 대로, 서울은 텅 빈 상자이거나 빈집이었다. 은희가 서울에 있을지 모른다는 생각을 하면서 은희 친구들에게 전화를 걸어 보고 싶었지만 하지 못했다. 은희가 사라졌다는 말을 차마 할 수가 없었다. 부모님이 계신 송파구 방이동 집으로 향하다가 왕십리쯤 갔을 때 발길을 돌리고 말았다. 혼자 패잔병처럼 부모님께 인사를 드릴 자신이 없었다. 우리 집, 신혼집으로 와 버렸다.

은희와 함께 살기 위해 꾸며 놓은 신혼집 현관문을 열고 들어섰다. 새로 잘 꾸며 놓은 아파트에 새로 장만한 모든 것들이 쓸쓸하게 나를 맞이했다. 거실의 장식장과 소파와 벽에 걸린 TV와 주방 살림살이들이 왜 혼자 왔느냐고 묻는 것 같았다. 은희가 부르던 노래가 들려오는 듯했다. 은희는 신혼집으로 자기 물건을 옮기던 날 "즐거운 곳에서는 날 오라하여도, 내 쉴 곳은 작은 집 내 집뿐이리……"라는 노래를 불렀다. 노래를 부르면서 은희는 행복에 겨워 눈시울이 붉어져 있었다. 그런 은희가 정작 자기가 살아야 할 자기 집에 없었다.

거실에 우두커니 서 있는 나를 향해 베란다에서 은희의 새 카나리아가 높은 음으로 울었다. 은희는 새 중에 카나리아를 가장 좋아했다. 이모가 키우던 걸 은희에게 선물로 준 것이었다. 이모는 우울증 때문에 여러 가지 새를 키웠는데 새의 울음소리 때문에 점점 더 슬퍼져서 없앤 거라고 했다. 카나리아는 암수를 따로 두어야 울음소리가 좋다고 해, 서로 딴 둥지에 떨어져 있다. 서로 그리워하는 심정 때문에 잘 울 수 있다는 건데 생각해 보면 잔인한 짓이다.

수놈이 맞은편에 있는 암놈을 향해 길게 울어 대지만 암놈은 무덤덤한 표정이었다. 답답했다. 사람이라면 소리라도 쳐서 화답을 하도록 해 주고 싶은 심정이었다. "파도야 파도야 어쩌란 말이냐, 님은 뭍같이 끄덕 않는데, 파도야 날 어쩌란 말이냐"라는 유치환 시인의 시가 생각날 지경으로 카나리아 수놈도 나처럼 답답할 것이었다. 그렇지만 암놈이 전혀 울지 않는 것은 아니었다. 수놈이 열 번쯤 울면 한 번 정도는 울어 주는 성의를 보여 주었다. 카나리아 수놈은 암놈이 한 번은 울어 주니 그래도 나보다는 행복한 놈이라고 부러워하며 베란다로 나갔다.

나는 새의 울음소리를 듣고 은희가 돌아올지도 몰라 새를 잘 키우기로 마음먹으며 서둘러 목욕 물그릇에 물을 담아 넣어 주었다. 그동안 목욕에 갈증 난 새들이 물로 날아들어 목욕을 하고는 나뭇가지로 날아올라 앉았다. 목욕을 끝낸 수놈이 다시 암놈을 향해 울기 시작했다. 나는 수놈의 간절한 울음소리를 들으며 유리창에 붙어 있는 카나리아 키우는 방법을 다시 숙지한다. 신혼집으로 새를 가져올 때 아직 결혼 전이라 은희는 나에게 새 키우는 법을 가르쳐 주면서 종이에 중요 사항을 써서 베란다 유리창에 붙여 놓았다.

카나리아는 깨끗한 것을 좋아해 아침마다 목욕을 하므로
아침마다 목욕물(물그릇)을 갈아 주어야 한다.
목욕이 끝나면 물통을 밖으로 들어낸다.
카나리아는 큰 소리로 울기 때문에 칼로리가 높은 모이를 주어야
한다.
피, 유채 씨, 좁쌀, 들깨를 4: 3: 2: 1의 비율로 섞어서 준다.
일주일에 한두 번씩 칼슘이 높은 굴 껍질을 준다.
일주일에 세 번씩 푸성귀나 사과 또는 사과껍질을 준다.
'그리고 열심히 사랑해 준다.'

메모 끝에 '그리고 열심히 사랑해 준다.'라는 말이 가슴속 실핏줄을
똑똑 끊어 놓고 말았다. 나는 터져 나오려는 눈물을 억누르며 유리창
에 붙어 있는 내용대로 먹이를 비율에 맞추어 준 다음 새장 안을 청
소해 주었다. 적어도 이삼 일에 한 번씩은 청소를 해 주어야 하는데
지금까지 방치한 탓에 엉망이었다. 새들이 죽지 않고 살아 있어 주어
고마웠다.
새를 돌봐 준 다음 커피를 마련하기 위해 주방으로 갔다. 신혼살림
을 장만하고 은희가 주방을 둘러보며 좋아하던 모습이 눈에 선했다.
"여기서 내가 매일 경하 씨를 위해 음식을 만들며 산다는 게 꿈만 같
아요."라고 말하며 내 목에 매달려 아이처럼 좋아했던 그녀가 왜 사
라졌단 말인가? 왜? 왜? 커피를 내리면서 나도 모르게 소리쳤다. 소
파에 앉아 커피를 마시면서 다시 '왜?'라는 의문에 시달리는데 나를

기다리던 부모님이 신혼집으로 쳐들어오셨다. 부모님 얼굴은 어이가 없고 황당해 못 견딜 지경의 표정이었다.

엄마가 먼저 내 손목을 붙잡고 도대체 무슨 일이 있었느냐고 다그쳐 물었다. 나는 아무 일도 없었다고 시치미를 뗐다. 은희 부모님에게는 사실대로 말했지만 우리 부모님에게는 섹스의 '섹'자도 꺼내지 않았다. 은희를 위해 말할 수 없었다. 그냥 사라졌다고만 했다. 엄마는 분명히 남자 문제일 거라면서, 계속 다그쳤지만 나는 입을 굳게 다물었다. 엄마는 주저앉아 울음보를 터트렸다. 아버지는 한숨만 퍼냈다. 카나리아가 울었다. 조금 신경질적으로 울었다. 주변이 소란하거나 낯선 사람이 오면 그렇게 운다고 했다.

"저것도 그 애가 갖다 놓은 거지? 당장 내다 버려."

엄마가 울다 말고 새장을 당장 들어낼 것처럼 큰소리를 쳤다. 나는 새가 무슨 죄가 있느냐고 엄마를 달랬다.

"부모들부터 틀려먹었다 했지. 차라리 잘된 일인지도 모른다. 찾을 생각하지 마. 돌아온다 해도 받아들일 수 없다. 절대로."

아버지는 은희가 돌아온다 해도 받아들이지 않겠다고 선언했다. 아버지는 한번 결단하면 돌이키는 법이 없었다. 나는 할 말이 없었다.

"이게 뭐야! 멀쩡한 내 아들을 헌 남자로 만들어 버리다니. 우리 경하가 왜 이런 꼴을 당해야 하냐구. 내가 뭐라고 했니. 처음부터 그 아이 아니라고 했잖아."

엄마는 억울함을 참지 못해 나를 원망하며 계속 소리쳤다. 10년 전 조상들 묘를 이장했는데 그 탓이라고 아버지를 압박하기도 했다. 엄마는 분을 풀 데가 없어 은희가 장만한 부엌살림을 탕탕 내던졌다. 접시들이 부엌 바닥에 나뒹굴었다. 나는 은희가 그것들을 살 때 좋아했던 걸 생각하면서 재빨리 주워 올렸다. 엄마는 다시 빼앗아 던져버렸다. 그것들이 냉장고에 부딪쳤다. 나는 깜짝 놀라 냉장고를 살폈다. 다행히 아무렇지도 않았다. 냉장고를 살 때 은희는 세상에서 가장 행복한 부자가 된 기분이라고 했었다. 나는 부딪친 곳을 어루만지며 내심 안도하고, 그런 나를 향해 엄마는 '바보 같은 녀석'이라고 허탈한 목소리로 중얼거렸다.

연애 시절 은희를 부모님께 인사시켰을 때 엄마는 고개를 갸웃거렸다. 표정이 어둡다고 했다. 내 눈엔 끝없이 청순하고 아름다울 뿐인데 엄마는 새파랗게 젊은 아이가 세상 근심 다 짊어진 것 같다고 했다. 은희는 말수가 적은 성격이라 그렇다고, 가볍지 않고 진지하고 신중하고 남달리 깊이 생각하는 사람이라 그렇다고 열심히 달랬다. 다행히 아버지는 내 편이 되어 주었다. 여자가 말이 많은 것도 문제라면서 엄마를 달랬다. 엄마는 결국 "내 자식이 좋다는데 어쩌겠니. 어떻든 너만 행복하면 돼."라고 하시며 체념하고 말았다.

아버지가 은희 부모들부터 틀려먹었다는 말대로 나도 은희 부모님에 대해 불만이었다. 은희 부모님은 일반 상식선에서 이해하기 힘든 사람들이었다. 결혼을 앞두고 양가 부모님 상견례를 할 때도 은희 부모님의 권위적인 고자세는 지금 생각해도 불쾌하기 짝이 없는 태도였다. 식사 자리에 무려 10여 분이나 늦게 나왔음에도 미안해하지 않았다. 그렇게 하는 것이 자기네들 신분에 걸맞은 거라고 생각한 것 같았다. 그것도 모자라 자리에 앉자마자 거만을 부리기 시작했다.

"재판 때문에 오래 앉아 있을 수 없으니. 민 군, 참고해."

그때 순간적으로 은희가 부모를 어디서 잠시 빌려 온 것 같다는 생각이 들었다. 나는 우리 부모님에게 죄송한 나머지 분위기를 무마하려고 재빨리 맞장구를 치고 나섰다.

"예, 잘 알겠습니다. 식사만 하고 바로 일어나죠."

내가 무마를 했지만 여전히 분위기가 서먹했다. 남북 대표들이 까다로운 남북문제를 협상하기 위해 마주 앉아 있는 것만 같았다. 근엄한 표정을 짓고 있는 은희 부모님은 발끝부터 머리끝까지 경직되어 있는 북측 인사들 같고, 어떻게든 문제를 잘 풀어 보려고 애쓰는 우리 부모님은 남측 인사들 같았다.

식사가 나오기 시작했다. 모두 식당 종업원들이 식사를 나르는 것만 바라볼 뿐 말이 없었다. 종업원들 중 식탁을 차리는 남자 종업원의 손놀림을 따라 시선이 식탁 위에서 오고갔다. 나도 남자 종업원의 손놀림만 바라볼 수밖에 없었다. 남자 종업원 손가락이 무척 가늘어 애처롭다는 생각이 들었다. 둘째손가락에는 묵주반지가 끼워져 있다. 천주교신자일 거라고 생각했다. 그동안 식당에서 식사를 수없이 해 봤지만 종업원 손가락을 유심히 살피며 생각에 젖는 일은 처음이었다. 고요한 식탁에 그릇 놓는 소리가 유난히 컸다. 묵주반지를 낀 남자 종업원이 자기가 그릇을 놓으면서도 몇 번인가 놀라 어깨를 움찔했다. 종업원은 너무나 조용한 우리들 눈치를 살피면서 더 신중하게 그릇을 놓으려고 애썼지만 소리는 여전히 컸다. 종업원도 이런 손님들은 처음 본다는 표정이었다.

식사가 다 차려지자 "어서 드십시오."라고 아버지가 먼저 정중하게 권했다. 은희 부모님은 함께 드십시다, 라는 말도 없이 눈으로 겨우 응답을 하는 둥 마는 둥 하고는 주저 없이 수저를 들었다. 우리도 뒤따라 수저를 들었다. 왕조시대에 왕이 먼저 수저를 들고 나서야 신하들이 수저를 드는 것과 흡사했다. 식사만 할 뿐 여전히 말이 없었다. 아버지께서 음, 하고 목을 다듬는 소리를 내면서 침묵을 깨려고 애썼다.

"은희는 요즘 아이들과 너무 달라요. 말도 함부로 하지 않고 행동도 조신하고. 부모님을 닮은 모양입니다."

난데없이 엄마가 은희를 칭찬하고 나섰다. 엄마가 결혼을 허락하기는 했지만 은희를 그렇게까지 칭찬하실 분이 아니었다. 답답한 분위기를 깨자는 생각이라는 걸 내가 모를 리 없었다. 그럼에도 은희 부모님은 '딸을 좋게 봐줘서 고맙다'든가 '뭘요, 아직 배운 게 없어 걱정입니다' 같은 겸양의 인사조차 없었다. 은희 아버지는 남자라 그렇다 치더라도, 은희 어머니조차 침묵이었다. 부창부수가 저런 것인가 싶었다. 오로지 먹기만 했다. 먹기 위해서 온 사람들 같았다.

"검사 생활이란 게 항상 바쁘시겠지. 날이 갈수록 세상은 험해지고 자꾸 힘든 일들이 생기니까."

엄마가 어떻게든 어색한 분위기를 바꿔 볼 양으로 나를 향해 다시 입을 열었다. 그들은 여전히 반응이 없었다. 답답해서 내가 "그럼요. 병원 응급실만큼이나 숨 가쁘실 걸요."라고 했다. 그래도 반응이 없었다. 음식 먹는 소리만 낮게 새어 나왔다. 은희가 몸 둘 바를 몰라 하면서도 은희 역시 입을 열지 않았다. 나 같으면 "엄마 무슨 말 좀 해 봐."라고 할 법도 한데 그냥 앉아 있는 폼이 모두 똑같았다. 문득 은희도 자기 부모님을 닮았다는 생각이 들었다. 처음으로 은희가 답답하게 느껴졌다.

우리 가족은 우리끼리 그런 식으로 말을 하면서 식사를 했다. 은희 부모님은 음식도 근엄하게 먹었다. 음식을 집어 올리는 것부터 음식을 씹는 것도 근엄하게 씹었다. 숨통이 막혔다. 갈수록 나는 부모님께 죄송하여 견딜 수가 없었다. 침묵이 얼마나 사람을 옥죄는 것인지를 한쪽은 가르쳐 주고 한쪽은 배우는 것 같았다. 상견례를 마치고 집으로 돌아온 아버지는 참았던 숨을 퍼내듯 크게 한숨을 쉬며 불쾌한 속을 드러냈다.

"상식적으로 도무지 이해할 수 없는 사람들이야."

"그 사람들, 이 세상 사람들 아니더라. 하늘에서 뚝 떨어졌거나 땅에서 솟아났을 거야."

엄마도 분통을 터트렸다. 엄마는 계속 그들을 성토했다.

"부장검사? 그까짓 게 뭔데. 따지자면 우리가 자기네들보다 못한 게 뭐가 있어서. 결혼도 자기네들이 빨리 하자고 재촉해 놓고서는 그따위 고자세라니."

엄마 말대로 정작 가문으로 따지자면 은희네와 우리는 격이 다르다고 자부할 수 있다. 은희 아버지의 아버지 나치순은 5공 때 고위직에 있었지만 비리를 저지르고 감옥 생활을 한 사람이었다. 은희 엄마네

가문도 비슷했다. 은희 엄마의 아버지도 나치순과 가까운 사이였고 역시 정부의 고위직을 꿰차고 있었는데 그게 나치순과 서로 연관이 되어 함께 쇠고랑을 찬 인물이었다. 그런 식으로 친한 집안끼리 결혼으로 엮인 모양이었다. 그렇더라도 나는 상관하지 않았다. 은희 하나면 그만이었다. 그런 건 은희 부모님의 일이지 은희와는 털끝만큼도 연결시켜 생각하지 않았다. 정말 천사 같은 은희는 그 집과 아무런 상관이 없는 것처럼 여겨졌다.

결혼휴가는 물론 은희를 찾겠다고 따로 얻은 시간까지 모두 사용했으므로 하루바삐 병원으로 복귀해야 했다. 다행이랄까. 생사를 가르는 어려운 수술이 기다리고 있었다. 그건 환자에게나 나에게 정말 다행이었다. 환자는 생명을 살리게 되어 다행이고 나는 이 황당한 현실을 잠시나마 잊을 수 있어 다행이었다.

환자는 초등학교 1학년 때 간, 신장, 소장, 췌장 등 무려 4개 장기가 썩어 들어가는 만성장폐색증 상태로 우리 병원에 입원한 김아람 어린이였다. 아람이는 병원 생활 1년 6개월이 넘었고 그동안 국립장기이식관리센터에 장기수혜신청을 해놓고 기다리고 있었다. 마침 지방 모 대학병원에서 교통사고로 뇌사에 빠진 어린아이의 장기를 이식받을 수 있다는 연락이 왔다. 장기적출 팀이 헬기를 타고 내려가 장기를 안전하게 적출해 오는 데 성공했다. 우리는 긴장 상태에서 수술 준비를 진행했다. 아람이 혈액검사부터 심전도 등 필요한 모든 검사를 마치고 4명씩 2개조로 나누어 교대로 수술실로 들어갈 태세를 갖추었다.

보통 수술실에 일진으로 들어가기를 부담스러워하지만 나는 일진으로 들어갔다. 대기실에 앉아 기다리는 시간이면 은희 생각에 빠지기에 충분한 탓이었다. 집도를 맡은 주임 교수님 지시에 따라 우리는 아람이의 몸에서 썩은 장기를 떼어 내고 그 자리에 기증받은 장기를 대동맥과 수많은 혈관들과 연결해야 했다. 혈관은 생긴 대로 이어 붙이는 게 아니라 이쪽저쪽이 맞도록 하나하나를 공들여 다듬어야 하고, 집도 교수님이 다듬어 준 혈관을 우리는 고도의 긴장 상태에서 이어 붙이기 시작했다. 아이들 장기는 작아서 다루기가 어른보다 열 배나 까다롭고 어렵다는 건 상식이다. 영 점 일 초만 딴생각을 해도 혈관에 구멍을 낼 수가 있고 엉뚱한 것과 꿰맬 수도 있어 침도 삼킬 수가 없는 시간, 그럴 땐 은희를 까맣게 잊을 수가 있었다.

그렇게 이 세상 그 어떤 것도 생각할 수 없는 8시간이 흘러갔다. 일진으로 들어와 끝까지 교대를 극구 사양한 나를 향해 장사라며 수술팀 동료들이 혀를 내둘렀다. 장기를 모두 무사히 이어 붙였고 우리는 장기에 피가 돌기를 기다렸다. 한 생명을 살리느냐 실패하느냐의 극적인 순간 앞에 손에 땀을 쥐고 숨을 멈추었다. 숨을 안으로 삼키며 우리는 서로 손을 꼭 잡고 "제발 피야 돌아라! 피야 돌아라!"라고 빌고 또 빌었다. 드디어 고장 난 전등을 갈아 끼웠을 때처럼 새 장기에 붉은 핏빛이 돌기 시작했다. 선명한 핏빛을 향해 우리는 "성공이야!"라고 외치며 서로서로 얼싸안고 감격했다. 나는 감격을 넘어 엉엉 소리 내어 울고 말았다. 서로 등을 두드려 주는 것으로 격려하며 수술실 밖으로 나왔다. 밖으로 나와서도 나는 계속 울고 있었다.

꿈에서 돌아올 때 비행기에서처럼, 참고 참았던 눈물샘이 그만 열려 버린 것이었다. 동료들이 내 등을 툭 치며 "됐어, 그만 울어."라고 했지만 눈물이 멈추지 않았다. 수술복을 벗고 일반 가운으로 갈아입으면서 겨우 진정하고 응급실로 내려왔다. 국가에서 응급실 전공의 제도를 법으로 정하면서 나는 외과의사로서 3개월 동안 응급실 전담의가 되어 있었다. 처음에는 하필이면 신혼인데 응급실이 뭐냐고 무척이나 불만이었는데 응급실을 담당하게 된 것도 다행이라면 다행이었다. 아람이를 수술할 때처럼 아무리 은희가 그립다 하더라도 교통사고로 머리를 다쳐 피를 흘리는 환자를 수술하면서, 심장마비로 쓰러진 환자나 뇌출혈로 쓰러져 의식이 없는 환자 앞에서, 3도 이상 중증 화상을 입고 실려 온 환자들 앞에서는 은희를 생각할 겨를이 없기 때문이었다.

나는 확실히 평소와 다르게 환자들에게 마음을 몽땅 쏟아부었다. 예를 들면 결혼 전에는 의식을 회복한 환자를 미처 축하해 줄 짬 없이 이리 뛰고 저리 뛰는 데만 열심이었지만 지금은 갑자기 쓰러진 환자가 의식을 회복할 때마다 환자의 손을 잡고 축하한다는 말을 해 주었다. 목에 동전이나 이물질을 삼켜 기절한 아이들이 깨어나거나 경기를 하다 울음을 튼 아이들이 우는 소리를 들을 때면 아기 아빠처럼 감격하는가 하면, 화상을 입고 자지러지게 울어 대는 아이들을 응급 처치 할 때는 함께 울었다. 가슴속에 탱탱하게 차오른 눈물샘이 어떤 동기를 만나면 가차 없이 터져 버린 탓이었다. 그런 나를 바라본 동료 의사들과 간호사들은 내가 결혼하더니 사람이 지나치게 달라졌다면서 고개를 갸웃거렸다. 나는 울보 의사라는 별명이 붙고 말았다.

어렵게 틈이 날 때마다 휴대폰을 확인하면서 문자메시지라도 올까 기다렸지만 은희의 '은'자도 찍히지 않았다. 휴대폰을 확인할 때마다 땅바닥에 폭삭 주저앉을 것만 같은 절망을 감당하기 어려웠다. 차츰 배신감을 느끼기 시작했다. '어떻게 이럴 수 있을까?' 하고 생각할수록 또는 은희가 사라져 버린 이유를 알아야 하는 것이 내 인생의 과제가 되어 버렸다는 걸 생각할수록 배신감은 더욱 커져 갔다. 그런데 그런 배신감마저도 지독한 그리움을 이기려는 수단이란 걸 나는 알아 버리고 말았다. 은희가 그리울수록 배신감을 불태우고 그러면 조금 숨을 쉴 것 같아 만들어 낸 고육책이었다.

배신감과 그리움이 하루에도 수십 번 교차하고 나는 그 틈새에서 몸부림치느라 숨이 막힐 지경인데 속 모른 친구들은 언제 집들이를 할 거냐고 졸라 댔다. 나는 은희가 몸이 아파 언제 할지 모르겠다고 얼버무렸다. 친구들은 믿지 않으려고 했다. 예쁜 신부를 누가 업어 가기라도 할까 봐 꼭꼭 숨겨 두었다면서 정 그렇다면 느닷없이 쳐들어갈 것이라고 으름장을 놨다. 가장 친한 친구 서인석 검사가 가장 심하게 졸랐다. 서인석이 정말 쳐들어올까 봐 겁이 났다.

아버지는 아버지대로 하루빨리 실종신고를 낸 다음 돌아오든지 말든지 상관없이 깨끗하게 정리하라고 독촉했다. 아버지는 날마다 전화를 해서는 혼인신고를 하지 않은 상태이니 법률적으로 실종신고를 낸 것만으로도 결혼이 무효가 된다는 것이었다. 아버지가 채근을 하지 않더라도 실종신고를 낼 참이었다.

실종신고를 내기 위해 은희 아버지에게 전화를 했다. 실종신고를 내든지 무슨 대책을 세워야 한다고 했지만 은희 아버지는 움직일 기미가 보이지 않았다. 은희가 돌아올 거라는 말만 되풀이했다. 나는 은희 부모님과 무얼 공조한다는 건 어리석다고 판단되어 나 혼자 실종신고를 냈다. 그렇다고 아버지가 강요한 것처럼 은희와 정리를 할 목적이 전혀 아니었다. 오로지 은희를 찾아야 한다는 생각뿐이었다. 신고를 하기가 무섭게 '신혼여행지에서 사라져 버린 신부'라는 제목으로 인터넷에서 검색 제목 1위로 퍼져 나갔다. 그쯤 되자 은희 아버지가 전화를 걸어 소리를 질렀다.

"내 허락도 없이 그런 짓을 하다니, 속셈이 뭐야? 그렇게 해서 은희를 정리하겠다는 거야?"

"오햅니다. 정리를 하다니요. 아버님께서 말씀하셨듯이 은희가 지금 어디에 있든지 은희는 제 아내입니다."

나는 오직 은희를 찾을 마음뿐이라는 걸 이해시키려고 애타게 말했지만 내 진심을 헤아려 주지 않았다.

"내가 누군지 몰라서 그래? 은희가 내 딸이란 게 세상에 알려져 봐. 내 꼴이 뭐가 되냐 말이야. 신혼여행애서 사라져 버린 신부? 제목부터 저질스럽기 짝이 없잖아."

"사람을 찾는 데 그런 건 중요하다고 생각하지 않습니다."

"당장 취소해. 내 주변에서 내 딸이란 걸 눈치채기 전에."

어떻게 아버지가 그런 말을 할 수 있을까? 나는 당신이 은희 아버지가 맞느냐고 묻고 싶었지만 차마 그럴 수도 없었다. 체면 때문에 실종된 자식을 찾지 않는 아버지가 세상에 있다는 걸 이해할 수 없었다.

굳이 모성애까지 들먹이지 않더라도 은희 어머니 역시 이해하기 힘든 건 마찬가지였다. 은희 어머니도 딸이 사라졌는데 발 벗고 나서서 찾을 생각까지는 없어 보였다.

"기다려 보지도 않고 성급한 짓을 하다니. 은희가 미성년자야? 신고한 거 빨리 거둬들이고 더 기다려 봐. 저도 무슨 생각이 있겠지."

"어머니마저 그런 말씀을 하시다니요. 그럼 어머니께서도 체면 때문인가요? 자식이 사라졌는데 아무렇지도 않으시냐구요?"

"말 함부로 하지 마. 지금 가장 괴로운 사람은 나야. 적어도 자네보다 더 괴로워. 은희 그 아이 내 딸이야."

나보다 더 괴롭다는 은희 어머니의 말은 인정해야 했다. 세상 어머니가 다 그렇듯이 내가 아무리 괴롭다 해도 자기 생살을 찢어 은희를 낳은 어머니가 가장 괴로울 것이었다. 나는 곧 말을 함부로 했다는 자책을 하며 더 이상 은희 부모님에게 자극적인 말을 하지 않기로 했다. 은희 어머니 말대로 은희가 미성년자도 아니고 또 잘못됐다는 뉴스 같은 것도 없고 보면 어떤 말 못할 사정으로 어딘가에 살아 있을 것만 같았다. 은희가 언젠가는 돌아올 것이라 믿으며 실종신고를 취소했다.

나는 정말 은희가 반드시 돌아올 것이라는 희망을 안고 전쟁터를 방불케 하는 응급실을 발바닥에 불이 날 지경으로 돌고 돌았다. 응급환자들이 물밀듯이 밀려든 병원은 전시 중 야전병원 같았다. 모자란 마이너스 침대가 많게는 하루에 30여 개 이상이었다. 교통사고부터 시작해 크고 작은 안전사고로 몸을 다친 환자들, 느닷없이 성인병으로 쓰러진 환자들이었다. 환자들마다 자기가 가장 급하다고 아우성을 쳤다. 내가 지나갈 때마다 보호자들이 앞을 가로막으며 자기네 환자를 왜 먼저 조치하지 않느냐고 항의하기 일쑨데, 시도 때도 없이 들이닥치는 119 구급차가 또 도착했다.

비상사이렌 소리가 평소보다 열 배나 더 크고 급했다. 초등학교 2학년 여자 어린아이가 실려 왔다. 더러운 놈, 악마 놈에게 성폭행을 당한 아이였다. 나라가 성폭행과 전쟁을 선포했다지만 아동성폭행 피해 환자가 끊이지 않았다. 아이는 차마 눈 뜨고 볼 수 없도록 심각했다. 놈이 더러운 흉기로 풀잎 같은 어린 살을 무자비하게 짓이긴 탓에 살이 찢겨 어디가 항문이고 어디가 생식긴지 분간할 수 없었다. 앞뒤가 하나로 터져 버린 허공이었다.

아이는 혼수상태였다. 만신창이가 된 아이 앞에서 우리 응급실 의료진은 넋을 놓았다. 응급실에서 가장 고통스러운 현실이었다. 놈을 향해 치를 떨면서 응급조치를 서둘렀다. 아이 엄마는 새파랗게 질려 있었다. 식당에서 일을 하던 중 아이 소식을 듣고 달려온 것 같았다. 푸른 별 무늬 나염이 찍힌 에이프런을 미처 벗지 못한 상태였다.

"선생님, 우리 강이 살려 주세요!"

아이 이름은 '김강이'였다. 강이 엄마는 내가 입고 있는 가운을 틀어쥐고 애원했다. 강이 엄마가 애원하지 않더라도 수술환자 순위를 조절해야 했다. 강이를 가장 위급환자로 분류하여 수술을 서둘렀다. 장이 파열된 탓에 감염을 일으키면 급속한 폐혈증을 불러올 수 있었다. 대장과 어린 자궁이 짓이겨져 있었다. 아람이보다 훨씬 수술이 어렵고 까다로웠다. 인공대장과 요도를 만들어 대소변을 받아 내야 했다. 강이 수술은 아람이 수술 시간보다 2시간이나 더 길었다. 10시간이 걸렸다. 그렇다고 수술이 한 번으로 끝나는 문제도 아니었다. 아람이는 일차 수술로 판가름이 났지만 강이는 상태에 따라 3차, 4차까지도 갈 수 있었다.

일단 1차 수술이 끝나고 강이가 중환자실로 실려 가는 것을 보고 응급실로 내려왔다. 아이의 몸은 이제 정상으로 돌아갈 수 없을 것이었다. 눈이 충혈 되고 숨이 거칠게 터져 나왔다. 손등이 터지도록 벽이라도 치고 싶었다. "악마들!"이라고 소리치며 결국 책상을 쾅, 내리쳤다. 간호사들이 놀라 나를 쳐다봤다. 강이를 저 지경으로 만든 놈에게 분노하는 건 당연하지만 의사로서 좀 심하다는 표정이었다.

"민 선생님, 강이에 대한 충격이야 말할 수 없지만, 결혼 전과 달라도 너무 달라졌다는 거 아세요?"

나이가 많은 응급실 수간호사가 나를 바라보며 고개를 갸웃거렸다. 나는 그때서야 내가 한 행동을 의식하며 다른 환자에게로 갔다.

마음이 가라앉기 시작한 건 중환자실에서 강이가 일반병실로 옮기고부터였다. 아람이도 일반병실로 옮겼다. 나는 퇴근할 때마다 아람이와 강이를 보러 갔다. 공교롭게도 두 아이는 나이가 같았다. 둘 다 열 살이었다. 아람이와 강이는 우리 외과 팀에게 힘든 수술을 하게 만든 탓에 나뿐만 아니라 외과 의사들의 관심이 집중되었다. 수술에 참여했던 의사들 모두 아람이와 강이의 예후를 주시하면서 틈틈이 병실을 방문했다.

아람이는 회복이 순조로웠다. 죽을 떼고 진밥을 먹기 시작했다. 강이도 수술 상태는 좋았지만 좀처럼 공포에서 벗어나지 못했다. 두 아이는 엄청난 차이가 있었다. 아람이는 몸 상태가 좋아진 것과 함께 마음도 안정이 되어 가는데 강이는 몸 회복도와 마음 회복도가 전혀 딴판이었다. 좀처럼 말문을 트지 못했다. 강이는 꽉 막힌 틈 사이로 빛이 흘러나오듯 가늘게 새어나오는 목소리로 울음소리를 냈다. 전형적인 공포의 울음이었다.

"강이, 오늘은 기분이 어때?"

강이는 대답 대신 나를 바라보는 것이 고작이었다. 내가 볼 때마다 눈에 눈물이 고여 있었다. 내가 은희로부터 받은 충격으로 아직 아무 말도 할 수 없듯이 강이도 그런 모양이었다. 나는 어쩌면 강이와 동병상련을 느끼고 있는지도 모를 일이었다. 그런데다 강이의 맑은 눈이 은희를 닮아 있었다. 아니, 은희의 청순함이 어린 강이를 닮았다고 해야 옳을 것이다. 그런 생각을 하자 다시 가슴속이 슬픔으로 가득해졌다.

경찰은 오늘도 강이를 만나려고 시도하다가 그냥 돌아가고 말았다. 사건을 담당한 내 친구 서인석 검사도 강이를 만나려고 애썼지만 말문을 트지 못한 아이에게 아직은 어려운 일이었다.

"언제쯤이면 가능할까?"

나는 서 검사에게 상태를 봐 가면서 연락을 해 주겠노라고 했다.
은희는 휴대폰도 바꾸어 버린 모양이었다. 나는 휴대폰이 울릴 때마
다 번호를 확인하면서 실망하고 실망하면서도 폰이 울리기를 기다렸
다. 가뭄에 갈라진 논바닥처럼 목이 말랐다. 물을 마시고 또 마셔도
들불 속에 갇힌 짐승처럼 목이 탔다.

동하 - 운명 속으로

5월. 청춘의 때를 맞은 나무들이 한껏 상큼한 향기를 발산한다. 새들의 합창도 한층 더 높아졌다. 나는 매일 아침 일어나자마자 숲속 같은 우리 집 정원을 산책한다. 산책을 하면서 '오늘은 우리 학교 아이들에게 무슨 이야기를 들려줄까?' 하고 열심히 생각한다. 질 좋은 뽕잎을 찾는 것이다. 나는 우리 아이들이 세상의 최고가 되기보다는 행복을 낳는 누에고치가 되기를 원한다. 그러면 저만 행복한 게 아니라 남들도 함께 행복해질 것이기 때문이다.

내가 이런 생각에 젖어 있을 동안 엄마는 잘 마른 참나무 장작불에 생선을 구우면서 아침 식사를 짓느라 분주하시다. 벌써 노릇하게 익어 가는 생선 냄새가 나를 찾아다니듯 정원을 돌아다닌다. 곧 엄마가 나를 부를 시간이 된 것이다. 내가 정원을 열 바퀴쯤 돌고 나면 엄마 목소리가 들리게 마련이다. 정원을 딱 열 바퀴 돌았다.

"동하야, 밥 먹어라!"

어김없이 향기로운 엄마 목소리가 정원의 꽃가지를 헤치고 나와 내 귓가에 닿았다. 이럴 때마다 나는 엄마 목소리가 꽃보다도 더 향기롭다고 느낀다. 날마다 꼭두새벽에 일어나 정성껏 아침밥을 지어 놓고 나를 부르는 엄마 목소리는 항상 기쁨에 차 있기 때문이다. 이런 일은 아침마다 반복되지만 아침마다 새롭다.

"아무리 급해도 밥은 천천히 먹어야 해. 먹은 것 체하면 안 먹은 것 보다 못한 법이다."

아침은 언제나 서둘러 먹기 마련이고 엄마는 밥상머리에 앉아 밥을 먹는 나를 향해 항상 이르시는 말씀이다. 유치하지만 나는 그냥 어린 아이가 되어 드린다. 몇 번인가 "내 나이 서른셋이에요"라고 나이를 강조했지만 소용없는 일이었다. 이상하게도 엄마의 연세가 많아질수록 나는 더 어려지는 모양이었다.

"점심밥이 잘 체하는 법이니 하늘이랑 산을 한 번씩 쳐다보면서 천천히 꼭꼭 씹어 먹어야 한다. 구름이 어디로 흘러가는지, 나무를 보면서 바람이 어디서 불어오는지 생각하면서……. 민어 먹을 때는 도둑놈 조심하듯 가시 조심하고."

2절은 점심 도시락 주의사항이다. 엄마는 노릿하게 구운 민어 토막을 넣은 도시락 보자기를 나에게 안겨 주시면서 오늘도 어제처럼 당부한 것이다. 도시락을 자전거 뒷자리에 매달고 자전거에 올라탔다. 나는 자전거를 타고 읍내에서 순정리에 있는 순청초등학교로 출퇴근을 한다. 길은 약 4킬로미터, 꼭 십 리 길이다.

"다녀올게요."

인사를 하고 집을 나섰다.

"버스 오면 멀찍이 떨어져야 한다."

엄마는 내 등 뒤에서 또 한 말씀하신다. 작년에 옆집 아저씨가 버스 바퀴에 휘말려 겨우 목숨을 건진 사건을 상기시킨 것이다. 옆집 아저씨가 다치기 전에는 그냥 '길 조심해라'였는데 아저씨 때문에 당부 말씀이 한 소절 더 길어진 것이다. 내가 우리 학교 아이들에게 차조심, 배(바다) 조심, 등등 매사에 조심하라고 당부하듯이 버스와 멀찍이 떨어지라는 건 퇴근하고 돌아와 저녁밥을 먹을 때도 다음 날 것을 예습시키듯 이어진다. 사람은 지혜가 있어야 한다면서 차뿐만 아니라 사람도 저건 아니다 싶으면 멀찍이 떨어지라는 충고를 덧붙인다.

물론 세상 모든 어머니들이 자식에게 다 그렇겠지만 우리 엄마는 나에게 큰 스승님이다. 나는 엄마를 공자님 이상으로 존경한다. 때론 공자님도 생각하지 못했던 것을 가르치기 때문이다. 아침마다 하시는 말씀, 아무리 급해도 천천히 먹어야 한다는 당부 말씀도 그냥 들어 넘길 말이 아니다. 처음에는 밥이 체할까 봐 걱정하시는 말씀인 줄만 알았는데 그런 단순한 말이 아니었다. 뇌물이든 뭐든 사람의 욕심이 먹는 것에서 시작된다는 뜻을 담고 있었다.

그것도 중요하지만 내가 가장 감동받은 것은 내가 남에게 베풀었다고 생각된 것은 까맣게 잊어버리고 '남에게 갚아야 할 것만 샛별처럼 영롱하게 기억하라'는 말씀이다. 감동은 여기에서 끝나지 않는다. 누가 나를 섭섭하게 하거나 몹시 힘들게 할 때도 덮어놓고 상대를 미워할 게 아니라, 아무리 작은 것일지라도 그 사람이 나에게 털끝만큼이라도 따뜻하게, 혹은 고맙게 한 것이 있는지 잘 찾아보라고 하신 말씀이다. 잘은 모르지만 공자님도 제자들에게 이런 말까지는 하지 않았던 것으로 알고 있다.

정말 나에게도 미워하는 사람이 있었고 엄마 가르침 덕분에 어느 정도 극복할 수 있었다. 현재 우리 임해면 부면장 이종호란 사람을 몹시 미워한 적이 있었다. 지금은 모르지만 과거에 그는 결코 좋은 사람이 아니었다. 그리고 오늘의 이종호가 있기까지 우리 아버지의 도움 덕분이라는 건 임해면 사람이라면 다 아는 일이다. 이종호는 집이 가난해 중학교에도 못 갈 형편이었다. 아버지는 그때 임해면 면서기였는데 그를 데려다 면사무소에서 심부름을 하게 하면서 고등학교까지 마치도록 도와주었다. 아버지는 다시 이종호를 면사무소 임시직으로 근무하게 해 주었고, 정식 면서기가 될 때까지 끌어 주었다. 이종호는 그때부터 밥걱정 없이 살게 되었고 아버지는 밥걱정 없이 살아가는 그를 바라보며 흐뭇해하셨다.

그런데 이종호는 지적계장으로 승진하면서 못된 짓을 하기 시작했다. 서류를 교묘히 꾸며 이모저모로 어려운 사람들 땅을 거저먹듯 사 모으거나 국가에서 가난한 농민들에게 주는 혜택을 가로채고는 했다. 이를테면 농협에서 가난한 농민들에게 적금식으로 매달 조금씩 돈을 부어 목돈을 마련하는 혜택을 주었는데 그 돈조차 넣을 수 없는 농민들을 골라내어 술 한 잔씩 사 주고는 대신 돈을 넣었다가 목돈을 챙기는 식이었다.

그때부터 아버지는 골머리를 앓기 시작했다. 아버지는 충고하기에 바빴다. 나쁜 일은 뿌린 대로만 거두는 게 아니라 열 배 백배로 고리 이자까지 붙여져 거두는 법이니 다시는 그런 짓을 하지 말라고 이르자 그는 유감을 품었다. 아버지께서 돌아가시고 나자 아버지에 대해

험담을 하기 시작했다. 아버지가 생전에 자기를 봐준 것처럼 말하고
다녔는데 말도 안 된 소리라는 것이었다. 한 술 더 떠 아버지가 면장
이 된 것이 자기 덕이라는 어처구니없는 거짓말까지 하고 다녔다. 물
론 한때는 아버지를 정직한 분이라느니, 인품이 훌륭해서 역대 임해
면 면장 가운데 가장 존경받을 분이라면서 떠들고 다닌 적도 있었지
만 그때는 아버지의 힘이 필요한 탓이었다.

나는 당장 모가지를 비틀어 버리고 말겠다고 몇 번인가 방문을 박
차고 나섰다. 엄마는 그때마다 이종호도 우리에게 고맙게 한 일이 있
을 테니 잘 찾아보라고 일렀다. 열심히 찾아봤더니 정말 있었다. 아
버지가 면장을 하실 때 갑자기 쓰러졌고 그때 옆에 있던 이종호가 아
버지를 병원으로 옮겨 주었던 일이 떠올랐다. 사실 생각해 보면 이종
호가 아니더라도 쓰러진 사람 옆에 있는 사람이라면 누구든지 그렇
게 하고도 남을 일이지만 나는 엄마가 가르치신 대로 그때 일을 생각
하면서 미워하지 않으려고 애썼다. 그런데 잘 되지 않았다. 마음먹을
때뿐이었다.

내 속을 환희 들여다보신 어머니는 고마웠던 일을 종이에 써서 책
상 앞에 붙여 놓고 아침저녁으로 읽어 보라고 일렀다. 엄마가 시킨
대로 "이종호 계장이 우리 아버지가 쓰러졌을 때 병원으로 옮겨 주었
음"이라고 종이에 큼직하게 써서 책상 앞에 붙여 놓고 읽기 시작했
다. 정말 그 문구를 대할 때마다 그에 대한 미움이 사라지기 시작했
다. 그렇게까지 하면서 그를 미워하는 감정을 극복했고 지금은 미움
도 관심도 없는 상태다.

아무튼 이 정도면 우리 엄마를 공자님 이상으로 존경할 만하다고 나는 자부한다. 정작 중요한 것은 엄마의 가르침이 나에게서 끝나지 않고 우리 학교 아이들에게 그대로 흘러 들어간다는 사실이다. 오늘도 엄마의 거룩한 말씀을 생각하며 십리 길을 달린다. 용산(龍山)에서는 상큼한 산바람이 불어오고, 선화도 앞바다에서는 봄 파래 냄새를 실은 해풍이 불어온다. 산과 바다를 모두 내 품에 안고 달리는 기분이다.

십 리 길이 끝나고 순정리로 진입했다. 순정리는 임해면의 맨 끝에 위치해 있어 육지이면서 바다와 접해 있는 바닷가 마을이다. 바다에는 섬들이 띄엄띄엄 떠 있다. 눈앞에 빤히 바라다보인 선화도는 섬 중에 가장 큰 섬으로 순정리와 가까워 아이들이 배를 타고 순정초등학교에 다닌다. 나는 마을 입구에서부터 자전거 속력을 최소한으로 줄인다. 마을길은 옛날 그대로 원시적이라 차는 다닐 수 없고 자전거와 손수레만 다닐 수 있기 때문이다.

길은 마을 입구에서부터 학교까지 꼬불꼬불하게 이어져 있는데, 좁고 울퉁불퉁한 길이 꿈틀꿈틀 살아 움직이는 것 같다. 나는 놀이를 하듯 자전거 핸들을 바쁘게 움직이면서 지나간다. 길을 지나갈 때는 그냥 가지 않고 낮은 호박돌(순정리 특유의 노란 돌) 담장 너머로 이 집 저 집을 넘어다보면서 마을 사람들과 "좋은 아침입니다."라고 반갑게 인사를 한다. 길을 가면서 개구쟁이 같은 장난기도 발동한다. 나와 마주치는 사람들이 내 자전거 앞에서 어쩔 줄 몰라 할 때면 나도 일부러 어, 어, 하면서 어쩔 줄 몰라 야단을 떠는 것이다.

마침 순정리 이장이 새로 산 것 같은 하늘색 남방과 회색 바지를 잘 차려입고 서류봉투를 들고 읍내로 가기 위해 나왔다가 나와 마주쳤다. 나는 일부러 핸들을 급하게 돌리면서 겁을 주었다.

"어허, 사람 다쳐!"

이장은 내가 장난친다는 걸 알면서도 겁먹은 얼굴을 감추지 못한 채 자전거를 비키느라 쩔쩔맨다. 그러다가 매미처럼 담벼락에 몸을 찰싹 붙이고는 "명색이 학교 선생이 돼 갖고 언제 철들라고 그라노."라며 나를 책망한다. 이장은 나를 썩 좋아하지 않는 편이다. 그렇다고 미워하는 것도 아니다. 마을에 공공사업을 벌여 떨어진 콩고물이라도 주워 먹고 싶은데 내가 사사건건 반대한 탓이다. 내가 만약 순정초등학교 선생이 아니라면 요절을 내도 몇 번은 냈을 것이다. 이장은 연말만 되면 정부에서 나오는 돈으로 길을 넓힌다고 들썩거리고, 나는 이대로 두는 것이 오히려 순정리를 발전시키는 일이라고 뜯어말리기에 바쁘다. 발전은 반드시 옛것을 허물고 새것으로 세우는 것만이 아니라고 믿는 탓이다.

나는 마을 사람들에게 지금 한국에는 시골다운 시골이 사라져 가고 있기 때문에 앞으로 우리 순정리는 보물이 될 거라고, 보물을 보러 국내는 물론 외국에서도 관광객들이 몰려 올 거라고, 열심히 설명하기에 바쁘다. 사람들은 점점 내 말에 솔깃해져 이장이 주장한 길 넓히기를 덥석 따르지 않고 있다. 이장은 틈틈이 자동차가 마을 한가운데로 지나다니게 하고 가스도 들어오게 하고 수도시설도 하고 화장실도 수세식으로 고치자고 사람들을 꼬드기지만 나는 "후손

들을 위해 조금 불편하게 삽시다."라는 구호를 내걸며 그것까지 막고 나섰다.

이장은 올 연말에도 또 그런 일거리를 들고 나올 게 확실하지만 나는 나대로 막아 낼 자신이 있다. 때마침 요즘엔 도시에서도 슬로푸드운동이니 슬로시티운동이니 하면서 옛것 지키기 붐이 활발하게 일고 있기 때문이다. 천천히 먹고 천천히 살자는 것이 아니라 더 이상 바꾸지 말고 변형시키지 말고 처음 것을 지키고 복원하면서 살리자는 운동이다. 한마디로 촌은 촌스럽게 그냥 두자는 것이다.

꼬불꼬불한 마을길이 끝나고 내 분신이나 다름없는 우리 순정초등학교 정문에 도착했다. 학교 정문에서 바라본 운동장은 바다 같고 교사는 바다에 떠 있는 섬 같다. 오늘도 어김없이 교사 정중앙에 세워진 태극기가 가장 먼저 나를 맞아 준다. 나는 자전거에서 내려 오른손을 왼쪽 가슴에 얹고 국기를 향해 경례를 한다. 허공에서 탁, 탁, 탁, 바람 타는 소리가 가슴을 때린다.

이럴 때마다 나는 일제강점기 때 목숨 바쳐 독립운동을 한 독립투사들처럼 '사람답게 살겠다는 각오'를 다진다. 우리 사회는 지금도 그때 일본처럼 권력을 이용해 약자를 누르는 놈들, 약자의 것을 약탈하는 날강도 놈들이 수없이 많기 때문이다. 국기를 향하여 경례를 하는 일은 비가 오나 눈이 오나 아침마다 하는 일인데도 아침마다 눈물겹도록 감격스럽다. 나는 대도시 부산에서 중학교부터 대학까지 다녔지만 부산의 어떤 국기도 우리 순정초등학교 국기처럼 장엄하게 펄럭인 것을 보지 못했기 때문이다.

국기에 대한 경례를 마치고, 바다처럼 넓은 운동장을 지나 교실에 들어섰다. 들어서면서 나는 "오, 나의 희망! 나의 태양!"이라고 소리치고 아이들은 "미투!"라고 합창을 하며 화답해 준다. 올해 새로 입학한 병아리 같은 아이들부터 시작하여 6학년까지 모두 26명이다. 형편이 나은 아이들은 읍내나 도시로 유학을 가고 순정초등학교에 오는 아이들은 그럴 형편이 못 된 아이들이다. 그래서 나는 망아지가 태어나면 제주도로 보내고 사람이 태어나면 서울로 보내라는 말을 아주 싫어한다. 꼭 그런 건 아니지만 그 따위 말이 갈수록 시골 학교 아이들을 도시로 몰아가고 있기 때문이다. 사실 나도 부산에서 유학을 했지만 다시 고향으로 돌아왔으므로 그런 말을 싫어할 자격이 있다고 생각한다.

명랑하고 재미있게 아침조회를 시작한다. 순청초등학교의 유일한 교사인 나는 형편상 교장 노릇까지 해야 하기 때문이다. 아이들에게 주는 메시지는 거룩한 말씀이 아니라 "오늘도 행복합니다!"라고 다 함께 외치는 것이다. 그리고 보충으로 동요 두 곡 부르기다. 옛날 동요 한 곡과 우리 학교 교가를 부른다. 우리 학교 교가는 옛날 일제강점기 때 일본식으로 지어진 것을 버리고 소박한 창작동요로 내가 새로 지은 것이다.

따뜻한 남쪽나라 햇살 고운 순정리
온 세상 사시사철 푸른 들 푸른 바다
당당하게 활기차게 기쁜 노래 부르며
산새처럼 물새처럼 즐거운 우리들은
대한민국 빛난 별 순정초등 아이들

평화로운 남쪽 나라 물 맑은 순정리
앞을 봐도 뒤를 봐도 거침없는 산과 들
마음껏 자유롭게 푸른 꿈을 마시며
어깨동무 나란히 정다운 우리들은
대한민국 희망 별 순정초등 아이들

오전 수업이 끝나도록 4학년 김아지가 보이지 않았다. 선화도에 살고 있는 아지가 배를 놓칠 수도 있어 오후 2교시까지 기다렸지만 나타나지 않았다. 이틀째 결석이었다. 2학년 때 엄마 아빠가 모두 돌아가시고 청각장애를 가진 할머니와 어렵게 살고 있지만 똑똑하고 섬세한 아이다. 너무 섬세한 탓인지 아지는 다른 아이들에 비해 자주 아픈 편이다. 아무래도 장애를 가진 할머니가 제대로 돌봐 주지 못한 데다 엄마 아빠에 대한 그리움으로 속이 허한 탓일 거라는 생각이 들었다. 이번에는 직접 선화도에 건너가 아지 상태를 확인하기로 한다.

"오늘은 선화도에 간다."

"야호!"

아지 때문에 선화도에 간다고 하자 아이들이 환호성을 지르며 반겼다. 평소보다 한 시간 일찍 수업을 마치고 5, 6학년아이들만 데리고 선화도로 갔다. 바닷가에서 제일 먼저 만나는 집이 아지네 집이고 쓰러질 것처럼 낡았다. 바람 때문에 집들이 모두 나지막하지만 아지네 집은 선화도에서 가장 낮다.

우리가 들어서자 아지 할머니가 손으로 자신의 머리를 짚으며 나를 향해 울상을 지었다. 아지가 아프다는 표현이다. 아지 이마를 짚어 보았다. 열이 느껴지지 않았다. 기침도 하지 않고, 목소리도 변하지 않는 걸로 봐 감기 같지는 않았다. 아지에게 어디가 아픈 거냐고 물었다. 아지는 모르겠다며 고개를 살래살래 흔들었다. 성격이 내성적이긴 하지만 너무 침울해져 있었다.

말이 통하지 않는 할머니와 아무것도 의논할 수가 없으므로, 병원에 데리고 가야 할지 어떨지는 내가 판단해야 한다. 뱃길도 끊어졌고, 마침 내일이 토요일이라 하룻밤을 지내보고 아지 상태를 봐 가면서 결정하기로 했다. 이쯤 되면 내가 아빠 같다는 생각이 든다. 나는 아직 미혼이지만 아빠가 없는 아이들에겐 이런 식으로 아빠 노릇을 해야 할 때가 종종 발생한다. 엄마는 이래서 결혼이 늦어진 거라며 걱정이 이만저만이 아니다.

밤을 맞은 선화도의 밤하늘에 주먹만 한 별들이 떴다. 달도 덩실 떠올랐다. 하얀 만병초 꽃이 달빛에 눈부시게 빛난다. 이렇게 아름다운 밤을 그냥 보낼 수 있겠는가. 우리는 아지를 위해 바닷가에서 동요를 부르기로 했다. 선화도에 오면 종종 있는 일이라 섬사람들은 당연하게 생각한다. 아이들은 섬 집 아기, 은하수, 오빠생각, 과꽃, 나뭇잎 배 등등 옛날 동요를 부르고 나는 하모니카를 불었다. 섬사람들이 모여들었다. 별 구경거리가 없는 섬사람들에겐 이런 것도 대단한 구경거리인 탓이다. 옛날 동요에 가슴 설렌 섬사람들이 노래를 따라 부르자 나는 더 열심히 하모니카를 불면서 흥을 돋웠다.

아이들과 섬사람들이 어우러져 노래를 다섯 곡쯤 불렀을 때 나는 흠칫 놀랐다. 저만큼 떨어져 있는 언덕 위에서 긴 머리를 날리며 실루엣처럼 서 있는 젊은 여자가 보였다. 얼굴은 자세히 볼 수 없지만 그림자만 봐도 선화도 사람은 아니었다. 나는 벌써부터 관광객이 찾아온 모양이라고 생각했다. 하모니카를 불면서도 내 눈이 자꾸 여자 쪽으로 갔다. 여자의 반응을 살피면서 더 신바람 나게 하모니카를 불었다. 여자가 조금 움직인 듯했지만 가까이 다가서지는 않았다. 나는 계속 신들린 듯 하모니카를 불고 아이들은 쉬지 않고 노래를 불렀다. 우리는 마지막으로 윤석중 님의 동요 '달 따러 가자'를 부르고 자리에서 일어섰다. 여자는 벌써 어디론가 사라져 버리고 없었다.

다음 날 아지는 좀 나아진 듯했지만 마음이 놓이지 않았다. 속 시원히 병원으로 데리고 가기로 했다. 이른 아침부터 섬사람들이 물건 보따리를 이고 지고 배를 타려고 갯가로 나왔다. 장날이었다. 순정리와 선화도를 잇는 배가 학생들을 통학시키느라 매일 오고 가는데 장날엔 언제나 만원이다. 나는 학생들과 아지를 데리고 배를 탔다. 가족 같은 선화도 사람들이 나에게 인사를 했다. 나도 인사를 하느라 분주했다. 배에는 생선과 말린 해산물 자루로 가득했다. 갓 젖을 뗀

송아지 한 마리와 흑염소도 몇 마리 있고 망태에 담은 토종닭도 군데군데 있었다. 배는 선화도 외에 세 개 섬을 돌아 사람들을 태우면서 순정리로 향했다. 직행하면 삼십 분쯤 걸리지만 섬을 세 개나 돌면 한 시간 이상 걸린 거리다.

나는 아이들을 안전한 곳에 앉혀 두고 바다를 바라보며 하모니카를 불었다. 무료함을 참지 못하는 성격이기도 하지만 바다를 달리는 배에서 하모니카를 부는 것이야말로 기가 막힌 낭만을 즐길 수 있기 때문이다. 더욱이 내 하모니카 실력은 우리 임해면 일대에서 소문난 솜씨로 인정받고 있다. 그런데 사람들은 서로 이야기를 하느라 하모니카 소리에 별로 귀를 기울이지 않았다.

나는 혼자 취해 동요를 몇 곡 연주한 다음 주위를 둘러봤다. 혹시라도 '내 하모니카소리에 귀를 기울이는 사람이 있을까?' 하는 심정에서였다. 아무도 없었다. 아이들과 아지를 살펴보았다. 아지는 아파하는 기색 없이 아이들과 이야기를 하고 있었다. '괜히 병원까지 데리고 가는 건가?' 하는 생각이 들었다. 다시 바다 쪽으로 몸을 돌리던 중 깜짝 놀랐다. 하마터면 '어!' 하고 소리를 지를 뻔했다.

어젯밤에 멀리서 봤던 그녀와 꼭 닮은 여자를 발견했다. 여자가 해산물 자루에 몸을 기대고 비스듬히 앉아 있었다. 어젯밤 그녀를 떠올렸다. 머리가 긴 걸로 봐, 아니 직감적으로 꼭 그녀일 것만 같았다. 아무튼 진귀한 보석을 발견한 것처럼 가슴이 뛰었다. 두근거린 가슴을 애써 진정하며 자세히 여자를 바라보았다. 그런데 눈에 눈물이 고여 있었다. 처음 보는 여자와 눈물? 조금 의아했다. 영화에서

나 봄 직한 모습이었다. 문득 내 하모니카 소리를 듣고 감동을 받은 탓인가? 하는 생각도 들었지만 그건 물어보기 전에는 알 수 없는 일이었다.

햇살이 그녀 얼굴에 쏟아져 내리고 그녀 얼굴이 눈물과 함께 신비롭게 빛났다. 빛나는 건 또 있었다. 그녀 손가락에서 이제 막 산 것 같은 반지가 햇살에 빛을 쏘았다. 가늘고 하얀 손가락과 반지가 잘 어울렸다. 선화도에는 꽃 같은 선녀가 살았다는 전설이 있고 그래서 선화도라고 한다는데 정말 그 선녀가 환생한 것인가 할 정도로 그녀는 눈이 부셨다.

순간 '그녀를 사랑할 수만 있다면 죽어도 좋을 것'이라는 생각이 번개처럼 스쳤다. 마치 신의 힘이 작용하듯이 머릿속이 아닌 가슴을 치고 지나간 것이었다. 그렇게만 된다면 죽어도 좋을 것만 같았다. 그런데 그건 나답지 않았다. 나는 평소 여성에게 둔감한 인간일 뿐만 아니라, 순정리 이장 말대로 나는 아직 철이 안 들었거나 덜 든 놈이다. 무겁고 심각한 건 딱 질색이다. 그런데 내 감정을 제지하거나 스스로 이상한 놈이라고 고개를 갸웃거릴 틈이 없었다.

여자를 자세히 바라보았다. 새 같았다. 새가 하늘을 날다 추락한 것 같기도 하고, 바다를 표류하다 밀려온 것 같기도 했다. 손가락 끝만 대도 폭삭 내려앉아 버릴 것 같았다. 보호해 주고 싶었다. 아니, 보호해 주어야 할 것 같았다. 무겁고 심각한 건 질색이지만 도움이 필요하다고 생각되는 사람을 보면 못 견디는 성미답게 망설임 없이 그녀에게 다가가 말을 붙였다.

"어디서 왔어요?"

눈을 반쯤 감고 있던 그녀는 눈을 꼭 감아 버리고 말았다. 귀찮다는 표정이었다. 그래도 포기할 수 없었다. 나의 특기, 적극적인 성격이 발동했다.

"어디 아파요?"

반응이 없었다.

"말을 해 봐요. 어디가 많이 안 좋은 것 같은데."

여전히 꼼짝하지 않았다. 눈을 감고 있는 그녀 얼굴로 해풍이 수없이 지나갔다. 거친 해풍이 그녀의 백옥 같은 피부를 할퀴는 것만 같아 안타까웠다. 손바닥으로라도 바람을 막아 주고 싶었다.

"나, 나쁜 놈 아니에요. 저 아이들 보이지요? 내 제자들이거든요."

그녀는 내 말에 귀를 기울이지도 않았고 아이들 쪽으로 눈을 돌리지도 않았다.

"속 터지겠네. 사람이 말을 하면 좀……."

여자는 정말 눈썹조차 움직이지 않았다. 나는 성미가 급한 탓에 무척 답답했다. 더 이상 말을 붙일 수가 없었다. 거절당한 기분이 들기도 하고 무시당한 기분도 들었다. 기분을 털기 위해 다시 하모니카를 입에 대고 이번에는 동심초를 불었다. 내가 무척 좋아하는 노래였다. "꽃잎은 하염없이 바람에 지고, 만날 날은 아득타 기약이 없네, 무어라 맘과 맘이 맺지 못하고……."

여기까지 불었을 때 파도 한 덩이가 배를 '탕!' 치고 달아났다. 배가 뱃머리를 치켜들며 크게 흔들렸다. 사람들이 좌우로 쏠리며 무언가

를 붙잡느라 야단이었다. 나도 하모니카 불기를 중단하고 난간을 붙
잡았다. 아이들을 살폈다. 배에 익숙한 아이들은 오히려 "와!" 하고
합창으로 소리를 지르며 재미있어 했다. 아이들은 곧 아무렇지도 않
게 아지를 둘러싼 채 새들처럼 조잘댔다. 그녀를 살폈다. 그녀는 겁
에 질린 표정으로 해산물 자루를 꼭 붙잡고 있었다.

"이까짓 거 붙들어 봤자 소용없어요. 내 새끼손가락보다 못하다니
까요."

나는 그녀가 붙잡고 있는 해산물 자루를 손으로 툭 치면서 다시 말
을 걸었다. 무표정한 그녀 눈에서 눈물이 몇 방울 흘러내렸다. 아까
눈물은 눈가에 이슬 정도였다면 이번 눈물은 볼을 타고 흘러내리는
방울진 눈물이었다.

나는 언젠가 아줌마들이 동심초를 들으면 눈물이 날 것 같다고 했
던 말을 떠올리며 하모니카를 주머니에 집어넣고 말았다. 알 수 없는
일이지만 다음 소절을 불었다가는 그녀가 엉엉 소리 내어 울 것만 같
았다. 어차피 배가 순정리와 가까워지고 있었다. 다시 그녀 쪽으로
눈을 돌렸다. 그녀는 여전히 해산물 자루에 기댄 채 자는 것처럼 눈
을 감고 있었다.

배가 부두에 거의 가까워졌고 뱃사람이 부두로 밧줄을 던졌다. 부
두에 서 있던 '검은입'이 밧줄을 척 받아 말뚝에 둘러맸다. 그런 일은
검은입이 마을 사람들에게 도움을 주는 유일한 일거리였다. 검은입
은 떠돌이 여자다. 지능이 약간 부족한데 그래도 다른 떠돌이 여자들
과 달리 남자들에게 몸을 주고 돈을 얻거나 남에게 얻어먹지 않고,

바다에서 고기를 잡아 밥과 바꾸어 먹는 탓에 지조 있는 여자라는 평을 듣고 있다. 배에서 사람들이 내리느라 시끌벅적했다.

"처자, 비키라."

해산물 자루 주인이 그녀를 툭 털어 내고 자루를 들어낼 때에야 그녀는 겨우 몸을 일으켜 세웠다. 갑판을 붙잡고 서 있는 모습이 어젯밤 그 실루엣과 똑같았다. 여자가 긴 머리를 쓸어 모으며 휘청거렸다. 자기 힘으로는 배에서 내릴 수도 없거니와 내려서도 걸을 것 같지 않아 보였다. 나는 재빨리 그녀를 붙잡았다. 그녀는 마치 기다리기라도 한 것처럼 내 어깨에 몸을 의지했다. 몸이 바람 타는 갈대처럼 흔들거렸다. 불러도 눈도 뜨지 않던 여자가 낯선 남자에게 몸을 의지할 정도라면 몸이 예삿일이 아닐 것이었다.

그런데 낯설지가 않았다. 어디선가 본 듯한 얼굴이었다. 머릿속에서 어떤 영상 하나가 스치고 지나갔지만 무엇인지 알 수 없었다. 내가 좋아하는 탤런트 이민정과 흡사해서 그럴지도 모를 일이라고 생각했다.

"선생님, 퍼뜩 내리이소."

내가 그런 생각을 할 동안 뒤에서 아줌마들이 해산물 자루로 나를 들이밀었다. 송아지와 염소도 뒤에서 기다리고 있었다. 그녀를 부축하고 서둘러 배에서 내렸다. 배에서 내린 다음 그녀를 더 이상 부축하고 있을 수도 없었다. 그렇다고 내버려 두고 가 버릴 수도 없었다. 내가 그런 고민을 하는 사이에 그녀 입에서 모기 소리만 한 말소리가 흘러나왔다.

"병원으로 가려는데……."

병원으로 가는 길을 묻는 것인지 아니면 병원까지 좀 데려다 달라는 것인지 알 수 없었지만 나는 더 이상 물어볼 것도 없이 "우리도 병원으로 갑니다."라고 하면서 그녀와 아지를 데리고 우리 학교 아이들 단골병원인 읍내 해성병원으로 향했다. 엄마의사라는 별명이 붙을 정도로 인정 많은 여의사 선생님이 아지와 그녀를 정성껏 살폈다. 아지는 몸살에 식욕 부진이며 그녀는 최악의 탈진 상태라고 했다. 아지는 링거 하나 맞히고 3일분 약을 먹이면 된다고 했다. 아지는 무엇보다도 음식을 잘 먹여야 한다고 당부했다.

링거를 꽂고 자리에 누운 그녀는 죽은 듯이 잠만 자기 시작했다. 잠을 처음 자 본 사람 같았다. 나는 학교에 출근하면서 그녀에게 들르고 퇴근하면서 들렀다. 엄마에게 그녀를 단단히 부탁했다. 내가 없을 때는 엄마가 그녀 곁을 지켰다. 잠만 자는 그녀는 정말 어느 먼 곳에서 목숨 바쳐 날아와 비로소 안식을 취하는 새 같았다. 나는 그녀가 느닷없이 깨어나 정말 새처럼 어디론가 날아가 버릴 것만 같아 전전긍긍했다. 수업시간에도 마음이 놓이지 않아 엄마에게 그녀가 깨어나면 즉시 전화를 걸어 달라고 일렀다.

엄마는 그녀를 간호하는 데 지극정성을 바쳤다. 녹두죽, 전복죽을 쑤어 날랐고 기력 회복에 최고라는 민물장어까지 고아다 먹이려고 하자 의사 선생님이 말렸다. 심한 탈진 상태에서는 고단백이 오히려 해롭다는 것이었다.

"아무리 봐도 하늘에서 내려온 선녀더라. 천지신명께서 너에게 점

지해 준 처자라는 생각이 자꾸 들지 뭐냐."

엄마도 나만큼 반한 모양이었다. 내 나이 겨우 서른셋인데도 엄마는 결혼하기는 다 틀린 일이라고 넋을 놓았다. 엄마는 딸 넷을 낳고 막내로 나를 낳았다. 딸 하나와 나만 살아남고 모두 죽고 말았다. 자식을 셋이나 잃어버린 엄마 연세 올해 78세이니 하나밖에 없는 아들이 어서 장가가기를 바라는 건 당연한 소망일 것이었다. 엄마는 새벽마다 우리 임해면 일대를 둘러싸고 있는 용산을 향해 절을 하면서 내가 어서 결혼하기를 빌었다. 우리 임해면 사람들은 용산을 영산(靈山)으로 믿는 탓이다.

"김 선생님, 어디다 이런 미인을 숨겨 놨다가 이제야 내놓은 거요?"

나와 친한 탓에 엄마 같은 의사 선생님이 농담을 했다. 내 애인으로 착각한 모양이었다. 나는 펄쩍 뛰지 않았다. 펄쩍 뛰어야 한다고 생각했지만 날아갈 것처럼 기분이 좋아 어떤 결에 사실인 것처럼 웃어 버리고 말았다.

그녀는 좀처럼 회복하지 못했다. 산 넘고 물 건너 천리만리를 걸어온 순례자처럼 잠만 잤다. 정말 깨어나지 못할까 봐 두려웠다. 의사 선생님이 아픈 데는 없다고 했다. 아무래도 속이 허한 것 같으니 마음을 안정시켜야 한다고 당부했다. 속이 허하다는 건 나도 이미 짐작한 일이었다. 처음엔 그녀 모습이 영화에서나 봄 직한 우수 같기도 했지만 그것은 점점 슬픈 빛깔을 띠기 시작했다. 나는 할 수만 있다면 그녀가 안고 있는 모든 것을 '대신 떠안고' 싶었다. 그것이 원자폭탄일지라도……

그런데 그녀 얼굴을 보면 볼수록 자꾸 눈에 익었다. 어디서 봤는지를 생각해 내려고 애썼지만 도무지 떠오르지 않았다. 다시 탤런트 이민정과 겹쳤다.

"너무 들여다보지 마세요. 그러면 아가씨가 더 오래 자요. 숲속의 백설 공주처럼."

의사 선생님이 또 농담을 했다. 정말 그녀는 마귀할멈이 던져 준 독 사과를 먹은 백설 공주처럼 잠만 자고, 나는 옆에서 지켜보는 일곱 난쟁이들의 두목 같았다. 나는 문득 그녀가 깨어나지 말고 내 곁에서 잠만 자면 좋겠다는 생각이 들었다. 그러면 어디론가 날아 버릴 것만 같은 염려를 하지 않아도 될 것이었다. 깨어나더라도 나중에, 아주 나중에 깨어나기를 바랐다.

그래서 자기가 어디서 왔는지 또 어디로 가야 하는지를 까맣게 잊어버린 채 나와 함께 살아가는 상상을 펼쳤다. 그러니까 아침마다 함께 학교에 출근하여 나는 수업을 하고 그녀는 아름다운 우리 학교 교정을 산책하면서 새소리를 듣고, 수업이 끝나면 다시 함께 퇴근을 하고, 주말이면 바다에 나가 낚시를 하거나 소라며 게를 잡고, 여름엔 함께 바다에 빠져 수영을 하는 것 등등, 온갖 상상이 꼬리에 꼬리를 물었다.

그녀는 긴 겨울잠에서 깨어나듯 5일 만에야 잠에서 깨어났다. 창백하도록 하얀 피부에 어린아이처럼 맑은 눈을 반짝이며 맨 먼저 마을 이름을 물었다. 나는 뛰는 가슴을 누르며 임해면 순정리(純情里)라고 말해 주었다. 병원이 있는 곳은 임해읍이고 배가 닿았던 마을은 순정리라는 보충 설명까지 붙였다. 그녀는 마을 이름이 무척 아름답다고 했다. 순정, 순정, 하며 여러 번 되풀이하더니 순수하고 애련한 이름 이라고 했다. 순정리에 대해 한 번도 그런 생각을 해 본 적이 없는 나도 처음으로 순정리가 순수하고 애련하다는 느낌이 들었다. 그래서 "거기 시인이요?" 하고 물었다. 그녀는 시인은 아니지만 시를 무척 좋아한다고 했다. 나도 시를 좋아한다고 했다.

"그럼 우리 순정리에서 시나 쓰면서 삽시다."

헛일 삼아 던져 본 말이었다. 그녀가 눈을 동그랗게 뜨며 나를 쳐 다보았다. 나는 곧 쓸데없는 말을 해 그녀를 당황하게 만들었다고 후 회했다. 그런데 대답이 전혀 뜻밖이었다.

"그래도 될까요?"

이번에는 내가 당황했다. 나는 놀란 나머지 하마터면 아이들처럼 '야호!' 하고 소리를 지르면서 깡충 뛸 뻔했다. 영 점 일 퍼센트도 기 대하지 않고, 아니 기대할 수 없는 일, 헛일 삼아 그런 말을 툭 던져 봤을 뿐인데 그녀가 뜻밖의 반응을 보인 것이었다.

"농담 아니지요?"

나는 부디 농담이 아니기를 빌며 확인차 물었다. 내가 헛일 삼아 말을 던졌듯이 그녀도 나처럼 헛일 삼아 대답을 한 것만 같아서였다.

"정말 그래도 될까요?"

그녀는 나에게 허락을 구하는 것처럼 말했다. 제발 허락해 주세요, 라고 간절히 부탁하는 것 같은 눈빛이었다. 집으로 돌아가는 내 자전 거 바퀴가 평소보다 수십 배로 빨리 돌았다. 집에 들어서기가 무섭게 엄마를 끌어안고 빙빙 돌았다. 영문을 모르는 엄마가 물어볼 틈도 없이 나는 승전을 알리는 전령처럼 그녀가 우리 순정리에서 시나 쓰면서 살기로 했다고 숨 가쁘게 말했다. 엄마도 나처럼 놀라 눈동자가 두 배로 커졌다.

"참말이가?"

엄마가 놀라는 것은 내가 결혼하기를 간절히 바라는 기다림에 대한 표현일 것이었다. 엄마 소원대로 내가 만약 그녀에게 장가를 가게 된다면 나는 하늘에서 내려온 선녀를 얻은 나무꾼이 될 것이었다.

그녀는 정말 떠나지 않았다. 우리 집 방 한 칸을 내주었다. 사정이야 어떻든 그녀와 함께 한집에서 산다는 것이 꿈만 같았다. 내 입은 좀처럼 다물어지지 않았고 엄마도 나 못지않게 둥둥 들떠 있었다. 아버지가 면장이 됐을 때만큼이나 좋아하는 엄마는 그녀를 위해 이른 새벽에 일어나 용산을 향해 기도를 올린 다음 물 좋은 생선을 찾아 나섰다. 뿌연 안개를 헤치고 선화도에서 주낙배들이 들어오기가 무섭게 민어, 광어, 도미, 참돔 등을 사다가 회를 치거나 굽고 미역국을 끓였다. 갓 뜯어 온 나물을 사기 위해 남보다 일찍 장에 나가 아직 산(山) 숨을 쉬고 있는 싱싱한 산나물을 사 왔다.

엄마와 내가 아기 돌보듯 정성을 기울여도 그녀는 서울에서 왔다는 말뿐, 좀처럼 말을 하지 않았다. 배에서처럼 답답증이 들었다. 서울 아가씨들은 명랑하고 말을 워낙 잘해 '야시'라고 하는데 이상하다며 엄마도 고개를 갸웃거렸다. 나는 서울 사람도 사람 나름이라고 엄마를 달랬다. 성격이 낙천적인 엄마는 여자는 입이 가벼우면 탈이 나게 마련이니 차라리 말수가 적은 편이 더 낫다며 좋게 생각하려고 애썼다.

하루하루 시간이 갔지만 그녀는 이름이 무엇인지, 몇 살인지, 무슨 일을 하는 사람인지, 자기 신상에 대하여 일체 말하지 않았다. 그렇다고 함부로 물어볼 수도 없었다. 다른 건 차치하고 '여기까지 왜 왔는지?' 그게 미치도록 궁금했지만 묻지 않았다. 그런 걸 물었다가는 정말 나뭇가지에 앉아 잠시 쉬다 날아가는 새처럼 어디론가 포르르 날아가 버릴 것만 같았다. 하늘의 뜻이 아닌 이상 그녀를 놓치고 싶지 않았다. 나는 무슨 일이 있어도 새가 앉아 있는 나뭇가지를 흔들지 않기로 명심했다. 명심하고 또 명심하면서 엄마에게도 함부로 무얼 캐물어서는 절대로 안 된다고 당부했다.

아무리 생각해도 그녀를 집에 둘 수 없었다. 엄마에게 아무것도 묻지도 말고 알려고도 하지 말라고 당부를 했지만 믿을 수가 없었다. 학교로 데려가기로 했다. 그녀를 자전거 뒷자리에 태우고 학교로 출퇴근하기 시작했다. 모든 게 내가 상상했던 대로 되어 가고 있었다. 그녀를 태우고 십 리 길을 달리는 기분이 하늘을 나는 것 같았다. 나는 휘파람을 불기도 하고 동요를 부르면서 자전거 페달을 밟았다.

그녀를 태웠으므로 순정리 꼬불꼬불한 길에서는 장난기를 부릴 수가 없었다. 그녀가 다칠세라 조심 또 조심했다. 내 자전거 뒤에 긴 머리를 날리며 선녀처럼 앉아 있는 그녀는 당연히 순정리 사람들에게 관심의 대상이 되었다. 젊은 처녀가 아니더라도 마을 사람들은 타지에서 온 사람들에게 관심이 많았다. 만나는 사람들마다 해성병원 의사 선생님처럼 애인이냐고 물었다. 나는 웃는 것으로 대답을 대신했다.

그녀는 누가 봐도 내 애인 같았고 나도 그런 생각이 점점 자리를 잡아 갔다. 내 시야에 비친 모든 것이 달라지기 시작했다. 내가 태어나 자랐고 날마다 살아가고 있는 순정리가 처음 보는 것처럼 새로웠다. 하늘과 바다와 산은 물론 학교 교정의 숲이며 숲속에서 우는 새소리도 새로웠다. 배에서 번개처럼 스쳤던 생각, "그녀를 사랑할 수만 있다면 죽어도 좋다"는 소원이 뜻밖에 이루어진 것이었다. 어떻게 생각하면 너무 쉽게 소원이 이루어진 것 같아 불안하기도 했지만 엄마가 용산을 향해 기도를 많이 한 탓일 거라는 생각이 들었다. 용산이 고마웠다.

더욱이 기쁜 것은 좀처럼 말이 없던 그녀가 말문을 트기 시작했다는 사실이다. 그녀도 우리 학교를 보고는 입을 열지 않을 수 없었던지, 첫날 학교 정문에 들어서자 그녀 입에서 "어머나!"라는 감탄이 터져 나온 것이었다. 우리 학교는 정문에 들어서면 아득할 지경으로 널따란 운동장이 펼쳐진다. 운동장을 지나면 높은 언덕으로 된 정원에 원시림이 우거져 있고 그 속에 단층으로 된 교사가 있다. 교사 중앙에 높이 솟아 있는 깃봉에서는 태극기가 하늘높이 장엄하게 펄럭인다. 이런 광경을 보고도 입이 열리지 않는다면 살아 있는 사람이라고 할 수 없다. 숲은 또 얼마나 놀라운 것인가. 우리 학교 숲은 도시처럼 이 나무 몇 그루 저 나무 몇 그루가 뒤섞여 있는 게 아니라 원시림을 그대로 유지하고 있는 탓에 후박나무, 동백나무, 소나무, 상수리나무, 소사나무가 끼리끼리 모여 군락을 이루고 있다.

사실 이렇게 아름다운 학교가 살아남은 건 순전히 내 덕이라고 할수 있다. 그동안 학교가 사라질 위기를 다섯 번이나 모면했기 때문이다. 걸핏하면 높은 분들이 학생들이 줄어든 데다 일제강점기 때 세운교사를 뜯어 없애야 한다고 주장하고 나섰다. 그때마다 나는 필사적으로 막아섰다. 반성하지 않는 역사는 되풀이되는 법, 슬픈 역사일수록 잊지 않는 것이 슬픈 역사를 되풀이하지 않는 법이라며, 조선총독부 건물을 없앤 것도 후회하고 있지 않느냐며 대들자 결국 잠잠해지고 말았다.

그녀가 정작 나를 놀라게 한 것은 나와 함께 학교로 출근한 지 열흘쯤 되었을 때였다. 자전거를 세우고 평소 습관대로 내가 태극기를 향해 경례를 붙이자 그녀도 따라 한 것이었다. 눈물이 날 정도로 감격스러운 일이었다. 나와 우리 학교 아이들은 등교할 때마다 제일 먼저만나는 태극기를 향해 경례를 하는 것이 일상이지만 도시 사람들은그렇지 않기 때문이다. 도시에서는 국경일이나 어떤 행사 때만 국기에 대해 경례를 붙이지 않던가. 그녀는 국기에 대한 경례뿐만 아니라갈수록 나를 놀라게 했다.

"그런데 왜 이런 시골학교에서 교사 생활을 하시죠?"

학교에 출근한 지 2주쯤 지났을 때 뜻밖에 그녀가 던진 질문이었다. 질문은 관심을 나타내는 가장 모범적인 것이 아니던가. 나에 대해 궁금해한다는 것은 나에 대해 관심이 있다는 증거였다. 나는 마치어떤 좋은 일로 축하라도 받은 사람처럼 들뜨고 말았다.

사실 그런 질문은 나를 처음 본 사람들이 반드시 하는 질문이다. 처음엔 나도 부산 같은 대도시에서 교사 생활을 하려고 했었고, 부산에서 3년차 교사를 할 때였다. 순정초등학교를 폐교할 거라는 소식을 듣고 충격을 받았다. 내가 어린 시절 우리 집은 순정리에서 아버지의 직장(임해면 면서기)을 따라 읍내로 이사를 가야 했다. 그래서 나는 순정초등학교를 3학년까지만 다녔지만 내 탯줄을 끊은 고향의 학교였고 내가 처음 입학한 학교였으므로 당당한 나의 모교였다.

폐교를 앞두고 해당 교육청에서 마지막으로 교사를 찾고 있었다. 지원자가 없을 때는 폐교한다는 것이었다. 나는 소식을 듣자마자 서둘러 지원서를 냈다. 지원자는 나 하나뿐이었다. 교육청에서 고르고 말고 할 것도 없이 나를 선정했다. 엄마는 애초에 서울로 유학을 못보낸 것도 한이 맺혔는데 언제 문 닫을지 모르는 촌구석 학교로 내려오는 게 말이 되느냐며 발을 굴렀다.

안타까워하는 엄마를 붙잡고 도시 학교에서는 고작해야 20평 교실의 작은 왕 노릇을 하지만 순정초등학교에서는 나 혼자 모든 것을 다 차지한 대왕이라고 달랬다. 엄마는 왕도 왕 나름이라며 비좁아도 도시의 20평 작은 왕이 낫다고 우겼다. 죄송하게도 나는 엄마를 이겼고 엄마는 결국 자식 이긴 부모 없다는 말이 왜 생겼는가 했는데 이제 알겠다면서 백기를 들고 말았다.

아버지가 살아 계신다면 어림없는 일이었다. 아버지는 나를 의사나 법관을 만들겠다고 입버릇처럼 말했기 때문이다. 사는 일에는 별 욕심이 없는 아버지도 자식에게는 세상이 우러러보는 걸 시키고 싶

은 모양이었다. 아버지는 처음부터 아이들을 좋아하는 내가 교육대
학을 가겠다고 하자 펄쩍 뛰었다. 중학교부터 도시로 유학을 시켜 가
면서 공부시킬 때는 꿈이 있었는데 겨우 초등학교 선생이냐며 서운
해한 것이었다.

아버지는 내가 대학 재학 중에 돌아가시고 말았다. 부모님에게는
불효를 했지만 나는 지금 행복에 푹 빠져 있다고 그녀에게 설명해
주었다. 그녀는 나에게 존경스럽다고 했다. 나는 존경받을 일이 털
끝만큼도 없는 사람이지만 그녀에게 인정받았다는 것이 기뻤다. 내
가 대통령이 된다 해도 그만큼 기쁘지 않을 것이라고 그녀에게 말해
주었다.

학교를 둘러보며 감탄한 그녀는 교사들이 사용했던 낡은 관사 앞
에서 걸음을 멈췄다. 새로운 발견이라도 한 것처럼 눈빛이 사뭇 빛나
보였다. 관사란 별것 아니다. 학교 건물 옆으로 옛날 교장이 사용했
던 큰 관사가 별채로 있고, 교사들이 사용했던 관사는 방 하나에 부
엌 하나씩 짝을 지어 여섯 개가 나란히 줄지어 있을 뿐이다. 관사는
오래전부터 비어 있어 폐가나 다름없는 상태다. 폐가처럼 낡은 관사
앞에서 그녀는 무슨 말인가를 하고 싶어 하는 눈치였다.

"왜요?"

궁금한 걸 참지 못한 나는 단도직입적으로 물었다.

"이런 말을 해도 되는지 모르겠는데…….."

"나는 성질이 급해서 못 기다리거든요."

그녀는 관사에서 살 수 없겠느냐고 했다. 나는 무릎을 치며 좋은

생각이라고 찬성했다. 우리 집에서 언제까지나 살 수도 없는 일이지만 그편이 그녀가 순정리에서 오래오래 살 수 있는 방편일 것이었다. 그녀의 말이 떨어지기가 무섭게 나는 방 5개 가운데 가장 양호한 첫 번째 방을 골라 수리를 시작했다. 시멘트를 이겨 쥐구멍을 막고, 비가 새는 곳도 막았다. 아궁이에 불을 때 습기와 곰팡내를 제거한 다음 방바닥엔 최신식 장판을 깔고 벽엔 분홍빛 꽃무늬 벽지를 발랐다. 마을 사람들이 장가라도 가는 거냐며 야단이었다.

"이제부터 불을 때서 밥을 지어 먹어야 하는데 할 수 있겠어요?"

"무척 재미있을 것 같아요."

읍내는 집집마다 가스를 사용하지만 순정리는 내 고집 때문에 불을 때야 하는 것이 처음으로 마음에 걸렸다. 다행히 그녀는 재미있어 했다. 불을 때는 방법을 가르쳐 주어야 했다. 아이들과 내가 서로 가르쳐 주겠다고 아궁이 앞에서 자리다툼이 벌어졌다. 좀 비겁하지만 선생님이라는 권력을 이용하여 내가 아이들을 밀어내고 자리를 차지하고 앉았다.

그녀는 매우 흥미로운 표정으로 아궁이를 응시했다. 마치 수업 시간처럼 모두 진지하게 불을 때는 걸 바라보았다. 나는 별것도 아닌 불 때기를 매우 진지하게 설명했다. 먼저 솔잎이나 낙엽 불쏘시개에 성냥을 그어 불을 붙여 아궁이에 밀어 넣었다. 그다음 나뭇가지를 잔가지부터 손으로 똑똑 분질러 넣었다. 불이 금세 나뭇가지에 옮겨붙었다. 아이들이 너도나도 잔가지를 분질러 주느라 바빴다.

"아, 나무 타는 냄새!"

그녀가 나무 타는 냄새에 감탄했다.

"샤넬향수니 뭐니 하지만 이보다 더 좋은 냄새는 없다니까요."

나는 우쭐대며 아궁이에 큰 나뭇가지를 집어넣었다. 불은 아궁이를 가득 채우며 타올랐다. 나무 타는 냄새가 본격적으로 퍼졌다.

"나무는 끝까지 나무군요. 산을 꾸며 주고도 모자라 마지막에 자기 몸을 태워 이렇게 좋은 냄새를 발산하는 걸 보면."

시를 좋아한다는 그녀의 표현은 역시 문학적이었다. 불 때기 실습을 끝내고 나자 그녀가 아궁이 앞에 앉았다. 뜨거운 불기운에 하얀 얼굴이 붉게 달아올랐다. 연기에 눈물을 줄줄 흘렸다. 불을 때는 모습이 부엌데기 신데렐라 같았다. 그림처럼 아름다웠다. 아름다우면서도 연기에 눈물을 흘릴 때는 정말 슬퍼서 우는 것처럼 보이기도 했다.

또다시 어디선가 봤다는 생각이 불쑥 쳐들어왔다. 동그란 이마와 선명한 눈망울이며 도톰한 입술이 꼭 이민정을 닮기는 했지만 탤런트 이민정이 아닌 정말 어디선가 봤다는 생각을 지울 수가 없었다. 그녀에게 어디선가 본 것 같다고 말하고 싶었지만 그것도 아직은 때가 아니라는 생각에 말을 꺼내지 못했다.

나은희……, 그녀가 자기 이름을 가르쳐 준 것은 한 달 보름 만이었고 관사로 옮기고 난 후였다. 어지간히 뜸을 들인 것이었다. 그렇더라도 고맙기 짝이 없었다. 이름을 알고부터 그녀를 '은희 씨'라고 부르기 시작했다. 참 편하고 좋았다. 관사로 옮기고 나자 내 자전거 뒷자리에 태우고 다니는 기쁨은 손해 봤지만 어디론가 사라져 버릴 것만 같은 염려는 하지 않아도 되었다.

내가 수업을 하는 동안 은희 씨는 교정을 산책했다. 교정엔 자갈이 깔려 있고 중앙에는 우리 학교 정원에서 가장 오래된 나무로 치는 수천 년쯤 된 늙은 후박나무가 서 있다. 활엽수 후박나무는 다른 나무보다 잎이 무성하고 약용재인 탓에 향기가 그윽해서 누구나 좋아하는 나무이다. 그녀도 좋아했다. 그녀를 위해 후박나무 아래 나무의자를 만들어 놓았다.

은희 씨는 나무의자에 앉아 새소리를 들었다. 새들이 은희 씨 머리 위에서 울었다. 우리 학교 교정에는 일 년 열두 달 노상 동박새가 살고 있다. 동박새는 선화도를 본거지로 삼아 순정리를 오가는 우리 지역 텃새로 유명하다. 봄부터는 잎이 무성한 후박나무에 앉아 울고 동백꽃이 피는 겨울엔 동백나무에 앉아 운다. 그녀는 동박새 울음소리가 카나리아 울음소리와 비슷하다고 했다.

나는 카나리아 울음소리를 재빨리 컴퓨터에서 검색해 보았다. 동박새보다 카나리아 울음소리가 반음 정도 더 높았고 음의 길이도 5초 정도 더 길었다. 동박새 음높이는 '라'보다 조금 높은 것인데 카나리아는 '시' 정도였다. 둘 다 높은 음에 음색도 청량한 것이 정말 비슷했다. 남녀노소를 가리지 않고 사람은 누구나 새소리를 들으면 표정이 환해지는 법인데 은희 씨는 그렇지 않았다. 새소리를 들을 때마다 젖은 옷에서 물감이 베어나듯 슬픈 표정이 얼굴에 드러났다.

"은희 씨, 새들이 뭐라고 하면서 우는지 알아요?"

나는 은희 씨 마음을 모른 척하며 엉뚱한 질문을 했다. 내 말에 은희 씨 얼굴에 엷은 미소가 스쳤다. 새소리를 알아듣는 사람이 어디 있느냐는 표정이었다.

"조금 전에 내가 물어본 건 피카소가 한 질문이에요."

"피카소라구요?"

난데없이 피카소를 들먹이자 은희 씨가 의아한 표정으로 나를 바라보았다.

"어느 날 중년 여자가 피카소를 찾아와서 하는 말이 '저는 선생님 그림을 무척 좋아하는데 무슨 뜻인지 도무지 이해할 수가 없어요.'라고 한 겁니다."

"그래서요?"

"피카소가 잠시 생각에 잠기더니 '그럼 새소리는 알아들어서 좋습니까?'라고 그 여자에게 물었다는군요."

"아, 무슨 말인지 알 것 같아요."

"바로 그겁니다. 뜻을 알아듣지 못해도 새소리가 아름다운 것처럼, 그림도 보기에 좋으면 그냥 좋은 거란 말이지요."

"정말 재밌어요."

"참, 동박새 전설 들어 봤어요?"

"전혀."

그녀가 내 이야기를 재미있어 하자 나는 분위기를 계속 이어 갈 생각으로 동박새의 전설을 꺼냈다. '약혼한 남녀가 있었는데 결혼을 하루 앞두고 여자가 악당에게 쫓기다 벼랑에서 떨어져 죽었다는 것, 그러자 약혼녀를 지켜 주지 못한 죄책감에 남자도 그 벼랑에서 떨어져 죽었는데, 죽은 여자는 동백꽃이 되고 남자는 동박새가 되었다'는 이야기를 해 주었다.

"그래서 동박새가 동백나무에 앉아 우는 건데, 흥미로운 것은 동박새가 동백꽃에 앉아 수정을 해 준다는 사실이에요. 지구상에서 새에게 수정을 받는 꽃은 오로지 동백꽃밖에 없으니까요."

"어머, 처음 들어요. 그런 말."

"처음 듣는 말 또 해 줘요? 동박새가 눈물을 흘리며 우는 이야기."

"새가 눈물을 흘리다니요?"

"새도 슬플 땐 눈물을 흘리며 운다는 걸 사람들은 모른 것 같아요. 몇 년 전 겨울 어린 동박새가 둥지에서 떨어져 죽었는데, 어미 새가 하루 종일 죽은 새끼 곁에서 울고 있더군요. 동박새는 절대로 나뭇가지를 떠나지 않는 법인데 나무 아래로 내려와 우는 겁니다. 이상해서 망원경을 들고 관찰해 봤더니, 세상에서 제일 작은 이슬방울이라고나 할까! 놀랍게도 새의 눈에 눈물이 맺혀 있지 뭡니까."

"새는 항상 아름다운 노래만 하는 줄 알았는데."

"새나 사람이나 산다는 건 다 마찬가지니까요. 태어나고 죽고, 만나고 이별하고."

"태어나고 죽고, 만나고 이별하고?"

은희 씨가 내 말을 되풀이하면서 다시 침울해지고 말았다. 나는 아차, 했다. 비록 새에 대한 이야기라 하더라도 '태어나고 죽고 만나고 이별하고' 같은 말을 해서는 안 될 것이었다. 정말 안 될 말이었다. 서울 사람 은희 씨가 이런 벽촌으로 모든 걸 버리고 올 때는 태어나고 죽고 만나고 이별하는 것과 무관할 리 없었다.

동박새 이야기를 듣고부터 은희 씨는 동박새 울음소리에 더 관심을 보였지만 표정이 어둡기는 마찬가지였다. 나는 고민 끝에 은희 씨의 관심을 제비꽃과 춘란이 한창인 학교 뒷산으로 유도하기로 했다. 수업을 단축하여 끝내고 아이들과 은희 씨를 데리고 뒷산으로 올라갔다. 생각했던 대로 은희 씨는 제비꽃에 넋을 뺐다. 꽃을 바라보는 것이 아니라 진귀한 보물을 발견한 사람 같았다. 아이들이 제비꽃을 따서 꽃다발, 꽃반지, 꽃목걸이 등을 만들어 주었다.

"함부로 꽃을 꺾다니!"

은희 씨가 깜짝 놀랐다.

"여기는 도시와 달라서 괜찮아요. 제비꽃뿐만 아니라 풀꽃은 해마다 다시 돋아나니까요."

"그렇지만 꽃이 아프잖아요."

"혹시 종교가 힌두굡니까?"

꽃이 아프다는 말에 나는 농담을 했다. 아이들과 나는 한술 더 떠서 춘란 대에 쑥 올라온 꽃 밥(춘란 꽃을 순정리에서는 '꽃 밥'이라고 부름)을 똑똑 꺾어 아작아작 씹었다.

"세상에, 귀한 난 꽃을 마구 씹어 먹다니!"

은희 씨가 깜짝 놀랐다. 그녀는 마치 꽃을 먹는 무지막지한 짐승을 쳐다보듯 우리를 바라보았다. 은희 씨뿐만 아니라 난 꽃을 먹는다는 말에 도시 사람치고 놀라지 않는 사람이 없었다.

내가 대학생 때 교수님들 앞에서 우리 고향에서는 난 꽃을 먹는다는 말을 했다가 애를 먹은 적이 있었다. 교수님들이 입맛을 다시며 여름방학을 학수고대 기다린 탓이었다. 정말 여름방학이 되자 함께 고향에 내려가 춘란을 캐게 해 달라고 끈질기게 졸라 댔지만 나는 한 뿌리도 허용하지 않았다.

　"여기서는 이걸 산(山)콩나물이라고 하거든요. 꼭 콩나물처럼 생겼잖아요. 이곳 아이들은 어려서부터 이걸 따 먹고 커요. 나도 그랬고. 그뿐인 줄 아세요? 소, 염소, 닭, 개들까지 뜯어 먹는 거니까 걱정 말아요."

　나는 꽃 밥을 다시 꺾어 그녀에게도 먹어 보라고 들이밀었다. 은희 씨는 흰 바탕에 보랏빛 점선이 뿌려져 있는 꽃 밥을 좀처럼 입에 대지 못했다.

　"꺾인 꽃에 상처가 난다고 한 건 무슨 말인지는 아는데, 그건 일부러 만들어 놓은 도시의 정원 같은 데서나 하는 말이고 이렇게 흐드러진 자연 상태에서는 아무 상관없으니 염려 말아요. 명색이 나도 아이들을 가르치는 선생 아닙니까."

　은희 씨는 비로소 납득이 가는지 꽃 밥을 조심스럽게 씹으며 달콤한 맛이 난다고 했다.

　나는 그런 식으로 은희 씨의 말을 늘려 가려고 애쓰고 은희 씨는 말이 늘어 가면서 행동반경도 넓어졌다. 바닷가로 진출했다. 바닷가에 나가 선화도를 바라보며 생각에 잠기고는 했다. 은희 씨가 바다를 좋아한다는 것이 반가웠지만 막연히 바다만 바라보는 것은 심심한 일이었다. 바닷가에서 은희 씨를 즐겁게 해 줄 수 있는 일을 곰곰이 생각해 보았다. 문어와 닭싸움을 떠올리며 무릎을 쳤다.

순정리에서는 개, 소, 닭, 염소 등 가축을 모두 놓아먹이는데 가축들은 산에서 마음대로 풀을 뜯거나 먹이를 찾아 먹으며 놀다가 해가 지면 스스로 집을 찾아오게 되어 있다. 물론 시골 사람들의 중요한 재산으로 꼽는 소나 염소는 사람들이 아침에 데려다주고 오후에 마중을 나가지만 개나 닭은 데려다주거나 마중을 나갈 필요조차 없이 자기네들이 알아서 집을 찾아오기 마련이다.

순정리 용산 뒷면은 바다와 접해 있고 정남향이라 아침에 집을 나간 가축들은 모두 그곳으로 모인다. 소와 염소들은 산에서 풀을 뜯고, 닭은 산에서 벌레를 찾아 먹고, 개는 집에서 주는 밥을 먹는 탓에 그냥 쏘다니며 할 일이 없는지를 살핀다. 자기 스스로 가축들을 지키는 지킴이 노릇을 하려는 것이다. 닭은 벌레를 찾아 먹다가 썰물 때가 되면 바닷가로 쏜살같이 내려와 게나 강구를 쫓는다. 그러다가 문어가 출현하면 문어에게 싸움을 걸기 일쑤다. 문어에게 항상 지면서도 한집에 사는 우군, 개를 믿고 시작하는 것이다.

나는 수업을 하다가도 썰물 때를 맞춰 은희 씨와 아이들을 데리고 바닷가로 나갔다. 배를 대는 갯가에서 5분쯤 더 나가면 문어, 소라, 게 등이 사는 갯바위가 나온다. 그곳은 순정리 사람들이 해산물을 뜯는 곳인데, 썰물 때가 되면 파래가 덮인 바위가 드러나고 거기로 검붉은 문어가 느리게 기어 다니며 바위를 탄다. 그렇다고 문어가 날마다 출현하는 것은 아니다. 우리가 그곳을 찾아다닌 지 3일만에야 문어를 만날 수 있었다. 3, 4킬로그램이 됨 직한 큰 놈 한 마리와 그보다 작은 놈 두 마리가 올라왔다.

귀신처럼 알아차린 닭들이 포르르 날아들었다. 싸움은 언제나 닭들이 먼저 건다. 수탉이 벼슬을 꼿꼿하게 세우고 눈을 잔뜩 치뜨고 목덜미 갈기를 잔뜩 부풀리며 공격 태세를 갖추었다. 문어는 도망가려고 느린 몸을 굴리며 안간힘을 썼다. 닭이 쫓아가 가장 큰 문어를 공격했다. 작은 문어 두 마리는 겁을 먹고 바다로 돌아가 버리고 말았다. 큰 문어는 어미고 작은 것들은 새끼인 모양이었다. 한참 동안 엎치락뒤치락하던 끝에 문어가 다리로 닭 모가지를 휘감았다. 닭이 날개를 치며 목을 빼내려고 몸부림쳤지만 속수무책이었다. 닭이 이러지도 저러지도 못한 채 화닥닥거리자 개가 달려왔다.

개는 급히 달려오긴 하지만 함부로 덤비지 않는다. 개는 닭과 달리 차분한 성격인 데다 문어발이 개의 콧속으로 들어가는 수가 있기 때문에 신중을 기한 것이다. 닭은 성질이 급해 날개를 치며 죽을 것처럼 파닥거리고 개가 노리고 노리다가 문어 머리를 물었다. 문어가 개를 공격하기 위해 닭 모가지를 휘감았던 다리를 풀었다. 닭이 빠져나왔다.

머리를 물린 문어가 예상했던 대로 다리 하나를 길게 뻗어 개의 콧속에 집어넣었다. 개가 간지럼을 참지 못해 캑캑 재치기를 하면서 문어 머리를 놓고 말았다. 문어 다리는 계속 개의 콧속을 휘젓고 개가 간지럼을 못 참아 미친 듯이 뒹굴었다. 문어가 다시 다리 3개로 개의 목을 휘감고 조이기 시작했다. 개가 위기에 처했다. 이번에는 닭이 문어 머리를 쪼며 개를 도우려고 애썼다. 닭이 쪼아 보지만 문어는 꼼짝하지 않았다. 문어의 힘은 머리보다 발에 집중되어 있는 탓에 소용없는 일이었다.

아이들이 문어 이겨라, 누렁이 이겨라, 하고 박수를 치며 응원을 하기 시작했다. 은희 씨가 허리를 꺾으며 소리 내어 웃었다. 뜻밖이었다. 은희 씨가 소리 내어 웃을 거라고는 상상하지 못했던 일이었다. 나는 은희 씨가 웃는 것이 너무 기뻐 은희 씨보다 열 배나 크게 웃었다.

닭과 문어 싸움 덕분에 은희 씨가 크게 웃고 나자 그녀를 옭아매고 있는 큰 가닥 하나가 툭 터져 나간 듯했다. 그때부터 은희 씨의 관심이 검은입에게 향했다. 은희 씨가 검은입에 대해 관심을 갖는 것이야말로 뜻밖이었다. 바닷가에서 닭과 문어 싸움을 구경하고 있을 때마다 검은입이 멀찍이 서서 우리를 바라보고 있었다. 나는 그때마다 은희 씨에게 검은입은 낯선 사람을 보면 예민해지는데 성질이 동하는 날엔 봉변을 당하는 수가 있으니 조심해야 한다고 일렀다. 검은입은 겉으로는 온순해 보이지만 사납게 돌변하면 감당하기 어려웠다. 외지에서 온 낚시꾼들이 영문 모르고 그녀와 맞섰다가 혼이 나는 일이 여러 번 있었다.

낚시꾼들은 낚싯밥으로 사용하기 위해 주로 바닷게를 잡았다. 그들은 여자들이 신다 버린 스타킹에다 삶은 고등어를 넣어 게를 유인하는데, 생선 냄새를 맡고 모여든 게들이 스타킹의 미세한 올에 걸려

백이면 백, 모조리 포로가 되었다. 이것을 지켜보던 검은입이 고등어를 넣은 스타킹을 모조리 거두어다 땅속에 묻어 버렸다. 외부인들이 자기 영역을 침범한다는 불만이었고 게를 잡지 말라는 항의였다.

낚시꾼들이 스타킹이 없어지는 것이 검은입의 소행임을 알고, 검은입의 뺨을 갈기며 폭행을 서슴지 않았다. 그러자 검은입은 포효하는 사자로 돌변해 남자들에게 달려들어 닥치는 대로 물어뜯었다. 그뿐만 아니라 가끔 그녀를 집적대는 더러운 놈들이 있었는데 그런 놈들도 검은입에게 살이 찢길 정도로 물어뜯기고는 혼비백산 달아나고 말았다. 배를 몰며 바닷가에서 야생마처럼 살아온 검은입은 기운이 장사였다.

"검은입에게 가까이 가는 건 위험해요."

"그렇지 않아요."

"그렇지 않다니요?"

내 말을 듣고도 은희 씨는 전혀 놀라지 않았다. 그뿐만 아니라 검은입을 변호하고 나선 것이었다. 검은입의 생리를 은희 씨가 알 턱이 없는데 그렇지 않다고 분명히 말하는 건 이해할 수 없는 일이었다.

"그녀의 눈빛을 본 적 있으세요?"

은희 씨의 질문에 나는 멍해지고 말았다. 눈빛은커녕 그녀의 얼굴도 제대로 바라본 적이 없었다.

"그런데 왜 검은입이라고 부르죠? 성이 '검'이고 이름이 '은입'은 아닐 텐데."

은희 씨가 그녀에게 관심을 갖는 것은 걱정스러웠지만 한편 좋은 현상일 수도 있었다. 무엇엔가 또는 누구에겐가 관심을 갖는다는 것은 자기만의 세계에 얽매여 있는 것에서 풀려나는 방법일 수도 있었다.

은희 씨가 궁금해한 것처럼 그녀에게도 이름이 없을 리 없지만 나는 그녀 이름을 들어 본 적이 없었다. 그녀는 오랫동안 독풀을 먹은 탓에 입속이 검게 변했고 사람들은 언제부턴가 그녀를 검은입이라고 불렀다. 옛날에 여자들이 원치 않은 임신을 했을 때나 자살하는 사람들이 독풀을 뜯어 먹었다고 전해 오는데 검은입도 죽으려고 독풀을 먹었다고 알려져 있었다.

검은입은 본래 읍내 사람이었다. 지능이 모자란 부모에게 태어났고, 그녀 역시 지능이 약간 모자란 대신 얼굴이 예쁜 탓에 남자들이 눈독을 들였던 것으로 알려져 있다. 10년 전쯤 면서기였던 이종호가 그녀를 겁탈한 사건은 유명했다. 그때 아버지가 살아 계셨더라면 그것만큼은 이종호를 용서하지 않았을 텐데 아버지가 돌아가신 뒤였다. 검은입은 그때 열여덟 살이었고 임신을 하고 말았다.

배가 불러 온 검은입은 이종호를 만나려고 면사무소 앞에서 하루 종일 기다렸다. 이종호는 어떤 놈 애를 배 가지고 나에게 뒤집어씌운 거냐면서 검은입을 죽도록 패 버렸다. 검은입은 유산이 되었고 그때부터 독풀을 먹은 것으로 알려져 있었다. 죽으려고 그랬을 거라고 사람들은 짐작했는데 죽지 않았다. 사람들은 제비꽃을 먹은 탓일 거라고 했다. 제비꽃은 해독제이기 때문에 그런 추측이 가능했다. 나는 검은입에 대한 정보를 아는 대로 이야기해 주었고 내 말을 들은 은희 씨 얼굴에 분노와 슬픔이 일렁거렸다.

"그럼, 마을 사람들이 이종호란 사람을 용서했단 말인가요?"

"용서요? 이곳에서는 웬만한 일은 그냥 덮고 넘어가고 말아요. 좋은 게 좋다는 우리나라 전통의식이 옛날 그대로 살아 있는 곳이니까요."

은희 씨의 표정이 침통해졌다. 내가 잘못한 것처럼 미안한 생각이 들었다. 은희 씨가 나에게 그런 걸 보고도 아무렇지도 않게 여기는 당신도 똑같다고 한 것 같았다. 솔직히 말해 나는 검은입에 대해 단한 번도 분노한 적이 없었다. 분노는커녕 검은입이란 존재에 대해 생각조차 해 본 적이 없었다. 변명을 하자면 나는 그때 부산에서 유학중이었고 순정리를 떠나 있었으므로 검은입에 대해 직접적인 사건을 접하지 못했다. 내가 그녀에 대해 알고 있는 것은 순정리 사람이라면 누구나 다 알고 있는 일종의 상식 같은 것에 불과했다.

검은입뿐만 아니라 읍내에는 떠도는 여자가 둘이나 더 있었다. 그녀들은 버려진 유기견처럼 돌아다니면서 살아가고 있는데 개보다 못한 놈들이 그녀들을 덮치고는 돈 몇 푼씩 쥐어 준다는 소문이 노상흘러 다녔다. 그녀들은 양치질도 세수도 하지 않고 머리도 감지 않아악취가 진동한 탓에 놈들은 얼굴에 보자기를 씌워 놓고 그 짓을 한다는 소문이었다.

정작 놀라운 것은 사람들은 돌아다니는 여자들이니 얼마든지 그럴수 있는 일로 여길 뿐 누구 한 사람 놈들을 비난하거나 욕을 하지 않는다는 사실이다. 저번엔 누가 덮쳤고 이번엔 누가 덮쳤다는 등 대충 그들이 누군지 알면서도 오히려 재미있는 화젯거리로 한바탕 웃을 뿐이었다. "얼굴을 보자기로 덮어 씌워 놓고 그 짓을 한 기분은 어떨까?"라고 하면서 떠들어 댄 말을 나도 들은 적이 있었다. 그런 말을 들으면서도 나는 그녀들이 가엾다는 생각을 하지 못했다. 다만 그런 짓을 하는 놈들이 더러운 놈들이라는 생각만 잠시 했을 뿐이었다. 그런데 유기견 같은 여자들 이야기는 은희 씨에게 할 수 없었다. 절대로 해서는 안 될 것 같았다.

"검은입은 겨울엔 어디서 자죠? 바닷가에서 잘 순 없잖아요."

"글쎄요."

은희 씨는 바닷가에서 살아가는 검은입의 잠자리까지 걱정을 하고 나섰다. 나는 은희 씨의 말을 듣고서야 정말 겨울엔 그녀가 어디서 자는지 궁금해졌다.

은희 씨는 검은입에게 관심을 보이기 시작하면서부터 현실에 대해 훨씬 적극적인 태도로 변해 갔다. 갈수록 나를 놀라게 했다. 이번에는 우리 학교 국어 수업을 맡을 수 없겠느냐고 물었다. 그때서야 은희 씨가 대학에서 국문학을 공부했으며 교직을 이수했고 임용시험에 합격하여 중등국어교사자격증을 소지하고 있다는 사실을 알았다.

"와, 이럴 수가! 하늘이 나를 도왔어요. 그렇지 않아도 은희 씨가 하늘에서 뚝 떨어졌다고 생각했는데."

나는 지난번에 엄마를 끌어안고 돌았듯이 그녀를 끌어안고 빙빙 돌고 싶은 심정이었다. 와, 하고 감격할 때 그녀를 향해 두 팔을 벌렸지만 마음뿐이었다. 나는 하늘을 향해 훨훨 날아오른 새가 되었다. 퇴근하고 집으로 돌아가자마자 은희 씨가 시나 쓰면서 순정리에서 살 겠다고 했을 때처럼 엄마를 끌어안고 "엄마, 됐어요. 이젠 됐어요."라 고 외쳤다. 엄마는 밑도 끝도 없이 무슨 소리냐며 다그쳐 물었다.

"은희 씨가 우리 학교 선생님이 되고 싶대요."

"거 봐라. 내가 처음부터 하늘이 보낸 선녀라고 안 했나."

나는 서둘러 교육청으로 들어가 은희 씨를 국어전담교사로 근무할 수 있는 절차를 밟았다. 계약직이지만 해당 교육청에서도 행운이라 며 쌍수를 들어 환영했다. 정식으로 근무가 시작되던 날 나는 국가대 표 선수들이 금메달을 딴 기쁨이 이런 것일까, 싶었다. 선수들이 시 상대에서 금메달을 입에 물고 진짜 금메달인지 확인을 해 보듯이 나 도 내 뺨을 꼬집으며 꿈인지 현실인지 몇 번인가 확인해 보았다.

모든 것이 이상할 지경으로 내가 원하는 대로 척척 이루어져 가고 있었다. 아니, 그 이상의 이상이었다. 이제부터는 그녀가 나뭇가지에 앉아 쉬는 새처럼 어느 날 어디론가 날아가 버릴지 모른다는 걱정 따 위는 털끝만큼도 할 필요가 없었다.

은희 - 제비꽃

배에서 동하 씨가 나를 들여다보면서 어디가 아프냐고 물었을 때 어렵지 않게 그를 알아봤다. 배에서가 아니라 배를 타기 전날 선화도 바닷가에서 아이들과 둘러앉아 동요를 부르며 하모니카를 연주할 때 이미 알아봤었다. 나는 그때 바닷가에서 들려오는 동요 소리를 들으며 죽지 않는 이상 그냥 누워 있을 수가 없었다. 지친 몸을 이끌고 바닷가로 나갔다. 아름다운 동요 중에서도 윤석중 님의 '달 따러 가자'라는 동요는 4년 전 그때도 우리를 놀랍도록 감동시킨 노래였다.

그런데 선화도를 떠나던 날, 내가 탄 배를 동하 씨도 탈 줄 몰랐다. 눈물이 왈칵 터져 나오도록 반가웠다. 구세주를 만난 것만 같았다. 배에서 다시 하모니카 연주를 들으면서 터져 나오려는 눈물을 참느라 있는 힘을 다해 눈을 감았지만 참을 수가 없었다. 눈물이 감은 눈 틈새로 흘러나오고 말았다. 그가 연주하던 동심초는 내가 좋아하는 노래였고 대학 때 선화도에 갔을 때 동하 씨가 연주했던 노래였다.

그때 우리는 한밤중 별빛축제를 했었다. 별을 보려면 선화도로 가라는 말이 있듯이 선화도의 여름밤을 수놓은 별은 세상에서 가장 굵고 맑을 것이었다. 통통 여문 별들이 머리 위로 손만 뻗으면 잡힐 듯 가까웠다. 그날 밤 우리는 알퐁스도데의 단편 '별'을 연극했다. 남자들은 목동이 되었고 여자들은 목동이 사모하는 아름다운 스테파네트가 되었다. 밤새도록 밤하늘의 별을 바라보던 주인집 딸 스테파네트가 목동의 어깨에 비에 젖은 금발을 비비며 졸고 있는 것처럼 여자들은 남자들 어깨에 머리를 뉘였다. 나도 경하 씨 어깨에 머리를 기댔다.

연극이 끝나고 가사에 '별'이 들어간 노래를 찾아 부르기를 했다. 동요부터 시작해 가곡, 팝, 가요를 가리지 않고 불렀고 각자 좋아하는 노래를 불렀다. 경하 씨는 직접 기타를 치며 음유시인 루시드 폴의 '너는 내 마음속에 남아'를 불렀다. 옛날 노래였지만 경하 씨는 그 노래를 무척 좋아했다. 별빛축제 마지막 시간에 동하 씨가 나타났다.

그때 동하 씨는 의료봉사를 하는 우리에게 보답으로 하모니카 연주를 선물하겠다고 했다. 우리는 뜻밖의 선물에 힘껏 박수를 쳤다. 동하 씨는 '섬 집 아기'를 시작으로 동요를 몇 곡 연주한 다음 동심초를 연주했다. 우리는 모두 감동에 젖었고 나는 눈물을 흘렸다. 그때 동하 씨가 자기의 연주 실력이 워낙 뛰어난 탓이라면서 농담을 했다. 나는 동하 씨의 농담 때문에 웃으면서도 계속 눈물이 흘러내렸다. 동하 씨가 영화나 TV 드라마를 보면서 우는 사람은 봤지만 노래를 듣고 우는 사람은 처음 봤다면서 오히려 재미있어 했다. 그때 동하 씨는 보기 드물게 명랑하고 낙천적인 사람이라는 생각이 들었다.

그렇더라도 나는 아직 동하 씨에게 그날 이야기를 하지 못했다. 말하고 싶었지만 그때 너무 감동적이었고 배에서 동하 씨를 만날 줄 꿈에도 몰랐다고 말하고 싶었지만 차마 말을 꺼낼 수가 없었다. 이야기를 하자면 내가 여기에 온 사정을 설명하지 않을 수 없기 때문이다. 그런데 동하 씨는 내가 여기에 왜 왔는지를 전혀 묻지 않았다. 그 사려 깊은 속내, 동하 씨는 나에게 그런 걸 물어서는 안 된다는 것, 그러면 내가 여기를 떠나 버린다는 것까지 다 알고 있었다. 나는 나대로 그가 나를 좋아한다는 것, 내가 떠나 버릴까 봐 그가 전전긍긍한다는 걸 다 알고 있었다. 내가 경하 씨를 사랑하듯 나를 향한 동하 씨의 심정을 나는 고스란히 엿보고 있었다.

이 모든 것들을 덮고, 동하 씨와 함께 아름다운 학교에서 아이들을 가르치는 꿈같은 현실이 전개되었다. 아이들이 서울 "선생님! 서울 선생님!" 하면서 나를 졸졸 따랐다. 지금까지 남자 선생님 한 분에게만 배워 온 아이들이 처음으로 여자 선생님을 만난 탓이었다. 나는 아이들에게 시를 집중적으로 가르치고 아이들은 시를 쓰는 시간을 가장 좋아했다. 모두 시인이 되겠다는 꿈에 부풀어 올랐다.

"이러다가 나 쫓겨나는 거 아닌가요?"

동하 씨는 만약 나와 경쟁자라면 정말 밀려날 것이라는 농담을 하면서 기쁨을 감추지 못했다. 내가 아이들에게 시를 가르친다고 하지만 아이들에게 시를 가르칠 필요는 없었다. 시골 아이들의 일상생활이 그대로 시였다. 순정리 아이들은 4학년만 되어도 엄연한 일꾼이었다. 학교에서 집으로 돌아가면 밭일도 하고 밥도 짓고 바닷가에 나가 해초도 뜯고 부모를 따라 배를 타고 나가 고기잡이도 거들었다. 나는 그런 걸 모두 글로 쓰면 된다고 말해 줄 뿐이었다. 애써 말을 만들고 다듬고 할 것도 없이 있는 그대로만 써도 세상 사람들을 감동시키고도 남을 만했다.

그런데 다른 아이들 시는 일상을 쓰는 시였지만 아지가 쓴 시는 슬펐다. 엄마 아빠가 없는 탓에 아지의 시를 읽을 때면 마음이 몹시 아팠다. 선화도에서 할머니와 어렵게 살아가는 아지는 사실 내가 이곳에 오기 전부터 알았던 아이였다.

엄마는 산새가 되었나 봐요
엄마가 그리워 부르면
산새들이 울어요

아빠는 물새가 되었나 봐요
아빠가 그리워 부르면
물새들이 울어요

엄마가 그리울 땐
산새들을 만나러 산으로 가요
아빠가 그리울 땐
물새들을 만나러 바다로 가요

아지의 시를 읽을 때면 가슴이 먹먹해졌지만 그렇더라도 나는 아이들을 가르치는 재미에 빠져들면서 행복하다는 생각이 들었다. '나에게 과연 이런 현실이 주어져도 되는 걸까?' 할 정도로 행복감이 밀려들기 시작했다. 행복감이 밀려들수록 한편으로는 두려움과 공포가 엄습했다. 그러니까 사람이 어떤 실패를 딛고 다시 일어서는 것을 새로운 출발 또는 시작이라고 하듯이, '나에게도 과연 새로운 출발이라는 게 존재할 수 있을까?' 하는 의문이 강하게 압박해 온 것이었다. 내가 혹시라도 그렇게 착각할까 봐 보이지 않는 누군가가 마치 명령을 하듯이 "너에겐 새로운 출발이나 시작 따위가 존재할 수 없어!"라고 호통을 치는 것만 같았다.

그런 생각에 빠질 때마다 검은입, 그녀가 나를 스치고 지나갔다. 팔을 툭 건드려 보기도 하고 내 옷자락을 살짝 잡아당겨 보기도 했다. 내가 자기에게 관심을 기울인다는 것을 아는 모양이었다. 그녀는 정말 안도현 시인의 '제비꽃'이라는 시 가운데 "허리를 낮출 줄 아는 사람에게만 보이는 거야. 자줏빛이지. 자줏빛을 툭 한 번 건드려 봐. 흔들리지? 흔들리지? 그건 관심이 있다는 뜻이야."라는 시구처럼 나를 한 번씩 건드려 보는 것이었다. 그녀가 내 옷자락을 살짝 당겼을 때 알싸한 아픔을 느꼈던 걸 기억하며 나는 그녀에게 가까이 다가가기로 마음먹었다. 그녀와 친해지기로 했다.

그녀는 배를 타고 바다로 나가 낚시를 하거나 그물을 던져 고기를 잡아 올렸다. 나는 배가 들어오기를 기다렸다가 그녀가 배를 갯가에 댈 때면 밧줄을 잡아 주었다. 그녀와 함께 배를 타기도 했다. 배는 옛날식으로 노를 저어야 했다. 동하 씨는 노를 젓는 배는 낭만적일 뿐만 아니라 한여름에 자연산 미역을 베는 데도 유용하게 사용된다고 했다. 바위에 배를 댈 때 속력 조절하기가 편리해서라고 했다. 동하 씨 말대로 바위 구석구석에 배를 대고 미역을 베는 데는 현대식 모터를 단 배보다 노를 젓는 배가 적격이었다.

검은입은 남자처럼 노를 힘차게 저었다. 팔뚝이 무쇠팔뚝이었다. 노를 앞으로 잡아챌 때마다 배가 미끄러지듯 쑥쑥 나갔다. 바다에서 십 년을 살았다면 그럴 만도 했다. 바다에 그물을 던졌다가 다시 그물을 끌어올릴 때마다 내가 거들고 나섰다. 그럴 때마다 그녀가 빙그레 웃었다. 웃음기가 순하고 고왔다. 그물을 끌어올리는 걸 도와줄 때마다 그녀는 빙그레 웃으면서 고기 몇 마리를 칡넝쿨에 꿰어 주었다. 고맙다는 표시였다. 그녀는 고마워할 줄도 알고 웃을 줄도 알았다. 감정이 고스란히 살아 있는 멀쩡한 '사람'이었다.

그녀는 고기를 잡아 가지고 읍내에 나가 먹을 것으로 바꾸었다. 빵집에서는 빵과 바꾸고 밥집에서는 밥과 바꾸었다. 고기를 거저 주는 모양이었다. 약아빠진 읍내 사람들이 공짜나 마찬가지로 생선을 얻고 있었다. 이미 알고 있었지만 그녀에겐 집이 없었다. 내가 순정리에 왔던 지난해 겨울에도 남의 집 부엌에서 잠을 자다 쫓겨났다고 아이들이 참새처럼 조잘댔다.

"선생님, 검은입이 어제요. 수영이네 아줌마에게 부지깽이로 두들겨 맞았어요. 부엌 아궁이 옆에서 몰래 도둑잠을 자다 들켰거든요."

부지깽이로 맞았다는 말에 가슴이 아팠다.

"때리다니?"

"냄새나고 더러우니까요."

"겉이 더러운 건 씻으면 되는 거야."

"검은입은 너무 더러워서 씻어도 소용없어요."

검은입은 씻어도 소용없을 정도로 더럽다고 인식해 버린 아이들에게 나는 할 말을 찾지 못했다. 아무리 더러워도 사람을 무시하지 말고 도와주는 거라고 해 봤자 정말 소용없을 것이었다. 검은입은 가엾은 사람이니 사랑해 주라는 말은 더욱 할 수가 없었다. 눈에 보이는 것만 믿는 아이들에게 검은입은 정말 더러웠기 때문이었다. 그녀의 잠자리에 대해 아이들뿐만 아니라 마을 여자들도 쑥덕거렸다.

"검은입도 빈집에서는 안 잔다고 하네?"

"그것도 사람인데 빈집은 춥고 무섭겠지."

나는 아궁이에 불을 때면서 따뜻함에 취한 채 그녀에 대한 생각에 잠겼다. 그녀에게 나처럼 따뜻한 곳에서 잠을 잘 수 있게 해 주고 싶었다. 관사는 아직도 방 네 개가 비어 있지만 학교인 탓에 검은입을 살게 할 수는 없었다. 사람들이 말하는 빈집이 떠올랐다. 마을에는 버려진 빈집이 여러 채가 있었다. 학교로 들어오는 길목만 해도 두 채가 있었다.

수업을 마치고 나면 빈집을 조사하러 다녔다. 빈집은 무당집까지 합해 아홉 채나 되었다. 주인들이 모두 도시로 떠나 버린 집이었다. 그렇더라도 법적으로 엄연히 주인이 있었다. 무당집만 법적으로 주인이 없었다. 가족이 없는 무당이 죽자 그대로 버려졌다고 했다. 동하 씨에게 무당집을 얻을 수 없겠느냐고 했다. 마당에 꽃도 심고 나무도 심으면서 내가 살고 싶다고 이유를 댔다. 동하 씨는 내가 거처하는 관사가 비좁아 불편한 줄 알고 서둘러 이장을 찾아가 빈집을 알아봐 주었다. 집주인들이 이장에게 관리를 위임한 탓이었다. 며칠이 지나자 동하 씨는 빈집 중에서 가장 넓고 양호한 집을 골라냈다며 자랑스럽게 말했다.

"터가 제법 넓은 집이니 꽃과 나무를 심으면 읍내 우리 집처럼 멋진 정원을 가진 집이 될 수 있어요."

나보다 동하 씨가 더 좋아했다. 나중에 알고 보니 빈집은 빌린 것이 아니라 동하 씨가 아예 사 버린 것이었다.

빈집은 할 일이 많았다. 동하 씨는 사람을 불러다 집을 고치고 아이들과 나는 몇날 며칠 마당을 가득 채우고 있는 풀을 캐냈다. 집수리가 끝나자 검은입을 데려올 준비를 했다. 먼저 검은입을 데리고 읍내로 나가 갈아입힐 옷을 사고 목욕탕으로 데리고 갔다. 10여 년 동안 몇 번이나 옷을 갈아입었는지 알 수 없는 옷을 벗겨 냈다. 옷을 벗지 않으려고 해, 달래는 데 한나절쯤 걸렸다. 아이들 말대로 더럽기 짝이 없었다. 해묵은 비린내가 코를 찔렀다. 알몸이 드러나자 그녀는 재빨리 두 팔로 가슴을 가리며 안절부절못했다. 가슴을 가린 것은 여성이라는 존재를 상실하지 않았다는 증거였다. 그녀는 역시 여자였고 가슴은 그녀에게도 성역이었다.

나치 히틀러가 저지른 아우수비수의 처참한 가스학살에 대한 사진이 떠올랐다. 실오라기 하나 걸치지 못한 상태로 발가벗겨진 남녀노소가 한데 섞여 가스실로 들어가는 장면, 특히 아들, 딸, 며느리, 사위, 시아버지, 시어머니 등등이 서로에게 알몸을 보이는 것은 죽음보다 더 두려웠을 것이었다. 며느리나 딸들은 시아버지나 아버지를 의식하면서, 시아버지나 아버지들은 며느리나 딸들을 의식하면서 허공으로라도 몸을 가리고 싶은 표정이었다. 여자들은 두 팔을 가슴에 모아 유방을 가리고 있었고 남자들은 두 손을 하체에 모으고 엉거주춤 서 있었다. 표정들이 차라리 어서 가스실로 들어가 버리는 게 낫다는 심정 같았다.

사진을 본 건 어느 전시회장이었고 함께 간 친구가 여자들도 가슴보다는 하체를 가릴 줄 알았는데 의외라고 했다. 그러자 나이가 지긋해 보이는 여성 관람객이 절박한 상황에서 여자는 본능적으로 유방을 가린다고 했다. 그건 여성의 고귀한 성역, 여성을 사수하려는 엄중한 본능이라고 했다. 생명선 젖줄, 유방이 무너지면 마치 적군에게 성을 함락당하듯 세상이 무너지기 때문이라고 했다.

여성의 가슴과 성역, 그리고 본능……, 내 입에서 이런 말들이 맴돌았다. 그때 나이든 관람객이 했던 말을 떠올리며 내 앞에서 가슴을 가리고 있는 검은입을 대견하게 바라보았다. 놈에게 비록 성을 함락당했지만 다행히 그녀의 본능은 고스란히 살아 있었다. 그리고 여성을 사수하려고 안간힘을 쓰고 있었다.

"목욕할 땐 괜찮아요. 손 내리고 이렇게 씻는 거예요."

따뜻한 물을 몸에 부어 주며 씻기를 독촉했다. 그녀는 몇 번인가 몸을 움찔거리더니 곧 살과 더운물이 만나는 쾌감을 알기 시작했다. 가슴에서 손을 내리더니 스스로 자기 몸에 더운물을 끼얹는 것이었다. 얼굴은 구릿빛처럼 검게 그을렸고 입은 동물 입처럼 검지만 속살은 박속처럼 희고 고왔다. 물을 만난 속살이 꽃처럼 피어올랐다. 검게 탄 겉살은 꽃받침 같고 속살은 꽃잎 같았다. 허벅지살, 엉덩잇살, 등살 등 몸 구석구석이 하얗게 되살아나기 시작했다. 백옥 같은 젖가슴이 여왕처럼 탐스러웠다.

"몇 살이죠?"

백옥 같은 보얀 젖가슴을 바라보며 나는 그녀에게 나이를 물었다. 그녀는 누가 들으면 큰일이라도 날 것처럼 아주 낮은 소리로 '스물여덟'이라고 했다. 나보다 두 살이 더 많았다. 자기 나이를 알고 있을 거라고 기대하지 않았는데 의외였다. 그녀는 실성하지도 않았고 모자라지도 않았다. 덕지덕지 엉킨 머리를 풀어 샴푸를 해 주고 곱게 빗겨 내렸다. 긴 머리가 그녀 등으로 늘어졌다. 머리도 28세 나이를 그대로 간직하고 있었다. 그녀는 긴 머리와 매끄러워진 자기 살을 매만지며 헤실헤실 웃었다.

"기분 좋죠?"

내가 묻자 검은입이 고개를 끄떡였다.

"기분이 너무너무 좋죠?"

나는 자꾸 묻고 그녀는 고개를 더 크게 끄떡였다. 때를 미는 타월을 그녀 등에 댔다. 늪처럼 때가 줄줄 밀려 내렸다. 10여 년 동안 몸에 뜨거운 물 한 번 묻히지 않았을 원시의 늪이었다. 때가 아니라 그녀가 당한 희생의 증거였다. 검은입이 아픔과 간지럼을 참지 못해 몸을 피했다. 나는 눈을 부릅떠 가면서 단호하게 그녀를 붙잡고 떼를 밀어냈다. 겉의 더러움을 벗겨 낸 다음 그녀의 순수한 속을 마을 사람들과 아이들에게 보여 주고 싶었다.

원시의 늪 같은 때가 벗겨지자 막혔던 땀구멍이 열리면서 여자의 달콤한 향기가 솔솔 풍겼다. 더운물에 잘 익은 얼굴, 전혀 가공되지 않은 얼굴이 활짝 핀 산나리 꽃처럼 예뻤다. 목욕을 마친 다음 아기를 목욕시켜 놓은 엄마처럼 나는 그녀를 바라보고, 그녀는 여자로 환원된 자기 몸을 손바닥으로 쓸어 보며 연신 미소를 지었다. '인간이 가장 행복할 때 짓는 미소가 저런 것일까?' 하는 생각이 들었다. 아마 그럴 것이었다. 나는 세상에 태어나 처음으로 남의 몸을 씻어 주었다는 뿌듯함을 느끼며 그녀에게 새로 산 옷을 입히고 머리를 뒤로 모아 묶어 주었다. 정신없이 풀어헤치고 다니던 머리가 등을 타고 삼단처럼 가지런히 내리뻗었다. 딴 사람이 되어 버린 검은입을 데리고 새집으로 돌아왔다.

"이제부터는 여기서 나랑 함께 살아요."

새집에서 그녀와 나의 동거가 시작되었다. 뒤늦게 동하 씨가 내 의도를 알고 펄쩍 뛰었다. 그녀와 동거는 있을 수 없으며 찬성할 수도 없다면서 손을 저었다. 마을 사람들도 그녀가 마을에 정착하는 걸 용납하지 않을 거라고 했다. 나는 마을 사람들의 고정관념을 깰 거라고 했다. 인간은 고정된 것이 아니라 날마다 변화하는 존재라는 걸 마을 사람들에게 보여 주고 싶다고 했지만 동하 씨는 좀처럼 수긍하지 못했다.

동하 씨의 염려와 달리 검은입은 조용하고, 일도 잘했다. 일을 할 때마다 그녀 얼굴에 행복감이 넘쳤다. 그녀는 한시도 가만히 있지 않았다. 이른 새벽에 일어나 바다에 나가 고기를 잡아 왔고, 아침밥을 먹으면 우리가 사는 집 주변부터 마을길을 청소하기 시작했다. 풀을 매고 길에 박힌 돌멩이를 뽑아냈다. 길이 하루하루 달라져 갔다. 길가에 있는 빈집에 들어가 풀을 매기도 했다. 빈집에 가득한 풀을 보며 내가 늘 걱정을 한 탓이었다.

"야생마를 길들여 가는 것 같아요."

동하 씨가 슬슬 놀라기 시작했다. 놀라기는 마을 사람들도 마찬가지였다. 이장이 나에게 "머리 좋은 사람들은 역시 다르다니까요."라며 칭찬할 때마다 그건 머리 좋은 것과는 전혀 다른 것이라고 이장의 말을 수정했다. 마음 같아서는 '사람을 사람으로 대하면 되는 것'이라고 말해 주고 싶었지만 어른을 가르치는 것 같아 입 밖에 내지 않았다.

"선생님, 우리 엄마가 그러는데 선생님 때문에 검은입이 사람이 됐대요."

아이들이 하는 말도 듣기 좋았다. 마을 길 청소도 좋지만 나는 '그녀에게 자기 존재감을 찾아 주는 게 뭘까?' 하고 생각하다가 학교 청소를 시켰다. 동하 씨와 내가 수업을 하는 동안 그녀는 학교 청소를 했다. 교실 5개를 폐쇄시켜 놓은 걸 제외하더라도 사용하는 교실 2개와 교무실, 도서실을 합해 모두 4개였다. 그렇더라도 학교 청소란 결코 만만치 않은 것인데 바다에서 노를 저은 그녀에게는 문제가 되지 않았다. 그녀는 청소를 척척 해치우고는 우두커니 서서 나를 바라보았다. 다른 일을 시켜 달라는 사인이었다.

그녀는 시키는 대로 일은 척척 잘하지만 목욕탕에서 나이를 가르쳐 준 것 말고는 좀처럼 말을 하지 않았다. 어쩌다 하는 말이란 "밥 먹어, 집에 가, 참 좋아." 이런 식의 짧은 단어였다. 지능이 모자란 데다 오랫동안 말 상대 없이 살아온 탓일 것이었다.

나는 며칠 동안 '그녀에게 학교 청소 외에 무슨 일을 시킬까' 하고 생각 중인데 그녀가 들에서 제비꽃을 캐어다 우리가 살고 있는 집 뒤뜰과 마당에 심기 시작했다. 그렇지 않아도 동하 씨가 뒤란과 앞마당에 꽃과 나무를 심자고 하던 중이었다. 그녀가 제비꽃을 심는 것은 내가 제비꽃을 좋아한다는 걸 알고 나를 기쁘게 하기 위해서였다. 나는 가끔 제비꽃을 보러 뒷산으로 올라갔고 그때마다 검은입과 동행했다. 내가 제비꽃잎을 따 들고 소원을 비는 점을 칠 때면 내 옆에서 숨소리도 내지 않고 바라보는 것이었다.

순정리에는 제비꽃이 지천으로 널려 있었다. 순정리에서 제비꽃을 만난 건 한편으로는 반가웠고 한편으로는 슬픈 일이었다. 맨 처음 동하 씨가 나를 데리고 뒷산으로 올라갔을 때 많고 많은 제비꽃을 보면서 반가움과 놀라움을 주체할 수 없었다.

경하 씨와 함께 제비꽃을 바라보는 일이 가장 즐거운 시간이었다. 우리가 다니던 대학캠퍼스에 봄부터 제비꽃이 피고 우리는 아름다운 소녀 '이아'와 양치기 소년 '아티스'의 슬픈 사랑을 이야기했다. 여신 비너스의 질투로 큐피트의 화살이 이아를 죽여 제비꽃으로 피어나게 만들어 버렸다는 그리스 전설을 이야기하면서 안도현 시인의 시를 김현성이 노래 부른 걸 둘이서 열심히 부르기도 했다.

노래 가운데 우리가 무척 좋아했던 가사는 "자줏빛을 툭 한 번 건드려 봐. 흔들리지? 흔들리지?"라는 내용이었다. 정말 순정리 제비꽃은 툭 건드리면 전설 속 이아의 눈에서 눈물이 쏟아질 것처럼 청아했다. 제비꽃에서 경하 씨의 얼굴이 어른거렸다. 나에게 웃음을 가르쳐 주던 선한 웃음과 나의 결핍을 채워 준 따뜻한 사랑과 미소와 손짓 발짓까지 모두 들어 있었다.

그때 제비꽃을 바라보며 우리는 청춘답게 매우 중요한 이야기도 나누었다. 주로 경하 씨가 이야기를 했는데 인간의 존엄성이니 정의니 하는 것들이었다. 공리주의자 벤담의 절대 다수의 절대 행복을 이야기했고, 절대 다수의 절대 행복보다도 한 사람 한 사람 개인의 자유가 더 소중하다는 벤담의 제자 밀의 자유론을 이야기했다. 개인의 존엄성과 권리에 비중이 약한 벤담의 절대 다수의 절대 행복보다는, 사람은 남에게 해를 끼치지 않는 범위에서 원하는 것을 자유롭게 추구할 수 있어야 한다는 밀의 자유론이 더 마음에 들었다. 그보다 더 마음에 든 것은 공리주의 자체를 거부하면서 인간의 존엄성은 절대 다수와 같은 숫자로 계산되어서는 안 된다는 것과 사람은 이성적 존재이므로 숫자에 관계없이 누구나 존중받을 가치가 있다고 주장한 칸트의 생각이었다.

누구나 존중받을 가치? 나는 순정리 제비꽃을 처음 보던 날 경하 씨와 나누었던 철인들의 생각을 떠올리면서 인간은 누구나 존중받을 가치가 있다는 것에 대해 고민했다. 나도 살 가치가 있는지? 살면 어떻게 살아야 하며 언제까지 살아야 하는지에 대하여 고민하다가, 결심했다. 적어도 경하 씨가 나에 대한 모든 것을 훌훌 털어 버릴 때까지는 이 땅에 존재해야 한다는 것이 답이었다. 그리고 인간이 정말 존중받을 가치가 있다면 내가 왜 경하 씨로부터 도망쳐야 했는지를 이 세상에 말할 수 있을 때까지 살아 있어야 한다는 생각도 했다.

아무튼 내가 살든지 죽든지 하루 빨리 경하 씨가 나를 잊어 주길 빌면서 제비꽃 점을 쳤다. 순정리 사람들에게 제비꽃 점을 치는 걸 배웠다. 꽃잎을 따서 손바닥에 올려놓고 꽃잎에 눈을 맞추면서 소원을 비는 것인데, 꽃잎이 바람을 타고 하늘 높이 날아오르면 소원이 이루어진다고 했다. 나는 부디 경하 씨가 나를 까맣게 잊고 새롭게 시작하기를 간절히 빌었다.

간절히 빌었지만 내 손바닥에 얹혀 있는 꽃잎이 좀처럼 날아가지 못해 애를 태웠다. 경하 씨가 계속 슬픔에 잠겨 있다는 것으로 해석되었다. 그래서는 안 되는데, 그래서는 안 되는데, 라고 애를 태우며 입으로 꽃잎을 혹 불어 주고 싶은 심정이었지만 그러면 소원을 이룰 수가 없다고 했다. 꽃잎이 바람을 타고 제 힘으로 날아올라야 한다고 했다. 입을 꼭 다물고 바람이 오기만을 기다렸다.

그러면서도 다시 운명의 큐피트가 날린 화살이 날아올까 봐 두려웠다. 아름다운 소녀 이아와 양치기 소년 아티스의 사랑을 갈라 버린 화살이 다시는 날아와서는 안 되는데, 여신이 또 무슨 장난을 칠지 알 수 없었다. 그러고 보니 경하 씨는 아티스이고 나는 이아라는 생각이 들었다. 두려웠다. 나는 죽어, 제비꽃으로 피어날지라도 경하 씨는 아티스가 되면 안 된다며 계속 제비꽃 점을 쳤다. 그럴 때마다 검은입은 내 옆에서 말없이 나를 바라보고 있었다.

"그래요. 우리 제비꽃을 심어요."

나는 검은입과 함께 제비꽃으로 집을 채우기로 했다. 제비꽃을 밤낮 바라보며 경하 씨를 위해 빌고 싶어서였다. 마당 가장자리에는 나무를 심기로 했다. 동하 씨가 출근할 때마다 자전거 뒷자리에 묘목을 싣고 왔다. 읍내에 묘목농장이 있는데 가지 하나만 부러져도 상품가치가 없어 버려진다면서 그것들을 얻어 날랐다. 집이 점점 집다워져 갔다. 제비꽃과 나무가 가득한 집엔 가족도 두 사람이나 있었다. 새들도 찾아와 노래를 불러 주었다. 정원이 잘 다듬어지던 날, 내가 직접 노래를 부르고 싶었다. 세계인이 즐겨 부른 동요 '즐거운 나의 집'을 불렀다. 노랫말처럼 우리 집은 꽃이 피고 새가 우는 집이 되었다. 노래를 부르는 동안 나는 문득 '이 집에서 내가 언제까지 안주할 수 있을까' 하는 불안한 생각이 스쳤다.

경하 씨와 결혼하고 신혼집을 마련하고 내 짐을 옮겨 놓던 날에도 이 노래를 불렀지만 사랑하는 경하 씨와 함께 살고 싶은 집에서 단 하루도 살아 보지 못한 탓이었다. 공교롭게도 노랫말을 쓴 '존 하웨드 페인'도 사실은 집 없이 평생을 떠돌았다고 한다. 나는 곧 나를 조소했다. 이 집에서 언제까지 살 것인가를 궁금해한다는 것은 나도 남들처럼 안락하게 살고 싶다는 욕망을 품고 있다는 증거였다. 그건 분명 염치없는 생각일 것이었다. 순정리에서 하루하루를 살고 있는 것만 해도 죄송하기 짝이 없는 나는 남들처럼 자연스러운 삶을 욕망해서는 안 되기 때문이다.

한편 내가 노래를 부를 때 검은입이 나를 따라 입을 달싹거리는 것을 발견했다. 경이로운 일이었다. 소리는 들리지 않았지만 분명히 음을 아는 것 같았다. 노래를 다 부르고 난 다음 그녀에게 이 노래를 아느냐고 물었다. 그녀는 부끄러워하며 입을 꼭 다물어 버리고 말았다. 나는 너무 반갑고 놀라워 동하 씨에게 그녀가 '즐거운 나의 집' 노래를 아는 것 같다고 흥분된 어조로 말했다. 그러면서 검은입이 어서 말문이 터져 속 시원하게 말을 주고받고 싶다고 했다. 동하 씨는 욕심이라고 했다. 검은입을 이 정도로 만들어 놓은 것만 해도 놀라운 일인데 너무 많은 걸 기대한다는 것이었다. 나는 그녀와 함께 속 시원하게 속을 터놓고 말을 할 때가 있을 거라며, 언제가 될지 알 수 없지만 독풀을 먹어야 했던 그녀 심정을 꼭 물어보고 싶다고 했다.

동하 씨와 검은입과 나는 꽃과 나무를 심는 재미에 푹 빠졌다. 우리 집뿐만 아니라 빈집마다 제비꽃과 나무를 심기로 했다. 마을에 빈집이 있다는 건 아이들에게 교육적으로나 마을 이미지상 바람직하지 못한 탓이었다. 어른이나 아이들이나 빈집 근처에 얼씬도 하지 않았다. 무당집이야말로 개나 고양이도 가지 않는다고 했다. 비바람이 부는 날엔 울긋불긋한 복색을 차려입은 여자가 나타나 방울을 흔들면서 징을 울린다는 소문이 자자했다. 무당집에 어느 핸가 대추나무에 벼락이 떨어졌는데, 벼락 맞은 대추나무로 도장을 파거나 밥상이나 책상 따위를 만들어 사용하면 행운을 얻는다는 것 때문에 대추나무를 욕심내면서도 마을 사람들은 아무도 접근하지 못했다.

개나 고양이도 가지 않는다는 무당집엘 검은입이 대뜸 들어가 우거진 풀을 매기 시작했다. 동하 씨와 내가 무당집에 대해 이야기하는 것을 듣고 대뜸 쳐들어간 것이었다.

"검은입은 이제 무당귀신에게 목 졸려 죽을 걸요."

"비 오는 날 방울 소리 날 때 죽을지도 몰라요."

아이들이 무섭다며 떨었다. 검은입과 함께 사는 나도 죽을 수 있다면서 어떻게 하면 좋으냐고 울상을 지었다. 나는 아이들에게 그건 미신이며 쓸데없는 두려움이라고 말하지 않았다. 대신 수업을 마치면 무당집으로 달려가 풀을 맸다. 겁을 내던 아이들이 잠잠해지더니 하나둘 무당집에 발을 들여놓기 시작했다. 정말 윗부분이 까맣게 탄 벼락 맞은 대추나무가 유령처럼 마당 끝에 서 있었다.

우리가 무당집의 풀을 말끔히 거둬 내고 나자 그때서야 마을 사람들은 검은입이 액땜을 했을 거라면서 벼락 맞은 대추나무를 베자고 했다. 그리고 어느 날 이장과 마을 사람들이 무당집 앞에 모였다. 이장이 톱을 들고 앞장서서 마을 사람들을 데리고 무당집 마당까지는 들어왔지만 정작 대추나무에는 톱을 대지 못했다. 그때 검은입이 이장 손에서 톱을 빼앗았다. 그러자 아이들이 "그러면 대추나무처럼 벌 맞아 죽어요."라고 소리를 질렀다.

검은입이 아이들 외침에 아랑곳없이 대추나무 밑동에 톱을 대고 톱질을 하기 시작했다. 무쇠 같은 팔뚝에 힘줄이 시퍼렇게 돋아났다. 검은입은 쉬지 않고 톱질을 하고 죽은 대추나무는 좀처럼 베어지지 않았다. 깡마른 나무라 톱이 쉬 먹히지 않았다. 대추나무는 검은입의 힘을 모조리 소진시킨 후에야 쓰러졌다. 마을 사람들은 여전히 머뭇거리면서 서로 눈치를 봤다. 그러자 검은입이 쓰러진 대추나무를 질질 끌어다 담장 밖으로 내쳤다. 대추나무가 무당집을 벗어나자 마을 사람들이 우르르 대추나무로 달려들었다. 몫을 나누느라 와자지껄했다. 그걸 바라보는 검은입의 얼굴이 붉게 상기되었다. 존재감을 느낀 것이었다.

무당집을 개척한 검은입은 내가 수업을 할 동안 재빨리 학교 청소를 마치고 또 다른 빈집을 찾아다니며 우거진 풀을 제거했다. 그녀의 무쇠팔이 풀숲을 하루쯤 휘젓기만 하면 풀이 파죽지세로 사라져 버렸다. 한여름 내내 일곱 채를 풀 속에서 건져 냈다. 우리는 제비꽃을 캐어다 빈집을 채워 나갔다. 일이 그쯤 되자 사람들은 검은입을 옛날처럼 함부로 대하지 않았다. "사람은 역시 사람을 만나야 사람이 된다니까!"라고 수군댔다.

그런데 계속 그녀를 검은입이라고 부를 수가 없었다. 이름을 지어 주고 싶었다. 눈빛이 맑고 순수해서 순정리 이름을 따 '순정'이라고 지어 주었다. 순정이, 순정이, 하고 불러 주자 그녀의 눈에서 눈물이 흘러내렸다. 그녀는 정말 감동할 줄도 알고, 울 줄도 아는 보통 사람과 똑같은 사람이었다.

정하 - 카나리아

"강이를 빨리 만나야 해. 놈이 수작을 부리거든."

"그렇다면 해 봐야지."

서 검사가 일을 서둘렀다. 놈이 수작을 부린다면 다소 무리가 따르더라도 강이와 서 검사를 만나게 해 주어야 할 것이었다.

"놈이 자기가 한 짓을 인정하면서도 아이가 유혹을 해서 일어난 일이라고 주장하지 뭐야. 아홉 살짜리 어린아이에게 뒤집어씌우겠다는 악랄한 계산이지."

"놈의 주장이 통할 만한 법적 근거라도 있는 거야?"

"어린아이가 어떻게 유혹을 했느냐고 호통을 쳤더니 목욕을 하고 발가벗은 채 자기를 향해 생긋 웃더란 거야. 술을 먹은 터라 술김에 그랬는데 나중에 보니 조금 심하게 했더라나. 결국 술 탓이라는 거지."

"술만 들이대면 법이 봐주니까 술 힘을 믿는 거겠지."

"맞아, 술 탓이라고 하면 술술 잘 넘어가 주는 우리나라 법도 문제야."

내가 질타하자, 서 검사는 자기 탓인 것처럼 미안해했다. 강이 친아빠는 교통사고로 죽었고 놈은 강이의 의붓아빠라고 했다. 강이 엄마가 자그마한 식당을 운영하면서 손님으로 온 백수건달을 알게 되

었다고 했다. 나는 자리에서 벌떡 일어나 서 검사를 데리고 강이에게
로 갔다.

"눈이 참 예쁘구나."

서 검사가 강이의 예쁜 눈을 칭찬하면서 말을 붙였다. 서 검사의
칭찬은 아이를 위로하기 위한 인사치레가 아니었다. 나는 하마터면
'은희 눈과 꼭 닮았지?'라고 할 뻔했다. 강이의 예쁜 눈에서 눈물이
흘러내렸다.

강이의 눈물을 보자 다시 놈에 대한 분노가 끓어올랐다.

"강이 몇 학년이지?

서 검사가 조심스럽게 물었다.

강이는 손가락 두 개를 펴 보이며 겨우 들을 수 있는 작은 소리로 2
학년이라고 말했다.

"강이 몸을 누가 이렇게 아프게 했지?"

"아빠가."

서 검사의 단도직입적인 질문에 나는 당황했지만 아이는 다행히 대
답을 잘 해 주었다.

"그럼 강이는 아빠를 어떻게 생각해? 아빠 좋은 사람이야?"

아이는 대답을 하지 못한 채 나를 바라보았다.

"괜찮아. 말해 봐."

나는 안타까워서 강이의 머리를 쓰다듬어 주며 달랬다.

"강이는 아빠가 벌을 받아야 한다고 생각해?"

서 검사가 묻자 강이가 고개를 끄떡였다.

"그럼, 아빠가 강이 몸을 이렇게 만든 일을 조금만 말해 줄 수 있을까?"

강이는 말이 없었다. 고개를 끄떡이지도 않았다.

"강이가 말을 해 주어야 아저씨가 아빠에게 벌을 줄 수가 있는 거야."

내가 달래자 강이가 고개를 끄떡였다.

"그날 학교에서 집으로 와 강이는 무얼 하고 있었지?"

"숙제."

"아빠가 강이에게 어떻게 했어?"

"옷을 벗겼어요."

"싫다고 하는데도 벗겼어? 그래서 강이는 어떻게 했어?"

"울었어요."

"우니까 아빠가 어떻게 했지?"

"화를 내면서 때렸어요."

"때렸어. 어딜?"

"여길."

강이는 자기 뺨을 가리켰다.

"강이를 때린 다음 어떻게 했지?"

"아빠가 바지를 벗었어요. 말을 안 듣고 고집을 피우면 죽여서 내다 버린다고 하면서. 그러면 엄마를 다시는 볼 수 없다고 하면서."

그쯤에서 강이가 공포의 울음을 터트렸다. 그날이 떠오른 모양이었다. 자지러지게 울면서도 소리가 밖으로 나오지 못했다. 강이는 질식할 것처럼 얼굴이 파랗게 질린 채 있는 힘을 다해 몇 초를 견디다 숨을 터트리곤 했다. 놈에게 당한 절박한 순간의 공포였다. 그러다간 질식할 수 있었다. 나는 재빨리 강이를 흔들어 깨우며 안정제를 투여했다. 더 이상 들을 것도 없었다.

그날 서 검사가 저녁에 술을 한잔하자고 했다. 술을 하면서 서 검사는 그 정도면 충분하다며 놈에게 최고형을 매길 거라고 했다. 그런데 아무리 생각해 봐도 내가 강이를 대한 태도가 이상하다고 했다. 의사 입장 이상으로 예민하다면서 이유가 뭐냐고 물었다. 성폭력으로 희생당한 아동이 사흘이 멀다 하고 발생하고 있는데 의사가 그때마다 충격을 받으면 어떻게 의사를 하겠느냐는 것이었다. 나는 나도 모르겠다고 대답했고, 서 검사는 내가 이상한 게 한두 가지가 아니라고 고개를 갸웃거렸다.

결혼한 사람이 집들이도 하지 않고 신부도 보여 주지 않는 것도 이상하지만 이제 막 결혼한 사람 표정이 먹구름장인가 하면 몹시 불안정해 보인다고 했다. 나는 외과 의사들은 수술 때문에 한순간도 편할 날이 없어서라고 둘러댔다.

"민경하, 나 검사야. 사람 속 뚫어보는 무엇이 있다구. 하물며 가장 친한 친구를 모르겠어. 너 무슨 일이 있는 게 분명해. 말해 봐, 대체 뭐야?"

"나는 수술실에 들어가는 순간부터 수술을 마치고 환자가 깨어날 때까지 내가 누군지 몰라. 나를 의식할 틈이 없다니까."

"그건 결혼 전에도 그랬어. 그런데 결혼하고 나서 백팔십도로 달라졌다는 얘기야. 혹시 은희 씨와 무슨 문제라도 있는 거니? 그런 거지?"

서 검사는 마치 범법자를 추궁하듯 끈질기게 물고 늘어졌다. 나는 은희가 사라져 버린 일을 아무리 친한 서인석이라 하더라도 차마 말할 수가 없었다. 대신 은희 아버지 나중범에 대한 불만을 터트렸다.

"인석아, 나중범 그 사람 이해할 수 없는 인간이야."

나는 나도 모르게 은희 아버지를 '인간'이라는 경멸에 찬 말을 하고 말았다.

"인간? 장인을 인간이라고 칭하는 건 문제가 있어도 심각한 문제가 있다는 거잖아? 나중범에 대해서 이런 말까지는 안하려고 했는데 니가 그렇게 말하니까 나도 말하지. 언젠가는 우리 젊은 검사들이 그자의 아킬레스건에 살(矢)을 꽂을 거라고 벼르고 있어."

서 검사는 나에게 가끔 자기 상사인 나중범에 대해 불만을 말한 적이 있었다. 나중범은 병적일 정도로 권위적이며 무슨 일이 있어도 자기주장을 양보하지 않는 사람이라고 했다. 또 자기의 성취를 위해서는 물불을 가리지 않는다고 치를 떨었다. 그런데다 오늘 내가 인간이라고 경멸하자 깊은 속을 털어놓은 것이었다.

"참, 너 그거 아니? 나중범 지금 P당과 물밑 작업을 하고 있나 보던데. 아마 내년 봄 총선 때 국회의원 출마할 모양이야. 지금부터 열심히 표를 만들고 있더라구."

"뭐 국회의원?"

"별일 있어도 교회 출석 빠지지 않거든. 십일조는 물론이고 감사헌금도 주마다 내지. 주보에 나온 헌금자 명단을 보면 그의 이름이 한 주도 빠진 적이 없어. 존경의 대상이야. 가문이며 학벌 등 빛나는 스펙을 가진 부장검사에 신앙이 좋은 사람이라고."

그가 교회에 나간다는 건 금시초문이었고 서 검사와 같은 교회라는 것도 처음 듣는 말이었다. 은희도 교회에 나갔지만 한 번도 그런 말을 한 적이 없었다.

"교회에 나간다구? 은희 아버지가?"

"우리 교회 안수집사야. 장로 후보지."

"그런 자가 장로 후보?"

이번에도 경멸에 찬 말이 튀어나왔다. 자기 체면을 위해 사라져 버린 딸을 찾을 생각조차 하지 않을 뿐만 아니라 실종신고조차 내지 못하게 막았던 이유를 알 것 같았다. 그런 자가 국회의원을 꿈꾼다는 것이나 장로 후보라는 건 말이 되지 않았다.

"지난번엔 교인들 수십 명을 농장으로 불러다 한우파티에 사슴 피 파티에 한바탕 잘 먹였나 보더라구."

"농장도 있어?"

"도대체 넌 누구와 결혼한 거야? 처갓집에 대해서 나보다 모르다니. 나중범 자기 고향 청주에 한우농장, 사슴농장, 수십만 평 갖고 있다는 거 알 만한 사람은 다 알고 있어. 자기 조상 대대로 물려받은 땅이라는데 웃기는 소리지. 5공 때 자기 아버지가 대도였다는 거 세상이 다 알잖아. 그뿐이야, 자기 할아버지가 친일해서 얻은 재산을 세탁해서 만들어 놓은 것도 만만치 않고."

은희는 농장에 대해서도 말한 적이 없었다. 서 검사 말대로 문득 은희가 정말 그 집 딸이 맞는지 의심이 갈 지경이었다. 생각해 보면 은희는 집에 대한 이야기를 거의 하지 않았다. 가끔 외갓집 외할머니와 이모 이야기만 할 뿐이었다.

"난 도무지 뭐가 뭔지 모르겠어. 갈수록 이해가 가지 않아."

"경하 너, 무슨 문제 있어도 단단히 있어. 도대체 뭐야?"

서 검사가 나를 쏘아보며 재촉하고 나섰다. 나는 나중범에 대한 불만을 표출하긴 했지만 막상 서 검사가 재촉하고 나서자 당황스러웠다.

"너 이제 보니 나를 못 믿는구나?"

서 검사의 말은 맞는 말이었다. 지금까지 서로 신뢰해 온 우정이라면 이러는 게 아니었다. 사실 가장 친한 친구에게 비밀로 한다는 건 몹시 불편하고 부자연스러운 일이었다. 이제 그만 속을 터놓기로 했다.

"인석아, 나말이야 이상하게 돼 버렸다. 나중범 그자는 부모도 아니야."

"기승전결, 일목요연하게 진술해."

"그래, 말하지. 은희 사라졌다. 꽘에서."

서 검사는 말을 하라고 보챘지만 막상 내 말을 듣고 나자 어안이 벙벙한 모양이었다. 서 검사는 내 말을 알아듣지 못한 사람처럼 한참을 멀뚱하게 나를 바라보다가 입을 열었다.

"너 지금 농담하는 거니? TV 막장 드라마 흉내 내는 거냐구?"

나는 술을 벌컥벌컥 들이켰다. 술이 몸 구석구석으로 퍼질 무렵 서 검사가 다시 입을 열었다.

"사실이라 치고, 그럼 은희 씨가 사라진 게 나중범 탓이란 말이야?"

"그런 건 아니지만 은희가 사라졌는데 찾을 생각을 하지 않을 뿐만 아니라 실종신고조차 내지 못하게 막는 거야. 자기 위신 때문이라나. 그런 자가 국회의원이 되겠다는 게 말이 돼?"

"나중범답군. 그는 자식보다 출세가 더 중요할 거야. 아마 출세를 위해서는 자식도 팔아 치울 사람이지. 그건 그렇고 은희 씨는 대체 이유가 뭐야?"

"도무지 이유를 알 수 없어. 그래서 더 미치겠어."

"뭐 짚이는 거 없어?"

"머리가 터져 나가도록 생각해 봐도 알 수가 없어. 아무것도."

"신혼여행지에서 있었던 일을 빠짐없이 말해 봐. 아주 작은 거라도."

"그런데 생각해 보면 이해가 안 가는 게 있긴 있었지."

"그게 뭐야?"

"우린 첫날밤을 치르지 못했어. 첫날밤뿐만 아니라 두 번째, 세 번째 밤까지도."

"뭐? 그럼 3일 동안이나 그냥 잤다는 얘기야? 너 혹시 고자니?"

"고자는 무슨. 은희가 자꾸 미룬 거야. 그러다 사라져 버렸어."

"다른 남자가 있다는 얘기잖아."

"그건 말도 안 돼. 은희 그런 여자 아니야."

"말도 안 되긴. 세상엔 말도 안 되는 일이 얼마나 많은지 알아? 법원에 쌓이고 쌓인 게 다 말도 안 되는 것들이야."

"차라리 다른 남자가 있어서 도망갔다면 낫겠어."

"그럼 하나 물어볼게. 연애할 때는 잤니?"

"어림없는 소리. 내가 시도할 때마다 은희가 펄쩍 뛰었어. 나는 은희의 순결을 끝까지 지켜 주고 싶었고. 우린 약속했었지. 결혼할 때까지 지키자고."

"순결? 순결에 대한 개념을 모르고 있군. 그건 정상이 아니야. 지금 시대는 피차 섹스 능력을 확인하기 위해 혼전에 해 보고 결혼하잖아. 우린 2년 동안 연애하면서 열 번도 더 했다구."

서 검사도 나처럼 도무지 이해할 수 없다며 고개를 갸웃거렸다.

강이는 그동안 일반실에서 두 달을 더 치료받았고 예상했던 대로 2차 수술까지 마쳤다. 3차 수술은 성장한 후의 문제로 남겨졌다. 대소변을 정상으로 하는 문제와 성장한 후에 결혼하여 부부생활이 가능할지 등의 문제는 그때 가 봐야 알 일이었다. 물론 임신은 영구적으로 불가능한 몸이 되고 말았다. 강이는 4개월 만에야 퇴원하여 통원치료를 받기로 했다. 의붓아빠라는 자는 그동안 2심이 지나갔고 징역 5년이 확정됐다.

1심에서부터 서 검사는 13세 미만 아동 성폭력 최고형인 징역 18년을 선고했다. 살인에 다름 아니라는 주장이었다. 법정최고형이라고는 하지만 나는 18년을 최고형으로 볼 수 없었다. 직접 강이의 참상을 목도한 의사로서 판단은 살인에 다름 아니라 살인보다 더한 살인이었다. 그것도 아주 치욕적인 살인을 당한 것이었다. 그런데 2심에서 징역 5년으로 뚝 떨어지고 말았다. 어이가 없었다. 서 검사는 모든 게 나중범 탓이라고 분노했다.

"그 인간이 검사라는 게 의심스러워. 정의감이란 약에 쓸래도 없다 니까. 글쎄 놈이 강이네 생활비를 대는 가장이라면서 밀어붙이지 뭐 야. 강이 엄마 말로는 재혼하여 5개월 정도만 노동을 했을 뿐이라고 하더군. 오히려 강이 엄마가 식당을 해서 번 돈으로 놈은 3년 동안 복 숭아벌레처럼 강이 엄마 등골을 파먹고 살았다는 거야."

"그런데도 나중범은 가장을 운운했다는 거야?"

"마치 성폭력자를 위한 검사 같다니까. 최저 양형 기준을 대 가면서."

"최저 양형 기준?"

"생각해 보면 우리나라 아동성폭력 법 양형 기준 자체가 말이 안 되는 소리거든. 그것도 2011년 7월부터 강화한 건데, 13세 미만 아동 을 대상으로 한 성폭력범에게 내린 평균 징역이 3년 40일 정도에 불 과하다는 통계가 나와 있지. 더 한심한 건 집행유예 선고율이 37퍼센 트에서 54퍼센트로 올라간 탓에 실지로 형을 사는 범법자들은 절반 을 조금 넘을 정도에 불과하다는 사실이야. 나중범은 이런 기준을 적 용하려고 한 거지. 범법자가 자기 형제나 자식일지라도 그럴 수는 없 잖아. 아니, 그래서는 안 되잖아."

"서 검사, 절대로 양보해서는 안 돼. 강이 봤지. 망가진 몸과 그 공 포의 울음 말이야. 놈은 인간의 숭고함을 짓밟아 버린 무시무시한 악 마라구."

"대법원에서 어떻게 나올지 두고 볼 일이지만 나중범 주장대로 놈 은 5년으로 결정될 가능성이 많아. 그렇지만 우리 젊은 검사 팀도 징역 10년 이상을 끝까지 주장할 거라고 벼르고 있지. 나중범 콧대를 꺾기 위해서라도."

강이가 퇴원하고 난 다음 서 검사가 은희 실종신고를 다시 내야 한다고 졸랐다. 나는 나중범이 마음에 걸리면서도 서 검사 독촉에 용기를 내어 다시 실종신고를 냈다.

"요즈음 이런 신부들 많아요. 이상도 하지. 도망갈 걸 처음부터 결혼은 왜 하는 건지."

경찰은 그런 신부가 날로 늘어난다면서 나를 위로했다. 이번에도 '신혼여행에서 사라져 버린 신부'라는 제목으로 인터넷에 올랐고 나중범이 나에게 전화를 걸어 펄펄 뛰며 호통을 쳤다.

"내가 안 된다고 그렇게 말렸는데도 다시 이런 짓을 하다니. 그래, 좋아. 당장 내 딸 은희 내 앞에 데려와. 그렇지 않으면 병원에 붙어 있지 못할 거야. 내 말 한마디면 너 같은 건 내일이라도 끝장을 내 버릴 수 있으니까."

"좋습니다. 마음대로 하십시오. 자식의 행방이 묘연한데도 찾을 생각조차 하지 않는 아버지를 세상이 알면 무어라 할지 궁금합니다. 그런 사람에게 과연 표를 줄까요."

"뭐야. 나를 감히 협박하다니. 너 정말 병원에서 쫓겨나고 싶어?"

"은희 아버님, 저는 피해자예요."

"이 자식이 감히! 피해자는 나야. 너 혹시 은희 죽이지 않았어? 죽여서 어디다 버렸지?"

"어떻게 그런 무서운 말을……?"

살인을 운운하다니. 무서운 인간이었다. 숨이 멈출 것만 같았다. 나중범은 신바람이 난 것처럼 계속 지껄였다.

"기다려. 내가 누군지 보여 주지. 너 하나쯤 죽이는 건, 식은 죽 먹기야."

나는 억울하고 분해서 미쳐 버릴 것만 같았다. 어떤 음모를 꾸밀지 두렵고 무섭기도 했다. 그런데 서 검사는 내 말을 듣고 웃었다.

"비열한 인간이 순진한 민경하에게 겁을 잔뜩 먹였군. 설사 경하니가 은희를 죽였다 하더라도 나중범은 쉬쉬할 인간이야. 표를 잃을까 두렵고 자기 체면이 망가지면 세상 끝나는 줄 아는 인간이잖아. 걱정 털끝만큼도 할 것 없어. 전혀 두려워 말고 할 말 다 하라구."

은희를 찾는 일은 이번에도 나중범의 영향으로 흐지부지되고 말았다. 또 은희에 대한 어떤 제보도 들어오지 않았다. 나는 다시 아무 소용없는 실종신고를 취소하고 말았다.

강이는 통원치료를 할 만큼 회복되었다. 강이가 퇴원하는 날 병원 정원에서 제비꽃을 따 모아 예쁜 꽃반지를 만들어 내 손바닥에 올려놓았다. 제비꽃? 은희가 무척 좋아했던 작고 귀여운 꽃이었다.

"선생님, 우리 강이가 제비꽃으로 만든 꽃반지를 꼭 선생님께 드리고 가야 한다는 거예요."

강이 엄마가 강이 대신 말했다.

"제비꽃 꽃반지를 끼고 있으면 좋은 일이 생긴다네요. 강이가 그러더라구요."

"좋은 일이?"

"요즘 아이들은 모르는 게 없거든요."

좋은 일이라는 말만 들어도 반가웠다. 곧 은희 소식이라도 들려올 것 같은 기분이 들었다. 그렇기도 하지만 제비꽃은 은희에 대한 추억을 가장 많이 간직한 꽃이었다. 대학 캠퍼스에서 은희와 함께 제비꽃 전설을 이야기하며 행복해했던 일이 엊그제 일만 같았다. 나는 강이가 준 제비꽃 반지를 은희가 불쑥 나타나 주기를 비는 심정으로 책상 위에 올려놓았다.

강이네는 서울을 떠나 바다가 가까운 경남 지역으로 간다고 했다. 강이 친아빠 고향이 그쪽이라고 했다. 나는 잘됐다고 말해 주었다. 강이를 위해서는 그편이 나을 것이었다. 강이는 다시 몇 년 후에 3차 수술을 받을 때까지 인근 병원에서 후속 치료를 받으면 되었다. 이제부터는 심리적 안정이 중요했다. 나는 강이의 어린 손을 꼭 잡고 인사치레가 아닌 진심으로 부디 잘 자라 멋진 사람이 되어 달라고 당부했다.

병원을 벗어나면 기운을 차리지 못했다. 서 검사가 교회에 나가자고 잡아끌었다. 괴로워서 무슨 짓이라도 하고 싶은 심정이라 선뜻 따라나섰다. 교회만큼 사람을 반기는 곳이 있을까. 수십 년 동안 떨어졌다 만난 이산가족을 맞이하듯 나를 맞아 주었다. 정작 놀라운 것은 교회는 적어도 인간의 높낮이를 재는 곳이 아니라는 사실이었다. 세상에서는 평등이 존재할 수 없지만 교회에는 평등이 존재한다는 걸 다름 아닌 나중범이 보여 주고 있었다.

나중범은 과연 표리가 부동했다. 안과 밖이 전혀 딴판이었다. 인간이 두 가지 뚜렷한 색깔 흑백처럼 변할 수 있다는 것을 처음 알았다. 그동안 나중범을 함부로 평가했다는 것이 미안할 정도로 그는 겸손했다. 나중범은 허리를 거의 기역자로 굽혀 사람들에게 인사를 하며 악수를 청했다. 그가 인사를 하면서 악수를 청한 사람들은 그에게 걸맞지 않았다. 교회는 각계각층 사람들이 모인 곳이지만 대부분 서민들이었다. 내가 아는 나중범은 그런 사람들과 스치지도 않을 사람들이었다. 교인들도 그걸 아는 모양이었다. 악수를 할 때마다 황송해하며 몸 둘 바를 몰랐다. 여자 성도들이 지나가면서 나중범을 향해 "우리 같은 사람들하고는 말도 안 할 줄 알았는데."라며 감탄했다. 그때서 검사가 나를 돌아보며 웃었다.

정신없이 인사하기에 바쁜 나중범이 나를 보더니 얼굴색이 하얗게 변했다. 그러나 곧 태연하게 "잘 왔어. 그렇지 않아도 자네를 인도할 참이었는데."라고 했다. 바로 엊그제 내가 은희를 죽였을지도 모른다는 무시무시한 말을 거침없이 내뱉은 걸 생각하자 소름이 끼쳤다. 서 검사가 나중범을 향해 노골적으로 조소를 흘렸다. 나중범도 서 검사를 향해 눈으로 직장 상사로서의 위엄을 부리고는 곧 안 그런 척했다.

예배 시간에도 나중범은 목사의 설교를 한마디도 놓치지 않겠다는 듯, 열심히 메모하고 있었다. 서 검사 말대로 그는 누가 봐도 모범적인 성도였다. 나중범은 순발력도 민첩했다. 예배가 끝나자 목사가 새 신자를 만난다는 광고를 했다. 새 신자를 인도한 사람이 목사에게 새

신자를 데리고 가는 것이었다. 그런데 나중범이 나를 데리고 온 서 검사를 제치고 내 손목을 부여잡고 목사실로 갔다. 서 검사가 잠시 어떤 성도와 이야기를 하는 사이에 나를 가로챈 것이었다.

나는 나중범이 목사 앞에서 나를 어떻게 소개하는지 궁금해 순순히 따랐다. 예상했던 대로 나중범은 목사에게 나를 아주 태연하게 사위라고 소개했다. 우리나라 최고 S국립대학병원의 유명한 김형철 교수 수제자이며 장차 김형철 교수 뒤를 이을 유망주라는 말도 빼놓지 않았다. 그때 서 검사가 핸드폰에 "도대체 어디야?"라고 문자메시지를 넣었다. 나는 "목사실인데 나중범에게 붙잡혀 왔어."라고 답을 보냈다. 서 검사가 곧장 목사실로 달려왔다.

"민경하는 내가 인도한 사람인데 왜 나 집사님께서 여기로 데려오셨습니까?"

서 검사가 '나 집사'라고 호칭하며 단도직입적으로 따지고 들었다. 교회에서는 대통령이라도 교회 직분 호칭을 사용한 탓이었다.

"사위를 장인이 목사님께 소개하는 게 더 자연스럽지 않을까요? 서 집사님."

나중범은 다정하게 내 손을 잡으며 겸손하게 말했다. 서 검사와 내가 마주 보며 또 웃었다.

나는 교회 생활을 계속했다. 은희를 찾아야 하는 것이 내 삶의 짐이라면 지치지 않고 끝까지 지고 가기 위해서였다. 그러기 위해서는 신의 도움이 필요할 것이었다. 서 검사 말대로 나중범은 대단한 열성파였다. 앞으로 있을 선거를 위해 새벽기도회에도 나온다고 했다. 새벽기도회는 계절에 따라 변동이 있지만 새벽 5시부터 시작하여 6시 전에 끝나는 짧은 예배였다. 주로 장로, 안수집사, 권사들이 나온다고 했다. 물론 평신도들도 나오지만 특별한 기도 제목이 있을 때 나온 편이라고 했다. 나도 시간만 허락된다면 새벽기도회에 나가 은희를 빨리 찾게 해 달라고 매달리고 싶었다. 아니, 어딘가에 은희가 살아 있기를, 그래서 언젠가는 꼭 만나기를 빌고 싶었다.

딱 두 번 새벽기도회에 나갈 수 있었다. 목사님 설교가 끝나고 찬송도 끝난 다음 불을 끄고 조금 어두운 가운데 모두 소리 내어 기도하는 통성기도가 시작되었다. 첫날 나는 어리둥절하여 어찌할 바를 모른 채 눈을 감고 가만히 있었다. 옆 사람들의 기도 소리가 모조리 들린 탓이었다. 사람들은 울며 소리쳤다. 삶의 고통을 하나님 앞에 토설하는 것이었다. 옆 사람이 무엇을 소원하는지 다 알 수 있었다.

나도 하루빨리 은희를 찾게 해 달라고 기도했다. 은희를 찾게 해 달라는 말을 하는 데 2분도 채 걸리지 않았다. 사람들은 그칠 줄 모르고 계속 기도를 하고 있었다. 나도 다시 고개를 숙이고 은희를 찾을 때까지 부디 아무 일 없이 보호해 달라고 빌었다. 이번에도 2분 정도밖에 걸리지 않았다. 이미 한 말을 또 할 수가 없어 눈을 뜨고는 나중범이 어디 있는지 살폈다.

그는 내가 앉아 있는 곳에서 세 번째 앞줄에 앉아 열심히 기도를 하고 있었다. 그가 무엇을 소원하는지 궁금했다. 부장검사라는 위신 때문에 겉으로 드러내 놓고 말은 못하지만 은희가 어서 돌아오게 해 달라고 기도할 것 같았다. 나는 슬그머니 일어나 나중범 옆으로 갔다.

그는 자기 옆으로 누가 오는지 모르는 것 같았다. 인기척을 느낀다 하더라도 기도 중에는 아무도 그런 것에 신경 쓰지 않았다. 나는 잠 자코 앉아 나중범의 기도에 귀를 기울였다.

"전능하신 하나님, 아브라함의 아들 이삭의 장자 '에서' 대신 능력 있고 지혜로운 '야곱'을 선택하신 하나님, 부디 이 나중범을 대한민국 국회에 입성시켜 주시옵소서! 제게 능력 주시고, 그것을 사용하시어 하나님의 나라를 확장하는 데 밑거름이 되게 하소서! 허허벌판에 모세를 보내어 이스라엘 민족을 구해 내셨듯이 지금 어려운 이 시대에 저를 국회에 보내 주시어 이 나라를 구원하게 하시옵소서. 또한 지금은 교회도 정치적 능력이 있는 실력자가 키우고 움직여 가는 시대이오니, 이 나라를 움직이는 정치권력이 곧 하나님 교회를 확장시키는 힘이오니, 오직 하나님 나라를 위하여 부디 이 나중범을 사용하여 주시옵소서! 부디 국회로 저를 보내 주시옵소서……."

나중범은 국회에 입성케 해 달라고 빌고 또 빌 뿐, 끝까지 은희를 찾아 달라거나 걱정하는 말은 단 한마디도 하지 않았다. 나는 서 검사에게 '과연 하나님께서 나중범의 기도를 들어주실까' 하고 물었다. 서 검사는 공의로운 하나님께서 그의 기도를 들어 줄 리 없다고 했다. 만약 그의 기도를 들어준다면 그건 오묘하신 하나님께서 그를 높은 곳에 올려놓은 다음 떨어뜨리기 위한 작전일 거라고 했다. 그렇더라도 나는 그의 소망이 이루어지지 않기를 바랐다. 나는 두 번째 새벽기도회에 나가 은희를 위해 기도를 한 후 나중범의 기도를 들어주면 절대로 안 된다고 하나님께 부탁했다.

동하 - 해일

순정리 빈집들 중 일곱 채가 제비꽃과 나무들로 채워졌다. 보랏빛 등불을 켜 놓은 것처럼 빈집들이 환해졌다. 일곱 채 빈집을 채우고 나자 은희 씨는 길을 가꾸자고 했다. 마을 입구에서부터 학교로 이어지는 길을 따라 제비꽃을 심고 중간마다 팻말을 세우고 팻말에 시를 써 넣자는 것이었다. 나는 손뼉을 치며 좋아했다. 은희 씨가 하자는 건 그것이 무엇이든 무조건 좋은 터에 학교로 가는 길을 꽃과 시로 꾸민다는 것은 생각만 해도 가슴 뛰는 일이었다. 그뿐만 아니라 그것은 은희 씨가 삶의 활력을 찾아가고 있다는 명명백백한 증거이기도 했다.

우리 어머니도 그랬었다. 아버지가 갑자기 돌아가셨을 때 상실감에서 좀처럼 헤어나지 못했다. 나는 그때 부산에서 대학 생활을 하고 있었으므로 혼자 둔 어머니가 큰 걱정이었다. 다행히 어머니는 스스로 방법을 찾아가고 있었다. 나는 주말이나 방학이 되어야 내려올 수 있었고 그때마다 우리 집 마당이 꽃과 나무로 채워져 가고 있었다. 지금 우리 집이 아름다운 정원을 갖게 된 것은 그때 어머니가 열심히 나무와 꽃을 심은 덕택인데, 집 안이 보기에도 좋았지만 어머니가 변화되는 것에 마음이 놓였다.

나는 은희 씨도 어머니처럼 변화되어 간다고 믿으며 은희 씨와 검은입과 아이들과 함께 들에서 제비꽃을 캐어다 길을 따라 심어 나갔다. 팻말에 넣을 시는 아이들이 쓴 작품을 중심으로 했다. 옛날 시인 정지용 작품 '향수'와 상큼한 풀냄새와 강물 소리가 들리는 섬진강 시인 김용택 시인 작품도 골랐다. 은희 씨는 안도현 시인의 제비꽃도 넣자고 했다. 나는 은희 씨의 시도 넣자고 했다. 은희 씨는 펄쩍 뛰었다. 나는 은희 씨 시를 넣지 않으면 일을 하지 않겠다고 강력하게 밀고 나갔다. 은희 씨는 하는 수 없이 '순정리 제비꽃'이란 시를 내놓았다. 나도 형편없지만 한 작품(?) 내놓았다. 내가 쓴 것도 '제비꽃'이란 시였다. 은희 씨를 알고 난 이후에 쓴 것이었다. 순정리는 다른 지역보다 따뜻해서 제비꽃이 일찍 피고 오래간 탓에 길은 한겨울만 견디면 일 년 내내 제비꽃길이 될 것이었다.

학교는 날마다 재미있게 전개되어 가고 아이들은 지각도 하지 않았다. 날씨 때문에 선화도에서 배가 뜨지 못하는 날이면 아이들이 발을 굴렀다. 그런 날엔 시를 써서 전화로 읽어 주면서 은희 씨에게 검사를 받았다. 그런데 아지가 갑자기 시도 쓰지 않고 또다시 결석이 잦았다. 하루걸러 결석이었다. 얼굴에 핏기가 없고 점심을 먹다 토하기도 하면서 수업시간에 자주 엎드렸다. 아지 할머니에게 말해 봐야 소용없는 일이었다.

은희 씨와 함께 아지네 집으로 가기로 했다. 이제는 선화도까지 갈 필요가 없었다. 우리는 한 달 전에 선화도에서 아지네를 순정리로 이사를 시켰다. 언제 쓰러질지 모르는 아지네 집을 보고 은희 씨가 꽃과 나무로 잘 꾸며 놓은 무당집으로 이사를 시키자고 했다. 주인이 없는 무당집은 돈을 주고 살 필요가 없어 안성맞춤이었다. 법적인 소유권만 없을 뿐 사는 데까지 마음 놓고 살 수는 있었다. 은희 씨는 혹시 이사를 한 탓인지 모른다며 걱정을 했다.

"이사 후유증 아닐까요?"

"곧 쓰러질 것 같은 집에서 꽃 대궐 같은 집으로 왔는데 후유증이라니요. 그런 염려를 노파심이라고 하는 겁니다."

"선화도는 아지 고향이잖아요."

"순정리도 고향이나 마찬가진데요. 뭘."

아지네 집에 들어서자 먹다 만 죽 그릇이 옆에 놓여 있고 아지는 누워 있었다. 얼굴이 백지장 같았다. 아지 할머니가 손으로 가슴을 쳤다. 죽 그릇을 가리키며 손가락 세 개를 펴보였다. 3일 동안 먹지 않았다는 뜻인지 세 끼를 먹지 않았다는 뜻인지 알 수 없었다. 우리를 보자 아지가 눈물을 흘렸다. 은희 씨가 준비해 간 주스를 따서 내밀었다. 아지가 주스를 받아 입에 대자마자 토하고 말았다. 이마를 짚어 보았다. 열은 없었다. 배도 아프지 않다고 했다.

은희 씨와 의논 끝에 아지를 데리고 해성병원으로 갔다. 아지가 걱정이었지만 은희 씨가 있어서 마음이 든든했다. 이젠 나 혼자 아이들 문제를 고민하지 않아도 된다는 안도감이었다. 이번에도 엄마 같은 의사 선생님이 진찰을 하면서 고개를 갸웃거렸다. 소변검사와 피검사를 해 보자고 했다. 아지가 검사를 받을 동안 우리는 대기실에서 기다렸다. 은희 씨 얼굴에 걱정이 가득했다. 이번에는 은희 씨에게 노파심이라는 말을 하지 못했다. 나도 불안하기는 마찬가지였다. 작든 크든 병원의 검사 결과를 기다린다는 건 긴장이었다. 그러면서도 "아이들은 아프면서 큰다잖아요."라고 은희 씨를 안심시키려고 애썼다.

잠시 후에 의사 선생님이 우리를 진료실로 불러들였다. 선생님은 심각한 표정을 지은 채 선뜻 입을 열지 못했다. 불안하기 짝이 없었다. 가슴이 두근거렸다.

"왜 그러세요? 선생님."

성미 급한 내가 서둘러 물었다. 선생님은 마음을 가다듬는 눈치였다. 그리고는 두 손을 맞잡고 손에 힘을 꼭 주면서 입을 열었다.

"임신이 분명해요."

"그게 무슨 말씀이죠?"

은희 씨가 멍한 얼굴로 선생님을 바라보았다.

"아이 배 속에 아이가 들어 있어요."

"어떻게 그런 일이?"

나는 선생님을 향해 그런 일이 어떻게 일어날 수 있는지 설명하라는 것처럼 소리쳤다. 선생님도 할 말이 없기는 마찬가지라며 황당해했다. 선생님은 곧 "어떤 놈이 나쁜 짓을 했어요. 요즘 성폭력과의 전쟁 아닙니까."라며 고개를 흔들었다. 은희 씨가 충격을 받고 의자에 털썩 주저앉았다. 얼굴이 하얗게 변해 버리고 말았다. 배에서 처음 발견했을 때와 똑같았다. 선생님이 더 자세한 검사를 해야 한다면서 산부인과로 보내 주었다. 산부인과에서 정확하게 임신 5주라고 했다.

"이럴 수가!"

은희 씨가 얼굴을 감싸 쥐고 탄식했다. 5주면 한 달 전이었다. 한 달 전이면 아지를 선화도에서 이사시킨 시점이었다. 은희 씨는 몸을 떨며 입을 열지 못했다. 나도 부들부들 떨면서 아지에게 물었다.

"너에게 누가 무슨 짓을 한 거지? 산토끼나 다람쥐는 아니잖아?"

아지는 울음을 터트렸다. 산부인과 의사가 아이를 다그쳐서는 안 된다고 주의를 주었다. 다음 날에야 아지가 울먹이며 입을 열었다.

"물고기나 새에게도 말하면 안 된다고 했어요. 말하면 나랑 할머니랑 죽는다고."

"그게 누구야? 선생님이 지켜 줄 테니 안심하고 어서 말해 봐."

나는 산부인과 의사의 당부를 무사한 채 캐물었지만 아지는 더 이상 말을 잇지 못했다. 끓어 오른 분노를 참을 수가 없어 다음 날 당장 지구대를 찾아가 신고를 하고 말았다. 그런데 지구대에서 웃었다.

"이런 일은 덮어 두는 게 좋지. 까발려 봤자 앞으로 아이만 살기 고달파진다니까. 그리고 김 선생은 공부나 가르치지, 왜 이런 일까지 나서는 거야."

나를 잘 아는 지구대 사람들이 쓸데없는 일에 신경 끄라는 식으로 충고를 했다.

나는 지구대 벽거울을 주먹으로 깨 버리고 말았다. 지구대를 몽땅 부숴버릴 것처럼 설쳤다. 손등에서 피가 흘렀다. 나이든 순경이 붕대를 가지고 와 처매 주며 '김 선생 성질 급한 건 알아줘야 한다니까'라고 중얼거렸다. 내가 아무리 몸부림쳐도 지구대 사람들은 꼼짝하지 않았다. 좋은 게 좋다는 시골 인심이었다. 지구대 벽거울을 깨 버린 것만 해도 도시 같았으면 그냥 넘어가지 못할 일이었다.

축 처진 모양으로 지구대를 나왔다. 정문까지 따라 나온 나이 든 순경이 "자네 선친을 생각해서라도 조용히 있게. 제발 이 일은 그냥 넘어가. 그래야 모두 신관이 편한 법이야."라며 등을 다독거렸다. 하긴 지구대 입장도 난처한 일이었다. 한동네 사람들이나 마찬가지인 시골 지구대에서 이 마을 저 마을 남자들을 불러다 알리바이를 조사한다는 것은 생각보다 훨씬 힘든 일이었다.

은희 씨가 충격에서 좀처럼 헤어나지 못했다. 수업 외엔 하루 종일 입을 열지 않았다. 학교 후박나무 아래 나무의자에 앉아 새처럼 울었다. 아지를 이사시킨 것을 후회하는 것이 틀림없었다. 아지 못지않게 은희 씨도 걱정이었다. 그녀 가슴속에 도대체 무엇이 들어앉아 있는지 나는 아직도 알 수 없으나, 겨우 안정을 찾아가면서 웃음을 웃었고 일에 몰두하기 시작했는데 다시 처음으로 돌아가 버린 것만 같았다.

일을 어디서부터 어떻게 처리해야 할지 알 수 없었다. 일단 아지 배 속부터 해결해야 할 일이었다. 그런데 맹장수술처럼 간단히 지워 버릴 수도 없는 일이었다. 당장 지워야 하는지 아니면 법적으로 무슨 조치를 하고 지워야 하는지 도무지 알 수 없어 해당 교육청에 들어갔지만 면박만 듣고 돌아왔다. 해당 학교에서 알아서 처리하라는 것이었다.

"모든 게 다 나 때문이에요. 이사만 시키지 않았더라도."

은희 씨는 계속 이사시킨 걸 후회하고 있었다.

"말도 안 되는 소리 말아요. 놈이 점을 찍었는데 선화도라고 안전했을 것 같아요?"

아지 배 속에서는 더러운 놈이 싸질러 놓은 오물이(그것도 생명이라고 해야 할지 나는 모르겠다) 시시각각 자라고 있었다. 은희 씨는 아지가 가엾어서 어떻게 하느냐고 계속 울었다. 은희 씨가 울자 검은입이 우울해했다. 은희 씨를 걱정한 것이었다. 검은입이 입을 열었다.

"그 집."

검은입이 무엇인가 알고 있는 눈치였다.

"그 집? 어떤 집?"

성미 급한 내가 다그쳐 물었다. 내가 다그치자 검은입이 더 이상 말을 하지 않았다.

"순정이, 말을 해 봐요. 말을 해야 해요."

은희 씨가 달랬다. 검은입은 은희 씨의 말이라면 잘 들었다. 검은입이 자리에서 벌떡 일어나 앞장섰다. 우리는 검은입의 뒤를 따랐다. 검은입이 빈집으로 갔다. 마을에 있는 빈집 가운데 가장 작은 집이었고 아직 풀을 제거하지 못한 집이었다. 검은입은 허물어진 집 부엌을 손가락으로 가리켰다. 우리는 조심스럽게 부엌문을 열었다. 거기엔 쓰다 버린 멍석들이 쌓여 있었다. 일부는 바닥에 펼쳐져 있었다.

"여기에서 누가 무슨 짓을 했지? 누구야?"

"몰라."

내가 성급하게 다그치자 검은입은 다시 모른다고 고개를 흔들었다. 은희 씨가 달랬지만 이번에는 좀처럼 입을 열지 않았다. 검은입도 뭔가를 두려워하는 눈치였다.

아지는 아무것도 먹지 못했다. 학교생활도 중단되었다. 산부인과 의사가 하루라도 빨리 아지 배 속을 해결해야 한다고 했다. 2개월만 지나도 그것이 자라 어린아이의 몸에서 꺼내기가 힘들어진다는 것이었다. 은희 씨와 나는 일단 그 일부터 해결하기로 했다. 낙태는 불법이지만 아지가 아동인 데다 성폭력을 당한 경우라 가능했다. 서약서에 아무 영문도 모르는 아지 할머니가 지장을 찍고 내가 보증인이 되었다.

어린 아지가 수술대 위에 누운 것을 보고 은희 씨는 복도에서 창밖을 내다보며 눈물을 흘리고 있었다. 아지가 회복실로 옮겨져 마취에서 깨어날 때까지 은희 씨는 아지 손을 꼭 부여잡고 눈물을 그치지 못했다. 나는 털끝만큼도 은희 씨 탓이 아니라고 달래느라 안간힘을 썼다. 배 속엣 것을 제거했지만 아지는 예전 같지 않았다. 공부는커녕 멍한 눈으로 무슨 생각엔가 잠겨 있기 일쑤였다. 마을 사람들이 무당집에 이사를 시킨 탓이라고 했다. 터무니없는 소리였다. 터무니없는 소리가 은희 씨의 귀에 들어갈까 봐 걱정이었다. 은희 씨와 나는 아지를 위해 수업을 변경했다. 평소보다 학과 수업을 줄이고 야외 수업을 늘렸다. 아지를 야외로 나오게 하기 위해서였다. 아지는 들이나 산에서도 멍하게 먼 산을 바라볼 뿐이었다. 서 있으면 앉을 줄 모르고 앉아 있으면 일어설 줄 몰랐다. 아이들이 아지야, 하고 손을 잡아 일일이 이끌었다. 멍한 아지를 볼 때마다 내 머릿속에 스치는 놈이 있었다. 사실 검은입이 빈집을 보여 줄 때부터 짐작이 가는 자가 있었다.

"짐작 가는 자가 있었다구요?"

"검은입을 저렇게 만든 놈이 자꾸 떠오르지 뭡니까."

"그럼 이종호, 부면장이란 말인가요?"

"그래요. 검은입이 우리를 데리고 간 빈집 주인이 그자예요."

"그럼 확실하잖아요. 당장 고소해야죠."

"설사 그게 사실이라 하더라도 정확한 증거가 없잖아요. 그리고 중요한 건 우리 면 일대에서 이종호를 건드릴 사람이 없다는 사실이에요. 곧 면장이 된다는 걸 다 알고 있으니까."

"그럼 지구대에서 말한 대로 이대로 덮어 두자는 건가요?"

"증거가 있어야지요."

"아지가 증거잖아요. 그리고 순정이가 봤어요."

"아지가 입을 열지 않으니 문제죠. 또 검은입, 아니 순정이가 증언을 한다 해도 정신이 옳지 못한 사람이라는 이유로 받아들여질 리가 없고요."

"순정인 멀쩡해요. 아무렇지도 않다구요."

은희 씨가 화를 냈다. 은희 씨가 화를 내는 건 나에게 절망이었다. 가슴이 철렁 내려앉았다. 내 얼굴이 노랗게 변해 버렸다. 그렇지만 이종호를 건드린다는 건 보통 문제가 아니었다. 앞으로 총선을 치르고 나면 그는 틀림없이 면장이 될 인물이었다. 경찰서에서도 다루기를 꺼려할 것이 뻔했다. 은희 씨는 어떤 일이 있어도 그냥 지나가지 않을 것 같았다. 내가 이대로 지나가기라도 한다면 은희 씨는 학교를 그만둘지도 모를 일이었다. 내 예감대로 은희 씨가 단도직입적으로 선언하고 나섰다.

"아지 문제 이대로 덮게 된다면 전 이곳에 있을 수 없어요. 아니, 있어서는 안 되겠죠."

나는 불에 댄 듯이 놀라 마음을 가다듬고 다시 아지에게 물었다. 아지는 입을 열지 않았다. 아니, 열지 못했다. 내가 대신 이름을 댔다.

"이종호 부면장 맞지?"

이종호라는 이름을 대자 아지가 두려움에 부르르 떨었다.

"아지야, 선생님을 믿어. 아지가 선생님을 믿고 경찰서에서 그 사람이라고 말만 해 주면 되는 거야. 꼭 그래야 해."

아지는 그때서야 두 손으로 흐르는 눈물을 훔치며 고개를 끄떡였다. 나는 결심을 굳혔다. 교활한 이종호를 상대하려면 모든 것을 걸 정도로 마음을 단단히 먹어야 했다. 어머니는 옛날 일을 상기시키면서 그만두라고 말렸다. 이종호를 잡으려다 내가 다칠 수 있다는 염려였다. 나는 어머니를 존경하지만 어머니의 말을 듣지 않기로 했다. 나는 이미 각오가 서 있고 내 옆에 은희 씨가 있었다. 은희 씨가 나를 지켜보고 있다는 것이 용기와 직결되었다.

비로소 모든 두려움을 떨치고 아지 할머니와 아지를 데리고 읍내 경찰서로 갔다. 경찰서는 면 단위의 지구대와 달랐다.

"피해자가 미성년자이고 보호자가 사리판단이 어려울 때는 담임 선생님 이름으로도 접수할 수 있습니다."

아지 할머니 이름 외에 내 이름도 넣어 접수할 수 있다는 말이었다. 결국 이종호와 싸움이 시작되었다. 경찰서에서 이종호를 소환했다. 이종호는 파랗게 질린 얼굴로 숨을 헐떡거리며 불안을 감추지 못했다.

"자네 선친에게 내가 어떻게 했는데 감히 나에게 이런 짓을 해? 뒷감당할 자신 있어?"

감히 아버지를 들먹였다. 예전에 떠들고 다닌 것처럼 아버지가 자기를 거둬 준 은혜를 거꾸로 말하고 있었다. 그는 증거를 대라며 나를 향해 호통을 쳤다. 증거는 아이가 임신한 것이라고 했다. 그리고 순정이가 봤다고 했다. 이종호는 고소를 빨리 취하하지 않으면 명예훼손으로 나를 고소하겠다고 으름장을 놓았다. 임해면이 발칵 뒤집혔다. 사람들이 이종호 앞에서는 예, 예, 하면서도 돌아서면 쑥덕거렸다. 면장이 되기는 글렀다고 했다. 분위기가 이종호에게 불리해져 가고 있을 때 아지 입에서 차마 듣기조차 힘겨운 충격적인 고백이 나왔다.

이종호는 이번뿐만 아니라 이사 오기 일 년 전 선화도에서도 두 번이나 그런 짓을 했다며 아지가 울었다. 아지에게 그런 짓을 저지를 때마다 돈 몇 푼씩을 쥐어 주면서 만약 말을 입 밖에 내면 쥐도 새도 모르게 죽을 거라고 엄포를 났다고 했다.

"새나 물고기에게 말을 해도 죽을 거라고 했어요."

"그럼 작년에 선생님이 널 병원으로 데리고 갔을 때도 그래서 아팠어? 나은희 선생님과 함께 병원에서 치료받을 때 말이야?"

아지가 고개를 끄덕였다. 보호자라곤 귀먹은 할머니밖에 없는 어린 것이 얼마나 무섭고 답답했겠느냐며 은희 씨가 아지를 끌어안고 또 한참을 울었다.

이종호가 순정리로 사람을 보내 자기 소유인 빈집을 때려 부수었다. 증거를 없애기 위한 수작이라는 걸 모를 리 없었다. 이장은 "지집 지가 부수는데 누가 뭐라고 하겠노."라고 했다. 아지 일은 그렇게 진행되어 가면서 총선이 다가오고 있었다. 총선 때문에 분위기가 풀어지기 시작했다. 경찰서에서도 일이 지지부진해졌다. 나는 사흘에 한 번씩 경찰서를 들락거렸다. 담당경찰관이 증인이 없다면서 고개를 갸웃거렸다. 차라리 아이가 임신한 걸 그대로 두었더라면 유전자 검사를 했을 것이라고 했다. 이종호가 순순히 응할 사람도 아니지만 뻔히 아는 이런 시골에서 그런 일을 밝히기란 낙타가 바늘구멍을 통과하는 것만큼이나 어려운 일이 아니냐며 난감해했다.

이종호는 결국 나와 아지 할머니를 명예훼손으로 고소했다. 그러자 순정리 이장이 나에게 쓴소리를 했다.

"쓸데없이 왜 그런 짓을 한 거야. 이종호가 곧 면장이 된다는 걸 잘 알면서."

"어린아이가 그런 끔찍한 일을 당했는데, 쓸데없는 짓이라니요?"

"지금까지 그보다 더한 일도 다 덮고 넘어갔어."

"그보다 더한 일이 뭔데요?"

"예부터 좋은 게 좋은 거라 했네. 서둘러 부면장에게 사과하고 모든 걸 없었던 일로 만드는 게 상책이야."

"이장님, 실망 천만입니다."

"실망이고 뭐고 사람이란 신관 편한 게 제일이야. 자네 모친도 생각해야지. 노모에게 근심걱정을 안겨 줄 생각인가?"

지구대나 이장이나 모두 신관 타령이었다. 이장은 평소 나를 탐탁지 않게 여겼지만 그래도 나를 생각해서 하는 말이었다. 어머니는 내가 명예훼손으로 고소를 당하자 감옥에라도 가는 줄 알고 충격을 받고 자리에 눕고 말았다. 나는 어머니를 달래며 이종호와 끝까지 싸우기로 더 굳게 마음먹었다.

"고마워요. 동하 씨."

"아직 이종호를 때려잡지도 못했는데 고맙기는요."

"그는 이제 면장이 된다 해도 주민들로부터 존경받기는 틀렸잖아요."

은희 씨가 반분은 풀었다는 표정이었다. 그렇게 생각해 준 은희 씨가 더 고마웠다. 은희 씨의 말은 일리가 있었다. 시골 사람들은 고정관념이 강해 한 번 각인된 생각을 좀처럼 바꾸지 않았다. 이종호는 면장이 된다 하더라도 꼴이 말이 아닐 것이었다.

한편으로는 총선의 열기가 달아오르면서 각 당마다 한 사람이라도 당원으로 이름을 올리려고 야단이었다. P당에서 일을 보고 있는 친구 박민수가 나에게 당에 이름을 올리자고 했다. 그러라고 했다. 우리는 서로 한마음으로 지지하는 당이었으므로 굳이 나에게 묻지 않고도 이름을 올릴 수 있는 일이었다. 물어본 사람이나 대답하는 나나 당연하게 생각했다.

후보 등록도 끝나고 서울을 중심으로 대도시에서 후보자들의 TV 토론이 시작되었다. 내 관심은 우리 지역보다는 우리나라 정치 중심인 서울로 쏠렸다. 불꽃 튀는 서울에서 내가 지지하는 P당이 얼마나 많이 당선되는가에 촉각을 세웠다. 토론은 며칠째 이어지고 방과 후에 나는 교무실 한쪽에서 재방송을 보고 있었다. 은희 씨는 국회의원 뽑는 것 자체에 관심이 없었다. 후보들이 토론하는 시간에 은희 씨는 아이들이 제출한 시를 읽고 있었다.

정계의 관심은 P당 후보인 나중범 후보에게 쏠렸다. 나 역시 마찬가지였다. 그는 신인이지만 전도가 유망한 탓이었다. 험이라면 나중범 아버지가 5공 때 대통령이 법정에 서게 되자 함께 철퇴를 맞은 인물이라는 것이었다. 그런데 오히려 가문이 정치적 경륜을 쌓은 이미지를 부여해 주었다. 전국 유력한 방송과 신문에서도 그를 크게 다루면서 이미 고위직을 지냈던 가문답게 야심찬 인물이라는 글을 게재하고 나섰다.

그러자 일부 네티즌들은 과거 부정한 가문에서 후보를 낸 P당의 도덕성이 의심스럽다며 비난을 퍼부었다. 그렇든 말든 정치란 조직의 힘이 말해 주는 것이었다. 내가 봐도 나중범의 당선은 따 놓은 당상이었다. P당 힘도 힘이지만 여론도 좋았고 지지율도 상위를 달렸다. 부장검사라는 경력에 잘생기고 스펙 좋은 그는 상대를 압도하는 카리스마가 흘러넘쳤다.

후보자 토론에서 그는 자칭 불의를 단칼에 쳐 버리는 비수라고 자기를 소개했다. 멋있어 보였다. 그는 더 멋있는 말을 했다. 지금은 지식과 정보화시대지만 그보다는 감성과 인간적인 휴머니즘이 성공하는 시대라고 강조했다. 자기는 불의를 단칼에 치는 비수인 반면에 감성을 지향할 뿐만 아니라 인간의 섬세한 내면을 탐구하는 감성주자이며 낙천주의자라고 했다. 정말 근사했다. 그쯤 했을 때 D당 후보가 질문을 했다.

"나 후보께서는 감성주의자이고 낙천주의자라서 성폭력 범법자에게 그렇게 관대하셨습니까? 지난해 13세 미만 어린아이 성폭력범에게 최고 형량을 주장한 검사의 선고를 무시하고 최하 형량을 선고하도록 영향력을 발휘했던 일은 법조계에서 유명한 일입니다. 당시 담당부장검사로서 말입니다."

질문을 한 후보도 검사 출신이었다.

"김 후보님께서는 얼마나 트집 잡을 게 없으면 그런 걸 가지고 공격하십니까. 좋습니다. 그런 일이 있었지요. 그런데 범법자에게도 인권이 있고 그것을 회복할 기회를 줘야 하는 것이 법이 존재하는 까닭 아닙니까. 나는 그것도 인간성을 회복시키는 휴머니즘의 일환이라고 봅니다. 법은 처벌만이 목적이 아니니까요."

"나 후보님은 대단히 위험한 법 도덕관을 갖고 계시는 군요. 교화는 경범죄 수준에서 논하는 것입니다. 어린이를 성폭행한 범죄자는 사회적으로 도저히 용납할 수 없는 가장 극악무도하고 파렴치한 범죄입니다."

"김 후보님, 참 구차하십니다. 지금 우리는 나라를 위해 일해 보겠다고 나선 국회의원 후보입니다. 성폭력 같은 지엽적인 일로 시간을 낭비할 수 없다는 말입니다. 당당하게 정책 대결을 해야지요."

나 후보는 여유 있게 응수했다. 그러자 김 후보가 "성폭력이 지엽적인 일이라니요."라고 말꼬리를 잡고 늘어졌다. 정말 김 후보는 정책 대결보다는 트집 잡는 데 총력을 기울인 것처럼 보였다.

나는 나중범에게 공격을 퍼붓는 D당 후보가 몹시 못마땅했다. 솔직히 말하면 꼴도 보기 싫었다. 물론 나 후보가 성폭력을 지엽적인 일이라고 표현한 부분은 조심성이 없는 발언이었다. 다만 나라를 생각하는 차원에서 나온 실수일 거라고 생각했다. 그리고 내 입에서 부지불식간에 D당 후보에 대한 경멸이 튀어나왔다.

"넌, 발 벗고 뛰어도 나중범 발꿈치도 못 따라가. 나 후보 말대로 정책을 토론해야지."

내 말이 떨어지자마자 은희 씨가 벌떡 일어나 교무실 밖으로 획, 나가 버렸다. 나는 깜짝 놀라 은희 씨를 쫓아 나갔다.

"은희 씨, 왜 그래요?"

내가 팔을 붙잡으며 물었지만 은희 씨는 나를 뿌리치고 앞만 보고 뛰었다. 은희 씨는 무작정 바닷가로 달려 나갔다. 나도 뒤따라 달렸다. 바닷가에서 걸음을 멈춘 은희 씨는 바다를 향해 숨을 헐떡였다. '아!' 하고 소리라도 지를 것만 같았다. "그건 안 돼!"라고 정말 소리를 질렀다. 나는 소스라치게 놀라며 입을 다물었다. 다음 날도 은희 씨는 안정이 되지 않았다. 수업이 끝나자마자 또 바닷가로 나갔다.

"도대체 왜 그래요?"

은희 씨는 말없이 바다만 바라보고 있었다. 물속 같은 침묵이 계속

되었다. 안개 속을 헤맨 사람처럼 막연해 보이기도 하고, 절벽 끝에 선 사람처럼 두려움에 떠는 것도 같고, 어두운 터널에 갇힌 것처럼 답답해 보이기도 했다. 그렇게 한 주가 지나간 다음 은희 씨는 마치 비장한 각오를 한 것처럼 입을 열었다.

"그리스 바닷속에 수천 년 동안 수몰된 도시가 있었다는 거 아시죠. 이 지구상에서 그 누구도 몰랐던."

은희 씨가 말한 건 그리스 남쪽 바다에서 발견된 '파블로페트리'라는 도시였다. 그건 2천 년대 후반 3차원 현장측량이 가능한 21세기 과학기술을 총동원하여 발굴한 인류사의 위대한 유물이었다. 그 도시는 5천 년 전 청동기시대에 세워져 2천 년 동안이나 존재하다가 어느 날 갑자기 물속으로 사라져 버렸는데, 1967년에야 발견되어 세상을 놀라게 했다. 발굴자들 말을 빌리면, 놀랍게도 수세식 화장실과 배수시설을 갖춘 2층 건물에서 사람들이 글을 쓰면서 살았으며, 정비된 건물과 거리를 갖춘 유럽 최초의 도시로 생활방식이 21세기 현대와 별로 다를 게 없었다.

"그 위대한 발견을 모른 사람이 있겠어요. 책도 여러 권 나왔고, TV에서 방영까지 했는데."

나는 그렇게 대답하면서도 은희 씨가 왜 그런 말을 하는지 역시 종잡을 수 없었다.

"바닷속에 그런 도시가 감춰져 있었다는 사실을 세상이 수천 년 동안 몰랐던 것처럼 사람의 속마음도 세상이 까맣게 모를 수 있겠죠. 이종호 부면장이 아지를 저 지경으로 만들어 버린 걸 까맣게 몰랐던 것처럼."

"그래서 열 길 물속은 알아도 한 길 사람 속은 모른다고 하잖아요."

나는 어려서 어머니에게 들은 말을 그대로 옮겼다. 내가 부산에서 유학 생활을 할 때 어머니는 항상 사람을 함부로 믿어서는 안 된다고 강조했다. 열 길 물속은 알아도 한 길 사람 속은 모른 법이니 함부로 사귀어서는 안 된다는 것이었다. 돌다리도 두드려 보고 건너는 마음으로 사람을 이모저모 잘 살펴보고 사귀라고 일렀다. 은희 씨는 갈수록 의미심장한 말을 했다. 그리고 어조가 격앙되기 시작했다.

"3천 년 동안이나 물속에 감추어져 있던 그 수중도시가 세상에 드러났듯이 감추어진 사람 속마음도 언젠가는 세상에 드러날 수 있을까요?"

"물속에 3천 년 동안이나 감추어진 것도 드러났는데 아마 그러겠지요. 사람은 길어야 백 년 정도 사는 건데."

"P당 후보에게 반하셨더군요."

의외였다. 문제는 나중범이었다. 속으로 탄식했다. 먼저 아무리 친한 사람끼리라도 선거 때는 특정 후보에 대한 자기 속내를 함부로 드러내서는 안 된다는 걸 미처 생각하지 못했던 게 잘못이라는 생각이 들었다. 그뿐만 아니라 은희 씨는 정치나 세상일에 전혀 무관심할 거라고 단정해 버린 것이 잘못인지도 모를 일이었다. 그런데 아무리 싫어하는 후보라 할지라도 은희 씨의 행동은 이해할 수 없었다. 생각해 보니 나중범과 은희 씨의 성이 같았다. 무슨 사정이 있을 거라는 직감이 스쳤다.

"나중범 후보를 알아요? 생각해 보니 성도 같고."

은희 씨는 대답하지 않았다. 그날은 그렇게 넘어가고 말았다. 나는 처음에 그랬던 것처럼 은희 씨가 스스로 무슨 말을 할 때까지 아무것도 묻지 않기로 했다. 그리고 나중범 '나'자도 입 밖에 내지 않았다.

은희 씨는 잠잠했다. 대신 수업이 끝나면 순정이와 함께 배를 타고 나가 낚시를 하는 것이었다. 밤새 낚시를 하다가 새벽에 들어오기도 했다. 그건 프로들이나 하는 낚시였다. 그런 식으로 한 주가 지난 뒤 결국 자리에 눕고 말았다. 몸이 불덩이였다. 녹두는 열을 내리는 데 최고라면서 엄마가 녹두죽을 쑤어 먹였다. 서둘러 해성병원으로 데려갔다. 엄마 같은 선생님이 과로라고 했다.

은희 씨가 앓고 있는 동안 나는 생각이 복잡해졌다. 은희 씨는 뭔가를 말하려고 했던 것이 분명했다. 그런데 차마 말을 못 한 것이었다. 문득 은희 씨가 이곳으로 오게 된 이유가 거기에 있는지도 모를 일이라는 생각이 들었다. 나는 최근까지도 은희 씨에 대해 구체적으로 알기를 원하지 않았다. 순정리가 어딘 줄도 모른 채 여기까지 온 은희 씨에게 말 못할 사정이 있다는 것은 삼척동자도 짐작하고도 남는 일이었다. 그래서 은희 씨 사정에 대해 알기를 금기시해 버렸다. 은희 씨를 보편적인 현실과 결부시켜서는 안 된다고 생각했던 것이다. 그런데 이젠 가만히 있어지지가 않았다.

맹세코 처음으로 은희 씨 책상 서랍을 열었다. 그녀에게 미안해하면서 책상 서랍을 뒤졌지만 아이들에 대한 이야기만 기록되어 있을 뿐 비밀스러운 메모 따위는 단 한 장도 없었다. 나는 자리에서 벌떡 일어나 은희 씨가 살고 있는 집으로 갔다. 지금까지 참고 참아 온 그녀에 대한 궁금증이 봇물 터지듯 터지고 만 것이었다. 순정이는 마침 학교에 있었으므로 집에는 아무도 없었다.

방으로 들어갔다. 은희 씨의 속살을 뒤지는 것 같아 미안했다. 죄를 짓는 심정으로 방을 뒤졌다. 작은 상자에서 노트 두 권을 발견했다. 한 권은 순정리에 대한 이야기였다. 학교생활과 제비꽃 이야기, 그리고 순정이 이야기와 아지 이야기였다. 이종호 부면장에 대해 분노한 글도 있었다. 그 가운데 "아지가 이종호를 제 눈으로 보며 살아간다는 것은 무서운 형벌이다. 우리는 어쩔 수 없이 그들과 함께 같은 하늘 아래 숨 쉬며 살아가야 하는가."라는 한탄은 내 심정과 똑같은 것이었다.

하나는 시를 쓰는 노트였다. 시 수십 편이 들어 있었다. 한 장 한 장 넘겼다. 노트 중간쯤에 "국회의원? 그건 안 돼."라는 내용이 눈에 띄었다. 마치 낙서하듯이 갈겨 써 놓은 글에 내 눈동자가 두 배로 확장되었다. 이상했다. 이상하다 못해 의미심장했다. 누군가 지금 국회의원이 되길 원하고, 그가 국회의원이 돼서는 절대 안 된다는 것이었다. 절규에 가까웠다. 노트에 적혀 있는 '안 돼'와 바닷가에서 외쳤던 '안 돼'라는 단어가 겹쳤다.

은희 씨의 노트를 훔쳐본 이후로 나는 도대체 절규할 정도로 국회의원이 되면 안 되는 그가 누구인지에 골몰했다. 그럴수록 은희 씨와 성이 같은 나중범이 머릿속에서 맴돌았다. 만약 친척 관계라면 나중범 후보의 나이로 봐 아버지뻘이었다 그렇다면 작은아버지나 큰아버지? 혹은 외삼촌? 그것도 아닌 것 같았다. 절규할 정도라면 아주 가까워야 할 것이었다. 생각이 여기까지 미쳤을 때 문득 교육청이 떠올랐다. 당장 교육청으로 향했다. 은희 씨를 우리 학교 국어전담교사로 만들 때 교육청에 제출한 가족관계확인서를 확인하기 위해서였다.

나는 순정초등학교의 유일한 교사일 뿐만 아니라 관리자 역할까지 겸한 사람으로서 나은희 선생의 신원확인 요청을 했고 교육청에서는 당연히 응해 주었다. 그리고 나중범의 장녀 나은희라는 기록 앞에 하마터면 외마디 소리를 지를 뻔했다. 내 입에서 "나중범의 딸 나은희가 왜?"라는 말이 터져 나왔다. 학교로 돌아오면서도 계속 그 말을 되풀이했다.

은희 씨가 누워 있는 병원으로 갔다. 많이 회복은 됐지만 선생님이 이틀 정도 더 있는 게 좋겠다고 했다. 약에 취해 잠들어 있는 은희 씨 얼굴을 살폈다. TV로 본 나중범의 얼굴과 비교하면서 나는 마치 검사가 증거를 찾듯이 은희 씨 얼굴에서 나중범을 찾으려고 애썼다. 이렇다 할 닮은 구석이 보이지 않았다. 은희 씨는 피부가 희고 나중범은 검었다. 나중범은 얼굴이 장방형이라면 은희 씨는 계란형이었다. 눈, 코, 입 등등 윤곽도 서로 달랐다. 굳이 지적하자면 높은 코가 닮은 것 같았지만 엄격히 말하자면 나중범 코는 약간 매부리형이고, 은희 씨 코는 날렵하게 솟구친 백설공주형이었다.

"나중범 같은 훌륭한 아버지를 둔 은희 씨가 왜 이런 곳에서?"

나는 부지불식간에 그렇게 중얼거리고 말았다. 그런데 내 말이 떨어지자마자 은희 씨 얼굴이 하얗게 변한 것이었다. 잠을 잔 것 같은 눈에서 눈물이 흘러내렸다. 은희 씨가 내 말을 들은 것이 분명했다. 나는 깜짝 놀라 어찌할 바를 몰랐다.

　다음 날 은희 씨는 무언가 결심한 얼굴로 나에게 할 말이 있다고 했다. 나에게 할 말이 있다고 했을 때 그녀 얼굴에 번개 같은 것이 지나간 것 같았다. 번개는 천둥을 전제한다는 걸 생각하자 그녀가 하고자 하는 말이 원자폭탄 이상일지도 모른다는 예감이 들었다. 나는 정말 전쟁터에 나가는 전투병처럼 마음을 단단히 무장을 하면서 은희 씨의 말을 기다렸다.

은희 - 악마놀이

행복한 사람들은 종종 자기 서랍을 열어 본다는 말이 떠올랐다. 그런 사람들은 서랍을 열어 놓고 좋은 것, 예쁜 것, 소중한 것을 만져 보면서 추억에 젖어 흐뭇해한다고 했다. 나는 지금까지 단 한 번도 내 서랍을 열어 보지 못했다. 엄두조차 내지 못했다. 오히려 내가 아닌 다른 사람이 내 서랍을 열어젖힐까 봐 두려웠다.

그런데 동하 씨가 내 서랍을 한 뼘 정도 열어 본 것 같았다. 아빠를 알아 버린 모양이었다. 알자고 하면 그까짓 거 시간문제였다. 그보다도 내 서랍은 차고 넘쳐서 이제 밖으로 흘러나오려고 했다. 고대 유물처럼 가슴속에 꼭꼭 묻어 둔 것을 아지를 짓밟은 이종호가 끌어내더니 감히 국회의원이 되겠다고 나선 아빠가 그것을 목구멍까지 밀어 올린 것이었다.

나는 내 서랍을 한 뼘 정도 열어 본 동하 씨에게 나머지를 마저 열어젖혀 모든 것을 보여 주기로 결심하고 말았다. 경하 씨에게는 죽어도 보여 줄 수 없었던 것을, 경하 씨에게는 차마 말할 수 없었던 것을 동하 씨에게 말하기로 결심한 것이다. 이것은 아무래도 신의 뜻이라고 할 수밖에 없다. 나 스스로는 죽어도 그런 용기가 솟아날 리 없기 때문이다.

뇌는 가장 충격적인 것을 가장 잘 기억하면서 결코 잊지 않는다고 하는데, 내 머리가 그랬다. 죽어도 기억하고 싶지 않은 기억이 생각하지 않으려고 죽을힘을 다하여 몸부림칠수록 악착같이 살아나곤 했다. 그래서 나는 머리(뇌)를 바꾸어 버리는 방법이 없을까 하는 생각을 수없이 해야 했다. 의학의 발달로 앞으로 4차원 시대에는 머리와 몸체를 바꿀 수 있다는 말에 눈이 번쩍 뜨이기도 했다. 사이보그 영화를 보면서 영화에서처럼 몸을 마음대로 바꿀 수만 있다면 얼마나 좋을까 하고 끝없이 소망했다. 내 머릿속에는 도무지 지워 버릴 수 없는 무서운 일들이 나를 꼼짝하지 못하도록 장악하고 있기 때문이다.

"이게 다 너 때문이란다. 네가 나를 끌어당기는 거야. 쇠붙이를 끌어당기는 자석처럼. 너는 자석이고 나는 못이나 쇠붙이란 말이지."

유령처럼 내 뇌에서 회전하고 있는 그 '말'대로 무시무시한 나의 어둠은 자석에서부터 시작되었다.

이제 겨우 열한 살 초등학교 4학년 여름방학 어느 날, 나는 자석을 가지고 쇠붙이를 모으고 있었다. 학교 숙제였다. 자석과 쇠붙이가 서로 끌어당기는 힘을 관찰한 다음 발표하기였다. 못과 일명 호지키스라고 부르는 스테이플러 핀을 모아 놓고 자석을 움직였다. 못은 천천히 다가왔고 핀은 새처럼 날아와 달라붙었다. 못보다 백배나 가벼운 핀이 더 재미있었다. 나는 핀 한 통을 몽땅 쏟아 놓고 한 개씩, 한 개씩, 낱낱이 떼어 낸 다음 적당한 거리에서 자석을 쥐고 움직였다. 핀들이 자석을 향해 날아와 꼬리에 꼬리를 물었다. 나는 다시 스테이플러 핀을 떼어 내어 더 멀리 깔아 놓고 되풀이하기를 반복했다.

　다섯 번쯤 했을 때 아빠가 들어왔다. 언제나 무서운 아빠가 모처럼 웃었다. 나는 너무 반가웠고 한편으로는 어리둥절했다. 아빠는 "은희는 자석이고 나는 핀이구나."라고 하며 다가와 앉았다. 나는 정말 아빠도 핀처럼 자석에 끌려든 줄 알았다. 단 한 번도 웃어 준 적이 없었고, 단 한 번도 가까이 앉아 본 적이 없었고, 단 한 번도 나를 따뜻하게 안아 준 적이 없었으므로 그럴 것이라고 믿었다. 아무튼 아빠도 처음으로 다른 집의 자상한 아빠처럼 나와 함께 자석놀이를 해 주었다.

　아빠는 내 손을 쥐고 자석을 이리저리 놀리며 핀을 낚기 시작했다. 아빠가 자석을 높이 들어 올리면 핀들이 모두 일어섰다. 마치 돌고래가 던져 주는 먹이를 먹으려고 높이 뛰어오른 것 같았다. 혼자 할 때보다 더 재미있었다. 아빠는 역시 아빠였다. 내가 하는 것과 전혀 달랐다. 아빠는 자석으로 원을 그렸다. 핀들은 원을 그린 자석을 쫓느라 이리저리 어쩔 줄 몰랐다. 아빠는 그런 식으로 핀을 낚으며 점점 거리를 벌렸다. 나는 어느새 근엄하고 무섭기만 한 아빠를 잊고 자석놀이에 푹 빠져들었다. 나는 빨갛게 상기된 얼굴로 노트에 하나하나를 적으면서 다음 방법을 기대했다.

　아빠는 한 손에 자석을 들고 한 손엔 내 손목을 잡고 마루에서 내 방으로 들어왔다. 핀들이 점점 떨어져 나갔다. 너무 거리를 멀리 잡은 것 같아 안타까웠다. 그래서 "아빠 마루로 나가요."라고 했다. 아빠는 내 말에 전혀 귀를 기울이지 않은 채 방문을 닫아 버렸다. 핀들이 문밖에서 모두 끊어지고 말았다. 나는 문을 열려고 벌떡 일어섰다. 아빠가 이젠 자석놀이는 그만하고 더 재미있는 놀이를 하자며 붙잡았다.

엄마는 1박 2일 동안 하계세미나에 참석하러 어딘가로 떠나고 없었다. 큰 병원을 갖는 게 소망인 엄마는 의학세미나에 빠지지 않고 참석했다. 도우미 아줌마도 자기 집으로 돌아가고 없었다. 아빠는 나에게 일찍 자야 한다면서 잠을 재워 주겠다고 했다. 내 침대에 나랑 함께 누웠다. 아빠는 나를 팔에 안고 사랑스럽게 볼에다 입을 맞춰 주었다. 정말 지금까지 단 한 번도 그런 일이 없었기 때문에 어색했다. 평소 아빠, 아빠, 하며 매달려 본 적도 없었다는 걸 생각하자 갑자기 친절해진 아빠가 이상할 뿐이었다.

어서 아빠가 내 방에서 나가 주었으면 하는 마음이 들었다. 그래서 "아빠 나가세요."라고 했다. 아빠는 나갈 생각을 하지 않았다. "넌 가만히 있으면 되는 거야. 자, 이렇게 하자."라고 하더니 검은 안대로 내 눈을 가리고 수건으로 입에 재갈을 물렸다. 나는 당황하여 "아빠! 아빠!" 하고 불렀지만 재갈 때문에 말이 나오지 않았다. 무서웠다. 아빠는 다시 무엇인가로 내 두 손을 앞으로 모아 묶으며 "잠옷으로 갈아입자."라고 했다.

아빠는 내 아래 옷을 벗겼다. 잠옷을 입혀 주지 않았다. 아빠는 뺨으로 내 다리를 이리저리 쓸기 시작했다. 수염이 살에 닿을 때마다 아찔아찔했다. 깜짝 놀라 몸을 움츠리면서 벌벌 떨었다. 울었지만 입을 막아 놓은 탓에 울음소리가 입 밖으로 나올 수 없었다. 아빠는 그럴 때마다 내 작은 엉덩이를 쓰다듬으며 "조금 있으면 좋아질 거야."라고 했다. 나는 꽁꽁 얼어붙은 얼음막대로 변해 버리고 말았다.

아빠는 혀로 내 다리를 핥기 시작했다. 마치 벌레가 기는 것처럼 혀가 발가락부터 기어올라 허벅지를 지난다음 다리 사이 안쪽으로 기어들어 왔다. 혀가 내 살을 뚫으려고 했다. 징그러운 벌레 같았다. 나는 몸부림치며 울고 아빠의 숨소리는 숨이 끊어질 것처럼 헐떡거렸다. 나는 아빠가 죽는 줄 알고 겁을 냈다. 아빠의 숨소리에 귀를 기울였다. 만약 이러다 아빠가 죽는다면 나 때문이라는 생각이 들었다. 덜컥 겁이 났다.

아빠는 그쯤에서 하던 짓을 멈추더니 잠시 후에 무언가를 내 손에 쥐어 주었다. 딱딱하고 뭉툭하고 꿈틀거렸다. 정말 커다란 벌레인 것 같았다. 겁이 났다. 묶여 있는 내 손을 아빠가 쥐고 "이렇게 주무르는 거야."라고 했다. 아빠는 안대를 벗겨 주고 손도 풀어 주며 "자, 눈으로 바라보면서 손을 움직여 봐. 어서."라고 재촉했다. 나는 깜짝 놀랐다. 눈을 꼭 감으며 나도 모르게 소리를 질렀지만 이번에도 재갈 때문에 소리가 입 밖으로 나오지 않았다. 내 손은 여전히 움직여지지 않았다.

아빠가 직접 내 손을 쥐고 움직였다. "재밌지? 이게 자석놀이보다 훨씬 재밌는 거야. 은희야, 앞으로는 아빠랑 이런 놀이를 하는 거다. 알았지?"라고 하며 내 손을 이용해 자기 살을 주물렀다. 그러더니 아빠는 "아! 아! 아!" 하고 괴성을 질러 댔다. 무서웠다. 이번에야말로 아빠가 죽는 줄 알고 나도 따라서 아, 아, 하고 울었다. 아빠는 결국 실성한 것처럼 더 큰 괴성을 지르면서 내 손을 있는 힘을 다해 쥐었고 내 작은 손가락뼈가 으스러지는 것 같았다.

손가락이 너무 아파 나는 또 울고 아빠는 내 얼굴에 무언가를 분수처럼 뿌리고는 잠잠해졌다. 그 일을 끝낸 다음 아빠는 "이 세상 모든 여자아이들은 다 이렇게 하는 거란다. 그런데 엄마들은 몰라야 하는 거야. 엄마들이 질투를 하기 때문에 비밀로 해야 해. 만약 엄마가 알면 너를 미워할 거고, 집에서 쫓아낼지도 몰라."라고 단단히 일렀다.

그 일이 있고 난 다음부터 내 손가락은 힘이 없었다. 뼈마디가 시큰거리면서 연필을 잡으면 스르륵 놓아지고 말았다. 숙제를 오래할 수 없었다. 엄마는 내가 숙제를 하기 싫어 꾀를 부린다고 야단을 쳤다. 그러다가 가끔 이상하다며 고개를 갸웃거렸지만 내 손가락이 힘이 없어진 비밀을 알 턱이 없었다.

나는 다음 날부터 세상 누구에게도 절대로 말해서는 안 되는 비밀을 갖게 되고 말았다. 이상했다. 엄마나 할머니나 이모가 알면 모두 나를 미워할 것만 같았다. 아빠가 이 세상 모든 여자아이들이 다 그렇게 한다고 했는데도 나만 그런 것 같았다. 그리고 엄마뿐만 아니라 할머니와 이모에게도 큰 죄를 지은 것만 같았다. 아빠 말대로 그런 놀이는 종종 되풀이됐고 나는 푸른 석류처럼 입을 꼭 다물었다. 마음속에 비밀을 감추고 살아야 한다는 건 답답한 일이었다. 항상 남들이 알까 봐 두려움에 가슴이 뛰고 성격이 우울해졌다.

우리 집 마루에 커다란 수족관이 있고 거기엔 은빛, 금빛, 붉은 단

풍 빛, 노랑과 푸른색 줄무늬 등등, 가지가지 색을 자랑하는 금붕어가 있었다. 물속에선 수초가 하늘거렸다. 너무 아름다웠다. 나는 수족관을 들여다보기를 좋아했다. 친구들을 데리고 와 자랑을 해 가면서 고기들을 바라보았지만 금붕어들이 말을 하지 못한다는 걸 생각하지 못했다. 그런데 비밀을 품고부터 그것들이 말을 못한다는 걸 알았다. 아름다운 금붕어들이 나처럼 모기소리만큼도 소리를 내지 못한다는 것이 답답했다. 금붕어도 말이 하고 싶어 입을 뻐끔거리며 수족관 유리벽에 수없이 머리를 찧는 것 같았다. 비밀을 간직한다는 건 그런 것이었다. 나도 금붕어처럼 유리벽에 머리를 콩콩 찧고 싶었다.

나는 중학교 일 학년이 되었고 그해 가을에 우리 집에 기쁜 일이 생겼다. 엄마가 남동생을 낳은 것이다. 엄마는 그때까지 나 외에는 아이를 낳지 못했기 때문에 가족들 기쁨은 말로 표현할 수 없을 정도였다. 아빠의 기쁨은 하늘에 닿고도 남았다. 기뻐하는 아빠를 바라보며 나는 아빠가 그런 놀이를 그만둘 것이라고 생각했다. 나는 이제 중학생이 되었고, 아빠는 남동생이 생겨서 기쁘니까 그런 놀이가 필요 없을 것 같았다.

할머니는 나에게 우리 은희가 터를 잘 팔아서 아들을 얻은 거라며 나를 그전보다 더 예뻐했다. 그동안 할머니의 한숨은 몹시 슬픈 것이었다. 할머니의 한숨 소리를 들을 때마다 나는 우리 집에서 없어도 될 것 같은 느낌이 들기도 했었다. 내가 먼저 태어난 것이 잘못이며, 아빠는 세상 모든 여자아이들이 다 그렇게 한다고 했지만 아빠가 그런 놀이를 한 것도 남동생이 없는 탓인 것만 같았다.

신학기가 시작되자 나는 중학교 2학년이 되었다. 남동생을 봤다는 이유로 가족들의 대우가 달라진 탓에 마음이 홀가분했다. 엄마는 언제나 바빴다. 집에서 겨우 잠만 잔다고 해야 옳았다. 휴일에도 병원에서 살았다. 그건 아빠도 불만인 모양이었다. 아빠가 가끔 '그만한 병원이면 됐지 얼마나 더 키워야 하느냐'며 화를 냈다. 엄마가 원장인 우리 병원은 2층부터 5층까지였고 간호사가 열 명도 넘었다. 그래도 엄마는 병원을 크게 확장하는 게 꿈이었다.

나는 엄마가 집에 있을 때면 눈물이 날 지경으로 좋아서 "엄마, 또 병원에 가?" 하고 물으면 엄마는 퉁명스럽게 보채지 말라며 쏘아붙였다. 나도 다른 아이들처럼 엄마 손을 잡고 문방구점에도 가고 시장에도 가고 백화점에도 가고 싶었다. 초등학생 때 엄마와 함께 있고 싶어 못 견딜 때면 몰래 병원을 찾아갔다. 엄마가 반기지 않는다는 걸 잘 알고 있는 나는 원장실 방문을 열지 못한 채 문밖에서 서성거렸다. 간호사가 문을 열고 들고 날 때마다 몰래 안을 들여다보곤 했다. 그러다가 엄마에게 들켜 꾸중을 듣고 집으로 쫓겨 오곤 했다.

중2 여름방학 때 엄마가 또 하계세미나가 있다고 했다. 세미나는 제주도에서 열리는데 그때는 2박 3일이라고 했다. 나는 어쩐지 불안했다. 여행 준비를 하는 엄마 곁에서 "나도 따라가면 안 돼?" 하고 물었다. 엄마는 대답할 가치도 없다는 듯 눈을 한 번 흘기고는 아무 말도 하지 않았다. 내가 생각해도 말도 안 되는 소리였다. 내가 중학생이 되고 처음으로 엄마가 집을 비운 것이었다. 남동생은 할머니

댁에 맡겨졌다. 사실 남동생은 할머니 댁에서 맡아 키운 거나 마찬가지였다.

나도 할머니 댁으로 갔다. 남동생과 함께 있고 싶었고 또 할머니 곁에 있고 싶었다. 할머니가 차려 준 저녁밥을 먹고 남동생을 안고 TV를 보고 있었다. 아빠가 전화로 빨리 와 공부하라고 했다. 할머니가 부랴부랴 나를 쫓아 보내려고 했다. 나는 가지 않겠다고 했다. 할머니는 아빠가 부르는데 가지 않으면 안 된다고 달랬다. 그러면 이모와 함께 가겠다고 했더니 이모는 그림을 그리러 지방으로 여행을 가야 한다고 했다. 이모는 그때 미대생이었다.

이모는 종종 가출 같은 여행을 했다. 할머니는 그런 이모를 늘 걱정했다. 이모는 한 번 여행을 가면 삼사 일 이상씩 어딘가를 헤매다가 들어와 삼사 일 동안 병원에 입원한 탓이었다. 할머니는 그걸 이모가 갖고 있는 우울병이라고 했다. 나는 하는 수 없이 혼자 집으로 돌아왔다. 아빠가 현관까지 나와 나를 맞이했다. 초등학생 때처럼 따뜻하고 사랑스럽게 웃어 주었다. 아빠는 엄마만 없으면 나에게 너무 친절하고 자상했다. 차라리 평소처럼 근엄하고 무서운 아빠이기를 바랐다.

나는 이제 초등학생이 아니었다. 무엇인가 조금 알 것 같았다. 나는 자연스럽게 행동하리라 마음먹고 '아빠 안녕히 주무세요'라고 인사를 하고는 재빨리 내 방으로 들어가 문을 잠갔다. 아빠는 태연했다. 아무렇지도 않았다. 아빠는 내 방으로 들어올 생각을 하지 않았다. 이제 아빠는 그런 놀이를 하지 않기로 했는데 괜히 의심했다는 것 때문에 미안했다.

아빠는 보통 아빠가 아니라는 걸 생각했다. 사람들이 아빠에게 잘 보이려고 애쓴다는 것을 나는 잘 알고 있었다. 가끔 우리 집으로 찾아오는 손님들이 있었다. 그분들 역시 모두 높은 사람들 같았는데 아빠 앞에서 두 손을 공손하게 모으고 앉아 몸 둘 바를 몰랐다. 말도 조심스럽게 하느라 더듬기도 했다. 커피 잔을 들어 올리는 손도 조금 떨었다.

엄마가 남동생을 낳았을 때는 아빠의 위세가 얼마나 큰 것인지 더 잘 알 수 있었다. 선물이 매일 들어왔다. 그게 한 달이나 계속되었다. 엄마는 선물을 감당하지 못해 할머니와 친구분들에게 부쳤다. 우리 집은 들어오는 물건과 나가는 물건 때문에 택배 아저씨가 날마다 들락거렸다. 아빠 말로는 대통령을 빼놓고 아빠 말이라면 모두 벌벌 떤다고 했다. 아빠 앞에서 머리를 숙이지 않으면 용서하지 않는다고 했다. 대통령만 빼고 모든 사람들이 우러러보는 아빠를 나쁘게 생각한 건 잘못이라고 반성하면서 공부를 하다가 잠이 들었다.

얼마나 잤을까. 잠에서 깨어났다. 옆에 누가 있는 것 같았다. 체온이 느껴졌고 거친 숨소리가 들렸다. 나는 소스라치게 놀라 몸을 일으키려고 했다. '분명히 문을 잠갔는데 어떻게?'라는 생각을 하자 몸이 짜르르 얼어붙었다. 아빠가 팔로 나를 휘감으면서 눌렀다. 나는 비로소 중학교 1학년을 무사히 보냈던 것은 아빠가 남동생이 생겨 기쁜 것 때문이 아니라 엄마가 출산 휴가로 쉬는 탓이라는 것을 알았다.

"은희가 이제 중학교 2학년이 되었으니 생리가 나오겠지?"

나는 숨소리도 나오지 않았다. 아빠 제발 이러지 마세요, 라고 말을 해야 하는데 꽁꽁 얼어붙은 입이 떨어지지 않았다.

"우리가 놀이를 1년 동안이나 못했구나. 엄마가 아이를 낳는 바람에 그랬으니까 이해할 수 있지?"

아빠는 내가 놀이를 기다린 것처럼 말하며 또다시 놀이를 시작했다. 또 안대로 눈을 가렸다. 손을 묶었다. 이번에는 손을 앞으로 묶는 게 아니라 만세를 부르듯 위로 치켜들게 하여 묶었다. 그리고 침대 머리 대에다 두 손을 다시 묶었다. 수건으로 입에 재갈도 물렸다. 초등학교 때보다 놀이가 더 심해질 것 같은 예감이 들었다. 발버둥을 친다면 다리만 바동거릴 수 있었다. 나는 아빠가 초등학생 때 했던 일을 떠올리면서 부들부들 떨었다. 그런데 그때와 달랐다. 아빠는 내 다리를 아빠 다리로 무자비하게 누르고는 구약성경에 나온 롯에 대한 이야기를 했다.

"너도 알지? 롯의 두 딸이 아버지와 교대로 이렇게 한 거 말이야."

롯기를 보면, 신이 인간의 타락을 보다 못해 소돔의 고모라성을 불태워 버렸다. 고모라성이 불에 타 멸망했을 때 신은 신의 뜻에 따라 살아온 롯의 가정을 구하기로 했다. 그런데 롯의 아내는 불타고 있는 성을 뒤돌아보며 눈물을 흘렸다. 불타는 성을 뒤돌아보면 소금기둥이 된다는 신의 경고를 깜빡 잊고 세속의 욕심에 이끌린 것이었다. 그래서 오로지 롯과 롯의 두 딸만이 살아 산으로 올라갔고 롯의 두 딸이 자기네 종족을 잇기 위해 아버지에게 술을 먹이고 동침했다는 이야기였다.

아빠는 롯에 대한 이야기를 하고는 그 큰 다리로 내 작은 다리를 힘껏 누른 채 혀로 내 온몸을 더듬었다. 나는 울고 아빠는 숨을 헐떡거렸다. 그래도 내가 견딜 수 있는 것은 거기까지였다. 그다음이 문제였다. 아빠는 잠시 하던 짓을 멈추고 나에게 말했다.

"이제부터는 아빠가 은희의 몸에 길을 내주어야 한단다. 은희가 이다음에 결혼해 남자하고 잘 수 있도록 해 주어야 하는 거야. 남자아이들은 포경수술을 해야 하고, 여자아이들은 길을 내주어야 하는 거지. 지금 길을 내지 않으면 길이 막혀 결혼도 할 수 없게 되고, 예쁜 아기도 낳지 못하게 되고 마는 거야. 그러니까 겁내지 말고 아빠가 하는 걸 잘 참아야 한다. 처음엔 좀 아플 테니까."

초등학생 때 남자아이들이 포경수술을 했다는 말을 들은 적이 있었던 탓에 아빠 말이 사실인 줄 알았다. 이번에는 초등 때처럼 딱딱한 아빠 살을 내 손에 쥐어 주지 않고 대신 내 살을 뚫기 위해 안간힘을 쓰기 시작했다. 나는 비명을 질러 대고 아빠는 열 번도 넘게 똑같은 행동을 되풀이했다. 입 밖으로 나올 수 없는 비명은 내 뼈 속으로 파고들었다. 비명은 온갖 장기를 쥐어짜며 뼈를 갉았다. 아빠는 "긴장을 풀고 가만히 있으면 돼는 거야. 처음엔 다 그런 거야. 한 번만 아프면 다음부터는 아프지 않아."라고 달랬다. 그래도 살이 찢어지는 아픔을 견딜 수 없어 계속 몸부림치자, "자꾸 이러면 목을 졸라 버릴 테니 조용히 해!"라고 소리를 지르며 뺨을 갈겼다. 한 손으로 정말 목을 조르려고 했다.

엄마에게도 목을 졸라 버리겠다고 말한 적이 있었다. 목만 조른 게 아니라 엽총까지 들고 있었다. 유치원 때였다. 잠결에 엄마와 아빠가 싸우는 소리를 들었다. 나는 침대에서 일어나 방 밖으로 나왔다. 안방 방문이 한 뼘쯤 열려 있고 그곳으로 방 안이 보였다. 방 안 풍경은 무서운 것이었다. 아빠가 엄마 목을 조르며 엽총을 들이대고 있었다. 그리고 이런 말이 들려왔다.

"한 번만 더 내 뒷조사를 하거나 여자에게 미쳤다는 그 따위 소리를 하면 죽여 버리고 말 거야. 아이도 낳지 못한 주제에 강짜를 부리기는."

그때는 엄마가 동생을 낳기 전이었던 탓에 나는 엄마가 동생을 낳지 못해 아빠에게 혼이 나는 걸로 알았다. 엄마는 아무 말도 못한 채 울고 있었다. 엄마가 불쌍해서 당장 뛰어 들어가 엄마 편을 들어 주고 싶었지만 용기가 나지 않았다. 그때 총을 들고 엄마 목을 조르듯이, 무서운 아빠는 정말 총을 가지고 와 쏴 버릴지도 모른다는 생각이 들었다. 나는 이를 악물고 차라리 모든 것이 어서 지나가기를 바랐다. 아빠는 더 센 힘을 쏟아붓더니 드디어 그 딱딱한 것으로 내 살을 뚫는 데 성공한 모양이었다. 나는 정신을 잃고 말았다.

내가 기절했다가 깨어났을 때 아빠는 나에게 물을 먹이고 있었다. 얼굴에도 물을 뿌렸는지 얼굴에서 물이 줄줄 흐르고 있었다. 베개며 침대 시트도 젖어 있었다. 아빠는 내 몸에서 흘러나온 피를 닦으며 "이게 다 니가 여자로 태어난 것 때문이야."라고 했다. 내가 여자로 태어난 것을 책망한 것이었다. 그리고 이번 일도 엄마가 알면 안 된다는 것을 단단히 일렀다. 아빠가 이르지 않더라도 나는 엄마가 알면 다시는 엄마 얼굴을 보지 못한다는 생각을 하고 있었다. 아빠는 내 엉덩이를 두드리며 "우리 은희 대단해. 다 컸어."라고 칭찬을 하고는 침대시트를 걷어다 세탁기에 집어넣고 세탁기를 돌렸다. 나에게는 새 옷을 갈아입혔다.

다음 날 나는 침대에서 일어나지 못했다. 내 얼굴은 터질 듯 탱탱하게 부어올랐고 열이 불꽃처럼 타오르면서 붉은 반점이 얼굴 전체에 뒤덮였다. 학교에 갈 수 없었다. 아빠는 약을 사다 먹이고 출근하면서 감기에 걸려 학교에 갈 수 없다고 학교로 전화를 했다. 혹시 할머니가 올지도 모르니 할머니께도 그렇게 말해야 한다고 일렀다. 나는 침대에서 몸을 움직이지 못한 채 눈이 짓무를 정도로 울고 또 울었다. 내가 여자로 태어난 탓이라는 아빠의 말을 곱씹으며 여자로 태어난 것이 원망스러웠다.

엄마는 예정대로 2박 3일을 하고 돌아왔다. 엄마는 어디가 아픈 거냐고 묻지도 않은 채 내 얼굴을 유심히 살피면서 "홍역?"이라고 혼잣말을 했다. 숨이 막힐 것처럼 가슴이 뛰었다. 엄마가 어서 내 방을 나가 주었으면 좋겠다고 생각했지만 좀처럼 나가지 않았다. 홍역을 의심하는 엄마는 이불을 걷어치우며 나를 살폈다. 의사인 엄마는 눈부터 손바닥과 팔을 살피기도 하고 목덜미를 살피기도 하더니 입을 아, 해 보라고 했다. 나는 겨우 입을 벌렸다. 엄마는 몸살이라고 하면서 방을 나가려고 했다.

순간 벌떡 일어나 엄마를 붙잡고 모든 걸 말하고 싶은 생각이 들었다. "엄마" 하고 엄마를 불렀다. 방문 쪽으로 가던 엄마가 뒤돌아보았다. 엄마의 눈초리가 매의 눈초리만큼이나 매서웠다. 나는 재빠르게 "아니에요"라고 했다. 엄마가 아는 날엔 나를 미워할 뿐만 아니라 쫓아낼지도 모른다는 아빠의 당부가 떠오른 탓이었다. 정말 엄마가 나를 쫓아낼 것만 같아 두려웠다. 엄마는 피곤한 표정으로 인상을 찌푸리며 문을 꽝, 닫고 나가 버렸다. 그렇지 않아도 거리감을 느끼는 엄마가 더 멀게 느껴졌다.

어려서부터 엄마와 항상 거리감이 느껴졌다. 다른 아이들처럼 엄마에게 치대거나 매달리며 떼를 쓴 적이 없었다. 친구 집에 가 보면 나와는 너무 달랐다. 엄마 아빠에게 함부로 하는 아이들, 자기 마음대로 요구하고 떼쓰고 고집부리는 아이들이 부러웠다. 나는 유치원 입학도 할머니가 데리고 갔다. 유치원 행사에 엄마가 참석한 적이 단한 번도 없었다. 유치원 생일잔치 때는 눈물이 솟구쳐 올랐다. 다른 아이들은 모두 엄마들이 한복을 입고 와 축하를 해 주는데 나는 할머니가 한복도 입지 않은 채 평소에 입는 옷 그대로 입고 와 앉아 있었다. 나는 "할머니도 한복 입어야지."라고 짜증을 냈고 할머니는 깜빡 잊었다면서 미안해했다.

우울한 생일잔치를 하고 집에 돌아왔다. 저녁에 엄마가 퇴근하여 돌아왔지만 생일잔치에 대해 묻지 않았다. 나는 불평을 늘어놓기 시작했다. 다른 엄마들은 모두 한복을 입고 왔는데 나는 엄마도 오지 않았고 할머니도 한복을 입지 않았다고 했다. 그랬더니 엄마는 "다른 엄마들은 집에서 밥이나 하는 여자들이지만 은희 엄마는 사람들 병을 고쳐 주는 의사 선생님이야."라고 하면서 "밥이나 하는 엄마가 좋아?"라고 물었다. 나는 고개를 가로로 흔들며 의사 선생님 엄마가 더 좋다고 거짓 대답을 했다.

우리 가족은 식탁에 함께 앉아 식사를 할 때도 대화가 없었다. 엄마가 무어라고 말을 하면 아빠는 "알아, 알았다니까."라고 하거나 "누가 그걸 몰라."라는 식으로 퉁명하게 대답하는 것이 고작이었다. 그런데 가문 이야기를 할 때면 서로 열을 올렸다. 서로 자기네 가문이 더 우월하다는 걸 말하기에 바빴다. 아빠는 아빠의 아빠, 그러니까 우리 할아버지가 무척 높은 자리에 앉아 정치를 했던 분이라고 설명했다. 엄마도 지지 않았다. 엄마의 아빠, 우리 외할아버지가 친할아버지보다 더 높은 자리에 있었다고 우겼다. 그럴 때는 모처럼 두 분 다 나에게 신경을 집중했다. 두 분이 서로 자기 아빠가 더 높은 사람이었음을 나에게 인정받으려고 애쓰는 것이었다.

하루를 결석하고 간신히 일어나 학교에 갔지만 걸음을 걸을 수가 없었다. 어기적거렸다. 걸어도 아프고 앉아 있어도 아팠다. 다리가 쩍 벌어져 그전처럼 붙지 않았다. 아빠가 짓눌렀던 그 육중한 무게가 내 몸에 그대로 남아 있었다. 다리를 끌듯이 겨우 걸음을 걷자 아이들이 왜 그러냐고 물었다. 나는 아이들이 다 나처럼 하는 걸로 알았기 때문에 아이들이 알면서도 일부러 묻는 걸로 알았다. 내가 입 밖에 말을 낼 수 없는 것처럼 아이들도 그런 말을 입 밖에 내지 못한 줄 알았다. 남자아이들은 포경수술을 하고 여자아이들은 아빠가 길을 내준다는 걸 그때까지도 믿었고 그런 일은 쥐도 새도 몰라야 한다고 아빠가 단단히 일렀던 것만 생각했다.

상처는 좀처럼 낫지 않았다. 아빠가 엄마 몰래 계속 약을 먹여 주었다. 상처가 아무는 약이라고 했다. 나는 엄마가 준 몸살 약은 버리고, 아빠가 준 약을 맛있는 음식을 받아먹듯 성큼성큼 받아먹었다.

중학교 3학년 1학기 때도 엄마는 세미나에 가고 없었다. 나는 할머니가 입원해 있는 병원으로 갔다. 할머니를 간병해 드리고 싶다는 핑계를 댔다. 아빠는 간병인이 있는데 그럴 필요가 없다면서 안 된다고 했다. 공부를 해야 한다는 것이었다. 할머니는 아빠가 공부 못하는 사람을 가장 싫어한다면서 어서 가라고 나를 달랬다. 할머니는 갑자기 발견된 췌장암인데 길어야 3개월이라고 했다. 나는 너무 슬퍼서 할머니 곁에만 있고 싶었다. 남동생뿐만 아니라 사실 나도 할머니가 키웠고 엄마보다 더 가까운 탓이었다.

아빠가 병원으로 와 나를 데리고 집으로 돌아왔다. 집에 들어서자 아빠의 근엄한 표정이 봄눈처럼 녹아내렸다.

"아빠 마음도 모르고 자꾸 할머니 곁에 있겠다고 하다니."

아빠는 내 머리를 쓰다듬으며 자상하고 또 자상하게 웃었다. 아빠는 나를 달랑 들어 안고 내 방으로 들어갔다. 나는 로봇처럼 가만히 있는 것밖에 아무것도 할 수가 없었다. 2학년 때 그 지독한 악몽이 지나가고 두 번째였다. 아빠는 먼저 나에게 피임약을 먹였다. 나는 순순히 받아먹었다. 어려서 할머니가 먹여 주는 감기약을 받아먹듯이 아빠가 입안에 넣어 준 알약 한 알을 혀에 물고 아빠가 먹여 준 물을 꿀꺽꿀꺽 마셨다.

아빠는 나를 침대에 반듯이 뉘고 나는 아빠가 하는 대로 순순히 따랐다. 아빠는 신이고 나는 제단에 바쳐진 제물 같았다. 나는 눈을 감은 채 어서 이 순간이 지나가기를 바랄 뿐이었다. 아빠는 내 손을 묶고 눈을 가리는 수순을 밟았다. 웬일인지 재갈은 물리지 않았다. 그리고 내 하의를 벗기고는 "우리 은희가 작년보다 몰라보게 달라졌구나. 가뭇가뭇 거웃이 돋아나고 있어."라고 혼잣말을 했다. 혼잣말은 계속되었다.

"아빠는 이 시간이 가장 행복하단다. 우리 은희와 함께 있는 이 시간은 천하를 줘도 바꿀 수가 없지. 범죄자들에게 시달리는 아빠를 은희가 위로해 주는 거야. 그런데 이다음에 우리 은희를 어떤 놈이 데려갈 걸 생각하니 분하기 짝이 없구나. 은희야, 시집가지 말고 아빠랑 그냥 살자구나."

아빠는 그쯤에서 이를 오도독 갈았다. 되풀이하여 이를 갈면서 "어떤 놈이 데려가게 할 수 없어."라고 했다. 이를 가는 소리가 뼈를 오도독 씹는 것처럼 들렸다. 소름이 끼쳤다. 그날도 생살에 못을 탕탕 박듯 내 몸에 상처를 냈다. 내 몸은 처음처럼 다시 찢어져 붉은 피가 흘렀다.

나는 그렇게 고통스럽고, 오직 할머니만 의지할 뿐인데 할머니는 3개월도 넘기지 못한 채 돌아가시고 말았다. 대형 조화가 물밀듯이 들어왔다. 너무 많아 병원 마당에 세워야 했다. 마당에도 두 줄 세 줄 겹겹이 세웠다. 문상하는 손님들이 아침부터 저녁까지 줄을 지어 기다려야 했다. 10명씩 20명씩 줄을 지어 할머니 영전에 꽃을 드리며 향을 살랐다. 장례는 5일장이었다. 미국에서 외삼촌이 오는 데 시간이 걸린다고 했지만 아빠 손님들이 많아서라고 했다. 나는 속으로 좋아했다. 할머니를 빨리 치워 버리는 것이 싫어서였다.

이모와 내가 서럽게 울었다. 이모는 대학생이지만 어린아이처럼 할머니를 의지했다. 할머니도 이모를 어린아이처럼 여겼다. 할머니는 돌아가시기 전에 '내가 죽으면 불쌍한 우리 혜진이 잘 좀 돌봐 줘라'며 엄마에게 부탁했다. 나에게도 이모하고 잘 놀아 주고 말벗도 해 줘야 한다고 일렀다. 이모와 내가 몹시 슬퍼했고 엄마는 울지 않았다. 엄마는 오히려 우리가 우는 것을 싫어하는 눈치였다. 친척들이 엄마가 할아버지를 닮아 냉정한 사람이라고 숙덕거렸다.

할머니 상중에 나는 중학교 3학년 마지막 기말고사를 일주일 앞두고 있었다. 고등학교 진학 문제가 달려 있는 중요한 시험이었다. 그렇더라도 나는 학교에서 돌아오기가 무섭게 병원에서 보냈다. 셋째 날 저녁 엄마가 "넌 여기서 얼쩡거리지 말고 집에 가서 공부나 해"라고 했다. 엄마 말을 거역해서는 안 된다는 것이 엄마와 나 사이의 불문율 같은 것이었다.

집으로 돌아와 공부를 하려고 책을 펼쳤다. 책을 펼쳤지만 눈물이 줄줄 흘러내렸다. 할머니가 나에게 해 준 모든 것들이 떠올라 공부가 되지 않았다. 세수를 하고 마음을 가라앉히려고 애쓰며 다시 책을 읽었다. 저녁으로 컵라면을 끓여 먹고 밤 12시까지 공부를 했다. 졸음이 와 책상에 엎드렸다. 그리고 잠이 들고 말았다. 그때 영안실에 있어야 할 아빠가 들어온 모양이었다. 아빠가 나를 깨워 침대에 눕게 했지만 그날은 걱정하지 않았다. 할머니가 돌아가셨기 때문에 그런 일은 일어나지 않을 거라고 믿었다.

내 생각은 어리석기 짝이 없었다. 아빠는 그날도 엄마가 출장 가는 것만큼이나 좋은 기회로 사용하기 시작했다. "엄만 지금 파김치가 되어 곯아떨어졌더구나. 수백 명 손님을 치렀으니 오죽하겠니." 아빠는 짧게 말하고는 또 악마놀이를 하기 시작했다. 나는 이번에는 말을 했다. 아무리 무서운 아빠라지만 할머니가 돌아가신 날엔 그러지 않을 것 같았고 그래서는 안 될 것이란 생각이 들었다.

"할머니가 돌아가셨어요."

"사람은 누구나 죽는 거란다."

"아빠, 이제 이러지 마세요."

"넌 거웃이 1센티도 안 자랐어. 거웃이 2센티 정도 자랄 때까지 아빠가 길을 내야 해."

나는 소리 내어 엉엉 울기 시작했다. 아빠는 조용히 하라고 큰소리를 치며 재갈을 물렸다. 그래도 계속 몸부림치며 저항하자 초등학생 때처럼 뺨을 갈겼다. 그래도 저항하자 그때처럼 목을 졸라 죽여 버리겠다며 위협했다.

아빠의 무서운 악마놀이는 중학교를 졸업하고 고등학교 2학년 1학기까지 그런 식으로 계속되었다. 심지어는 엄마가 세미나에 가기 싫어할 때면 세미나에 가도록 부추겼다. 결국 문제가 생기고 말았다.

고등학교 2학년 1학기 기말고사를 치고 여름방학을 앞두고 있었다. 엄마가 1박 2일 세미나에 가기로 했다. 그리고 짐을 챙겨 떠났다. 그런데 엄마가 그날 밤 몸이 아파 돌아오고 말았다. 아빠는 그날도 내 방에 들어와 그 짓을 하고 막 나가려는 참이었다. 아빠가 내 방에서 나가면서 "왜 이렇게 일찍 오는 거야?"라고 소리쳤다. 엄마는 왜 은희 방에서 나오는 거냐고 물었다. 아빠는 "은희가 아프다고 해서 들여다봤지."라고 했다. 나에게 얼음처럼 차가운 아빠가 내가 아프다고 들여다보다니. 그 말을 엄마가 믿을 리 없었다.

엄마가 내 방으로 들어왔다. 나는 침대에 누워 이불을 머리끝까지 덮고 있었다. 세상에서 가장 나쁜 죄인 같았다. 내가 아빠보다 더 나쁜 짓을 저지른 것 같았다. 엄마가 이불을 약간 들추며 어디가 아픈 거냐고 물었다. 나는 고개를 침대에 깊숙이 파묻은 채 괜찮다고 했다. 엄마는 내 얼굴을 손으로 바로 돌려놓으며 살폈다. 눈을 뜨라고 했다. 나는 눈을 뜰 자신이 없었다. "눈을 똑바로 뜨고 나를 봐!"라고 했다. 나는 겨우 눈을 뜨고 엄마를 바라보았다. 엄마는 내 눈을 뚫어져라 쏘아보았다. 무서웠다. 다시 눈을 감아 버렸다.

"눈을 뜨고 나를 보라니까!" 엄마는 다시 명령하면서 내 몸을 살폈다. 엄마 몰래 나는 파르르 떨었다. 만약 엄마가 이불을 몽땅 걷어 냈더라면 그날 일어난 일을 다 알 수 있었다. 나는 미처 옷을 여미지 못한 상태였으므로 상의 앞단추는 풀어져 있었고 하의는 벗겨져 있었다. 엄마는 앞단추가 풀린 상의를 봤지만 이불을 벗겨 내지는 않았다. 그리고 나에게 눈을 떼어 방 안을 이리저리 둘러보며 잠시 무슨 생각에 잠겨 있더니 말없이 방을 나갔다.

방 밖에서 두 사람이 말을 주고받는 소리가 들렸다. 아빠는 엄마에게 왜 일찍 왔는지를 캐묻고 엄마는 그게 왜 궁금한 거냐고 따졌다. 결국 아빠 성격을 잘 아는 엄마가 포기하고 말았다. 그때부터 엄마가 나에게 더 차갑게 대했다. 나를 바로 쳐다보지 않았다. 말끝마다 신경질이 붙었다. 아무래도 엄마가 눈치챈 것 같다는 생각이 들었다. 그 일을 엄마가 알면 나를 미워할 거라고 일렀던 아빠 말이 떠올랐다. 아빠는 그때부터 조심했다. 나는 차라리 잘됐다고 생각했다. 덕택에 그 일은 더 이상 진행되지 않았고 나는 무사히 대학에 진학할 수 있었다.

내가 대학생이 되자 아빠는 더 이상 접근하지 않았다. 이제 모든 것은 다 끝이 났다고 안도했다. 대학교 1학년 2학기가 막 시작되었을 때 대전으로 출장을 간 아빠가 나에게 전화를 해 출장지로 급히 와 달라고 했다. 중요한 문건을 받아다가 아빠 동료에게 전달해 달라는 것이었다. 아무에게나 맡길 수 없는 문건이라고 했다. 나는 조금 머뭇거려졌지만 모든 것은 고등학교 2학년 1학기 때 다 끝난 일이었다. 그리고 집이 아닌 출장지였다.

아빠는 시내 모 호텔 커피숍에서 나를 기다리고 있었다. 처음으로 커피숍에서 아빠와 만나 마주 보고 앉았다. 아빠는 나를 대하는 태도가 집에서와 전혀 달랐다. 나를 사회인의 한 사람으로 대해 줬다. 나는 법원 직원이고 아빠는 나의 상사 같았다. 아빠는 나에게 커피를 마시라고 하면서 가방을 열어 서류를 꺼냈다.

나는 커피를 마시고 아빠는 서류를 살피면서 고개를 갸웃했다. 서

류 일부가 빠져 있고 그것이 방에 있으니 함께 방으로 올라가자고 했다. 나는 머뭇거리며 자리에서 느리게 일어났다. 아빠가 나를 돌아보며 왜 그러냐고 물으며 내 얼굴을 살폈다. 나는 속마음을 들킬까 봐 태연한 척하면서 몸을 빨리 움직였다. 아빠는 따라오든지 말든지 성큼성큼 호텔방을 향해 걸어갔다. 나는 약간 뛰듯이 발걸음을 빠르게 움직이며 아빠를 따라 방으로 들어갔다.

처음 들어가 본 호텔방이었다. 침대가 두 개 나란히 놓여 있고 창가엔 작은 테이블이 있고 벽엔 옷장이 있었다. 아빠는 옷장을 열고 다른 가방에서 서류를 꺼내 조금 전 것과 함께 나에게 건네주며 전달해 줄 사람 이름과 전화번호를 적어 주었다. 나는 그것을 받아들고 인사를 하고는 돌아섰다. 아빠가 앞장서서 현관문을 열어 주는 친절까지 베풀었다. 나는 모처럼 사람대접을 받은 기분이었다.

아빠는 출장이 잦았다. 대전 지역으로 많이 가는 모양이었다. 나는 그런 심부름을 대전으로 세 번이나 해야 했고 아빠와 나는 아무 일도 없었다. 2학기 중간고사를 끝낸 다음 나는 책 읽기에 집중했다. 교양 과목인 철학의 이해 중 프로이트와 라캉의 욕망이론을 읽고 있었다. 그즈음에 아빠가 대전 출장지에서 다시 불렀다. 여섯 번째였다. 이번에는 아빠 동료를 찾아가 서류를 받아 오라면서 아무도 몰라야 한다고 했다.

아빠가 시키는 대로 아빠 동료를 찾아가 서류봉투를 받아들고 대전으로 내려갔다. 이번에는 지난번 호텔이 아니었다. 멀리 외곽 지역에 있는 관광호텔이었다. 택시를 타고 한참을 달렸다. 계룡산을 바라보면서 택시가 멈췄다. 산을 등지고 서 있는 H관광호텔 마당이었다. 호텔 정문 높은 곳에 꽂혀 있는 세계 여러 나라 국기가 펄럭이고 있었다. 분위기가 엄숙했다. 그런 호텔 안에서는 매우 중대한 일만 할 것 같았다.

나는 늘 하는 대로 호텔 커피숍으로 들어갔다. 커피숍에는 사람들이 많았다. 외국인들이 더 많았다. 사람들이 모두 훌륭한 사람들처럼 보였다. 그 사람들은 국가 일이나 법률적인 일을 하러 온 사람들일 거라고 생각했다. 아빠에게 전화를 걸어 내가 왔다는 걸 알렸다. 아빠는 전화를 받지 못한 채 메시지를 찍었다. 회의 중이니 커피숍에서 기다리라고 하면서 시간이 좀 걸릴 거라고 했다. 확실하게 시간이 얼마나 걸리는지 묻고 싶었지만 회의 중이라고 해 그만두었다. 책을 읽으며 기다리기로 했다. 나는 라캉의 욕망이론을 꺼내어 읽으면서 내가 이해한 인간과 욕망에 대하여 나름대로 노트에 요약했다.

라캉에 의하면 인간은 욕망의 동물이다. 인간은 결핍을 채우기 위해 욕망한다. 욕망의 대상은 신기루처럼 잡는 순간 저만큼 물러난다. 사랑, 성공, 식욕, 성욕, 명예, 소유, 심지어 희망까지 대상은 욕망을 완전히 충족시킬 수 없으므로 인간은 대상을 향해 가고 또 가는 것이다. 그러므로 죽음만이 욕망을 충족시키는 유일한 대안이다. 욕망은 기표이다. 그것은 완벽한 기의를 갖지 못하고 끝없이 의미를 지연시키는 텅 빈 연쇄작용이다. 욕망의 구조를 보면 주체는 대상에게 욕망을 느낀다. 그것이 자신의 결핍을 완전히 채워 줄 것이라고 굳게 믿기 때문이다. 그것만 얻으면 그 이상 아무것도 욕망할 것이 없으리라고 믿는 것이다. 그러나 욕망했던 대상을 얻더라도 욕망은 여전히 남게 된다. 그렇다면 욕망의 끝은 어디일까? 욕망의 끝은 죽음이라고 라캉은 주장한다. 죽어야 욕망이 끝난다는 것이다. 그러므로 대상은 실재처럼 보였으나 허구에 불과하다. 그리고 다시 욕망이 살아남아 그다음 대상을 찾아 나서는 게 실재계이다. 결국 인간은 결핍의 연속이라는 것이다. 라캉은 이와 같은 이론을 바탕으로 욕망이론의 공식을 '주체'와 '허구적 대상'과 '결핍'으로 정리했다. 대상은 결코 주체를 충족시키지 못한 채 결핍으로 이어지는 것인데, 곧 주체가 결핍 자체라는 것이다. ……

대학노트 3장쯤 썼을 때 폰이 울렸다. 스카이라운지에 있는 식당으로 올라오라고 했다. 나는 후다닥 책을 챙겨 들고 스카이라운지로 올라갔다. 회의를 마친 사람들이 저녁을 먹기 위해 자리마다 앉아 있었다. 내가 식당으로 들어서자 아빠가 나를 맞아 주었다. 사람들이 아빠와 나를 향해 인사를 했다.

"나 검사님, 따님 함부로 내놓으면 안 되겠어요."

아빠는 좋아서 어쩔 줄 몰라 하며 고맙다고 인사를 했다. 내 등 뒤로 '나 검사님 따님 영화배우 뺨치겠는데요.'라는 말이 들려오기도 했다. 식사를 마치고도 아빠는 사람들에게 인사를 받느라 좀처럼 일어서지 못했다. 아빠가 일어서려고 하면 사람들이 와서 인사를 했다. 아빠는 나에게 호텔방 현관문을 여는 카드를 주면서 방에 들어가 잠시 기다리라고 했다. 나는 아빠 호텔방으로 들어가 기다렸다. 방은 지난번 것보다 더 크고 근사했다. 아빠는 좀처럼 오지 않았다. 커피숍에서 정리해 놓은 라캉의 욕망이론을 꺼내 읽기 시작했다.

주체에 대하여 라캉이 하고 싶은 말은 이런 것이다. "나는 거짓말을 하고 있다." 라고 했을 때 이 말은 내가 하고 있는 말이다. 그런데 자신이 거짓말을 하고 있다는 것을 지켜보고 있는 또 하나의 '나'가 있다. 둘이 하나이면서 다른 것이다. 말을 하고 있는 나는 바라보는 주체라면 거짓말을 하고 있는 나는 보여지는 주체이다. 전자는 진짜 나이고 후자는 가짜인 나이다. 이런 맥락에서 라캉은 "나는 생각한다. 고로 나는 존재한다."라는 데카르트의 하나로 통합된 주체를 "나는 내가 생각하지 않는 곳에도 존재한다."는 것으로 바꾸었다. 라캉의 바라보기만 하는 '나' 외에 보여지는 '나'도 있다는 주체의 객관화는 이 세상 모든 사람들에게 그대로 적용된다. ……

노트를 다 읽을 즈음에야 아빠가 방으로 돌아왔다. 아빠가 방에 들어서자 나는 의자에서 재빨리 일어나 서류를 건네주었다. 그리고 다시 서류를 받아 가기 위해 선 채로 기다렸다.
"앉아. 서 있지 말고."
"어서 가야 해요."
"알아, 일단 앉아 봐. 내가 할 말이 있어서 그래."
아빠는 냉장고를 열어 와인을 꺼내 들었다. 그리고는 두 잔을 따라 나에게 하나를 건네주었다.

"아빠, 이건 술이잖아요."

"넌 이제 술을 마실 수 있는 나이를 먹었어. 연애할 나이도 먹었고."

아빠는 이미 식당에서 술을 마신 상태였다. 술 냄새가 물씬 풍겼다. 아빠의 근엄한 눈빛이 와인 잔을 나에게 받도록 강요하고 있었다. 아빠의 눈빛은 점점 더 근엄해졌다. 나는 불안한 표정을 감추지 못한 채 와인 잔을 엉거주춤 받아 들고 손을 떨었다. 아빠가 먼저 와인을 단숨에 마시며 나에게도 어서 마시라고 두 번 말했다. 나는 와인을 입에 대지 못한 채 계속 손을 떨었다. 내 머릿속에서는 다시 과거가 되살아나기 시작했다. 할 수만 있다면 영화에서처럼 와인 잔을 냅다 던져 버리고 방을 나가 버리고 싶었다. 그런데 아빠였다. 그렇다고 아빠가 옛날처럼 강제로 무슨 짓을 하려고 한 것도 아니었다.

"어서 마셔. 와인은 술도 아니야. 대학생이 와인을 들고 떨다니. 그리고 술은 옛날부터 아버지에게 배우라고 했다."

나는 하는 수 없이 눈을 질끈 감고 와인을 단숨에 마셔 버렸다. 와인을 마시고 나면 보내 줄 것 같아서였다. 그런데 아빠는 나를 보낼 생각을 하지 않았다.

나는 점점 불안해지면서 더 이상 방에 있어서는 안 된다는 것과 아무리 권위적인 아빠라도 지금은 아빠로 보지 말아야 한다는 생각이 들었다. 아빠 말대로 나는 이제 와인을 마셔도 되는 성인이 되었고 연애를 할 나이를 먹었으므로 아빠에게 대들어도 된다는 용기가 솟구쳐 올랐다. 용기가 솟구쳐 오른 건 와인 덕분이었다. 정말 술기운이 점점 퍼지면서 용기도 따라 커졌다. 나는 자리에서 벌떡 일어나 현관문을 향해 용감하게 걸었다. 아빠가 쫓아와 나를 붙잡았다. 아빠를 뿌리치며 "나, 이젠 어린 소녀가 아니란 말이에요."라고 소리쳤다.

아빠에게 그런 말이 통할 리 없었다. 아빠는 문을 열 수 없도록 막고 나는 문을 열기 위해 안간힘을 썼다. 그렇지만 나는 이미 그물에 걸린 물고기였다. 몸부림칠수록 그물에 휘감겼다. 아빠는 내 팔을 닭 날개처럼 꺾어 쥐고 끌어다 침대에 던졌다. 그리고 뺨을 두 대 갈긴 다음 두 다리로 나를 누른 채 놀랍게도 침대 밑에서 엽총을 꺼내 들었다. 옛날에 엄마를 위협했던 그 엽총이었다.

"지금까지 출장 때마다 너를 부른 건 일도 일이지만 아빠 스스로 아빠를 시험하기 위해서였다. 그런데 너를 어떤 놈에게도 줄 수 없다는 결론을 내렸어. 이건 너와 나의 운명이야. 나도 어쩔 수가 없어. 이제부터는 집 밖으로 부를 테니 그리 알아."

커피숍에서 정리한 라캉의 욕망이론이 머릿속에 나열되었다. 욕망의 끝은 죽음뿐이라는 것, 아빠 말대로 운명이라면 이 저주받은 운명은 둘 다 죽든지 누군가 하나가 죽어야 끝이 난다는 걸 생각하며 눈으로 엽총을 찾았지만 없었다. 아빠를 죽여 버릴, 아니 그 더러운 욕망을 죽여 버릴 흉기를 찾기 위해 방 안을 살폈다. 방 안엔 스탠드와 와인 잔이 있을 뿐이었다. 그것으로는 사람을 죽일 수도 없을 것이었다. 손도 닿지 않았다. 아빠는 나를 짓누른 채 계속 더러운 말을 뱉었다.

"따지고 보면 이게 다 너 때문이란 걸 알아야 해. 지금까지 은희 네가 나를 끌어당긴 거야. 쇠붙이를 끌어당기는 자석처럼. 너는 자석이고 나는 쇠붙이였단 말이지."

그날 아빠는 또다시 더러운 욕망을 채웠고, 아빠를 죽일 수도 없는 나는 그와 한집에서 살지 않는 방법을 찾아야 했다. 미국 독립운동에 불을 붙인 패트릭 헨리의 연설문 가운데 '자유가 아니면 죽음을 달라'는 선언을 가슴에 품고 대학 기숙사에 들어가기 위해 공부에 사력을 쏟았다.

동하 - 분노

　은희 씨의 고백은 핵폭탄이었다. 은희 씨의 비밀은 세계 2차 대전 때 연합군이 일본 히로시마에 투하한 원자폭탄에 버금가는 것이었다. 영국 시인 바이런이 어느 날 아침 눈 뜨자 유명해져 있었다면 나는 어느 날 아침 나의 모든 것이 아수라장이 되고 말았다. 상상조차 할 수 없는 일, 뉴스에서나 들었던 무서운 사건이었다. 나는 읍내 술집에 들어앉아 밤새 술을 마셨다. 소중한 내 보물을 강도당한 것처럼, 내 심장을 강도가 싹둑 도려내 버린 것처럼, 내 속은 벌집이 되고 말았다.

　내가 은희 씨를 발견했을 때 그녀의 모든 것을 대신하고 싶었는데, 그것이 원자폭탄이라도 내가 대신 다 떠안고 싶은 심정이었는데, 마치 신이 내 소망을 들어주기라도 한 것 같았다. 은희 씨의 고통이 다 내 것이었다. 당장 신문사로 달려가고 싶었다. 나중범과 치열하게 싸우고 있는 D당 후보에게 전화를 걸어 이 사건의 전말을 모조리 말해 주고 싶었다.

　그런데 며칠이 지나자 섣불리 행동할 문제가 아니라는 생각이 들었다. 나중범을 응징하는 가장 적절한 것이 무엇인지를 찾을 때까지는 함부로 입을 열어서는 안 될 일이었다. 은희 씨 신변을 생각해야 했다. 은희 씨가 목숨 걸고 여기까지 내려온 것은 어쩌면 그녀의 마지막일 것이었다. 감정대로 했다가는 오히려 은희 씨가 그나마 살아갈 수 없는 처지가 될지도 모를 일이었다.

은희 씨 사연을 알고부터 나는 엄마가 정성껏 싸 준 점심도시락을 풀지 못한 채 그대로 집으로 가지고 갔다. 엄마가 깜짝 놀랐다. 며칠 사이에 반쪽이 됐다면서 병원에 가 보자고 졸랐다. 엄마는 한의원에서 보약을 지어 오고 민물장어를 고면서 요즘 세상에는 별별 병이 다 있어 큰일이라며 걱정에 휩싸였다.

내가 받은 충격은 이중삼중이었다. 은희 씨는 민경하라는 사람과 결혼했으며 도망쳐 왔다는 말도 털어놨다. 지금은 끼고 있지 않지만 은희 씨 손가락에 끼여 있던 반지가 새삼 떠올랐다. 배에서 햇살을 받아 눈물과 함께 빛났던 그 반지였다. 도망쳐 왔지만 죽어도 그를 잊을 수 없다고 했다. 잊을 수도 없지만 죽어도 돌아갈 수도 없다고 했다. 그러므로 내 마음을 다 알지만 나를 사랑할 수 없다는 것이었다. 나를 고마운 사람, 평생 잊지 못할 아름다운 사람으로 간직하겠다고 하면서 미안하다고 했다. 나는 사실 이종호 일을 마무리 지은 다음 그녀에게 내 마음을 고백하려고 마음먹고 있었다. 그동안 여러 번 내 심정을 고백하고 싶었지만 차마 말을 꺼내지 못한 채 기회만 보던 중이었다.

그런데 한편으로는 은희 씨가 고마웠다. 그 무시무시한 비밀을 민경하가 아닌 나에게 고백했다는 사실이 나로선 중요했다. 배에서 나에게 슬픈 심신을 의지했듯이 민경하가 아닌 나에게 모든 걸 의지한 것이었다. 하늘이 무너져도 은희 씨 가슴에는 경하 씨밖에 없다는 것을 알았지만, 나는 은희 씨를 계속 사랑하기로 마음먹었다. 더 사랑하고 싶어졌다. 은희 씨의 처지나 그녀 의사와 관계없이 나 혼자 내 방식대로 그녀를 감싸 주면 되는 것이었다.

사실 나에게도 상처가 있었다. 대학 때 여자 친구가 있었고 결혼을 약속한 사이까지 발전했다. 그녀는 내가 배신했다고 말하고 다녔지만 진실은 그게 아니었다. 내가 시골학교로 내려오자 그녀가 멀어지기 시작했다. 시골로 내려온 나에게 실망한 그녀가 마음을 바꾼 것이었다. 엄마와 누나가 사정하고 달랬지만 요지부동이었다. 단순히 시골로 내려온 것이 이유라면 누나가 힘을 보태서라도 읍내에서 가장 좋은 아파트를 사 줄 것이며 자연 속에 아담한 별장도 하나 마련해 줄 것이라고 했다. 그때서야 그녀는 솔깃해져서 마음을 돌렸다.

나는 누나가 그런 식으로 그녀를 설득했다는 사실을 전혀 몰랐던 터라 그녀에게 고마워하며 결혼 날을 잡았다. 신혼집을 마련하기 위해 그녀가 K읍으로 잠시 내려왔다. 그녀는 기대에 못 미친 시골 아파트를 보고는 다시 냉담해지고 말았다. 우리 집 재산도 환히 파악했다. 논 20마지기와 밭 20마지기를 소작 준 것이 전부였다. 그 정도면 옛날에는 순정리에서는 부자 소리를 들었고 임해면 일대에서도 부자 축에 들 정도의 땅이었지만 지금 세상엔 아무것도 아니었다.

엄마와 누나가 다시 그녀에게 통사정을 했던 모양이었다. 그녀는 엄마와 누나에게 조건을 제시했다. 시골별장은 필요 없으니 부산 해운대 해변에 아파트든 오피스텔이든 30평쯤 되는 무얼 하나 사 달라고 했다. 별장처럼 한 번씩 다니면서 숨을 쉬겠다는 것이었다. 나는 그런 결혼은 하지 않겠다고 선언했다. 누나와 엄마는 그렇게라도 하자고 나를 달랬지만 정이 뚝 떨어지고 말았다. 마음을 다잡았다. 설사 평생 독신으로 살더라도 순정초등학교를 지키면서 내 소신대로 살기로 했다. 물론 하모니카는 어려서부터 잘 불었지만, 내가 하모니카에 열중한 것도 동심초를 좋아한 것도 그때부터였다. 나는 그만한 상처도 감당하기 어려웠다.

나중범 얼굴은 날마다 TV에 나왔다. 화면에 그가 나올 때마다 나는 그의 얼굴을 꼼꼼하게 뜯어보기 시작했다. 이젠 독사처럼 보였다. 놈을 뜯어보면서 순자의 성악설을 떠올렸다. 인간의 본성은 악이며 교화되어야 할 필요가 생기게 된다는 순자의 성악설에 공감했다. 맹자의 주장대로 인간의 본성이 선하기만 한 것이라면 좋은 제도 따위가 필요 없을 것이라는 순자의 생각이 딱 들어맞는 것 같았다. 도대체 나중범 그놈은 어떤 환경에서 성장했으며 무엇이 문제인지 궁금했다. 5공 시절 그의 아버지가 저질렀던 비리도 이제야 추악한 비리로 보이기 시작했다.

은희 씨의 고백을 듣기 전날까지만 해도 나는 놈에게 반해 있었다. 놈은 일단 잘생기고 근사했다. 적당히 큰 키에 알맞은 몸집을 가졌다. 검은 피부의 장방형 얼굴에 매부리의 오똑한 콧날과 얇은 홑겹 눈이 날카로운 카리스마를 발산했다. 두툼한 입은 무뚝뚝하고 권위의식에 꽉 차 있는데도 후덕하고 인정스럽게 보이기도 했다. 그는 여론조사에서 일 위를 달리고 있었다. 연일 나중범의 외모와 인품에 반했다는 인터넷 기사가 떴다. 기사는 공기처럼 전국으로 퍼지면서 차기 대통령감이라는 말까지 나오기 시작했다.

차기 대통령감? 치가 떨렸다. 놈은 공약과 소신을 피력하면서 하필이면 정의를 가장 역설했다. 법조인으로 반생을 바친 사람답게 정의로운 사회를 만들겠다고 다짐했다. 약자가 보호받는 사회, 약자의 눈물을 닦아 주는 사회를 만들겠다는 것이었다. 가난한 어린이들의 아버지가 되어 줄 것이며 가난한 자들의 형제가 되어 줄 것이며 가난하고 외로운 노인들의 아들이 되어 줄 것이라고 하며 유덕하게 웃었다. 정말 놈의 소신은 숭고했다. 놈이 브라운관에 나올 때마다 나는 술을 벌컥벌컥 들이켰다. 그리고 바닷가로 나가 "나중범, 이 독사 같은 놈! 악마!"라고 고함을 질렀다.

나중범은 고향도 아닌 서울에서 출마하여 예상대로 당선이 되었다. 화환을 목에 걸고 TV에 나온 그를 향해 사람들이 몰려들었다. 이제 나중범은 더 높은 곳을 향해 승승장구할 것만 남아 있었다. 은희 씨가 걱정이었다. 놈은 이제부터 TV에 단골로 나올 것이고 대한민국을 활보하며 떵떵거리고 살 것이었다. 놈이 그런 식으로 출세가도를 달리는 한 은희 씨는 놈의 얼굴을 피할 수 없을 것이었다. 은희 씨의 노트에서 본 글이 떠올랐다. "아지가 그를 제 눈으로 보며 살아간다는 것은 형벌이다."라는 내용은 다름 아닌 은희 씨 자신을 말한 것이었다. 은희 씨는 앞으로 보기 싫어도 놈을 보게 될 것이고 그때마다 은희 씨는 형벌을 당하는 고통을 감내해야 할 것이었다.

나는 밤마다 읍내 술집에서 친구 박민수와 술을 마셨다. 우리 임해면에서도 나중범이 화제였다. 친구 박민수는 나중범의 당선을 기뻐하면서 술을 마셨고 나는 속으로 이를 갈면서 술을 마셨다.

"나중범 당선축하식에 초대받았는데 아쉽게도 못 가게 됐네."

박민수는 자랑삼아 말하면서 아쉬워했다. 그는 임해 지역 P당에서 일을 보고 있고 장차 정계 쪽으로 진출할 꿈을 꾸고 있었다. 박민수가 놈을 이야기하는 동안 나는 속으로 그놈 죽일 놈이라고 발악하고 싶은 심정을 참느라 용을 쓰고 있었다.

"그런데 동하 너 이상하다는 거 알아? 사실 나중범을 나보다 니가 더 좋아했잖아? 그런데 마치 나중범이 당선된 것이 못마땅하다는 것처럼 보인단 말이야. 말도 안 되는 소리지만."

그럴 것이었다. 나는 나중범을 박민수보다 더 좋아했었다.

"못마땅하다니, 말도 안 되는 소리. 그런데 이런 시골까지 초청장을 보내 줘?"

나는 시치미를 떼며 물었다.

"차기 대통령 후보감이라고 야단이잖아. 아마도 대권을 위해서겠지."

나는 차기 대통령 후보란 말에 피가 거꾸로 솟구쳐 올랐다. 그래도 박민수 앞에서 속을 드러낼 수는 없었다.

"열 일 제쳐 놓고 가 보지 그래?"

나는 마음에도 없는 소리를 했다.

"그날 하나밖에 없는 내 동생 결혼식이지 뭐냐. 나 당선자와 눈도장을 찍을 절호의 기회인데 말이야."

"그럼 초청장 나 줘. 내가 서울 간 김에 시간 나면 가 볼 게."

나는 문득 서울에 가서 직접 내 눈으로 놈을 자세히 봐야겠다는 생각이 들었다.

"진짜? 잘됐다. 앞으로 대통령이 될지도 모르는 인물인데 이럴 때 한번 봐 둘 필요가 있지. 사진도 한 방 확실하게 박아 와라."

박민수는 초청장이 아까웠는데 나에게 준 것을 다행스럽게 여겼다.

박민수에게 초청장을 받는 날부터 생각하고 또 생각한 끝에 상경하기로 결심했다. 학교를 은희 씨에게 맡기고 서울로 향했다. 은희 씨에게는 부산에 볼일이 있다고 거짓말을 했다. 평소 입지 않는 검정색 양복과 넥타이를 챙겨 들고 당선축하식 하루 전날 서울에 도착했다. 광화문 쪽에 있는 놈의 사무실로 찾아갔다. 각지에서 보낸 대형화환이 줄지어 서 있었다. 축하파티는 다음 날 저녁 7시였다.

밤을 뜬눈으로 새우고 다음 날 오후 양복으로 갈아입고 나중범 사무실로 갔다. 오후 6시부터 사람들이 모여들기 시작했다. 시끌벅적했다. 나는 주변에서 시간을 보내다가 6시 30분쯤에 초청장을 내밀고 들어갔다. 한쪽에서 여자 당원들이 다과를 준비하고 있었다.

"나 당선자님 사모님도 오시겠죠?"

"당연하죠. 두 분이 손잡고 만세를 불러야죠. 다 그렇게 하잖아요."

한 여자가 친절하게 대답을 해 주었다. 나는 은희 씨 어머니란 사람도 어떻게 생긴 사람인지 궁금했다. 7시가 임박해지자 사람들이 사무실을 가득 채웠다. 곧 "나중범! 나중범!"이란 구호가 터져 나왔다. 사무실 입구를 향해 나중범이 모습을 드러내고 있었다. 만면에 웃음이 가득한 나중범이 들어서자 당원들이 화환을 목에 걸어 주었다. 부인 목에도 걸어 주었다. 구호는 더 크고 뜨겁게 달아올랐다. 두 사람은 손을 들어 올려 환호에 답하면서 마음껏 웃어 보였다.

"저 사람들이 은희 씨 아버지와 어머니?"

당장 은희 씨 어머니를 붙잡고 '당신 딸이 어떻게 됐는지 아세요? 당신 남편 나중범이 어떤 놈인 줄 아세요?'라고 소리치고 싶었다. 답답증이 밀려들었다. 어떤 누구도 함부로 그를 건드릴 사람이 없다고 생각하자 목이 말랐다. 물을 마시고 싶어 다과를 준비하는 여자 곁으로 갔다. "물 좀 얻어 마실 수 있나요?" 하고 물었다. 여자는 과일을 깎던 손을 멈추고 친절하게 한쪽 구석에 놓여 있는 생수를 가지러 갔다.

눈에 과도가 들어왔다. 과도를 바라보는 내 머릿속에서 정의와 불의가 대결하고 있었다. 먼먼 고대까지 거슬러 올라가지 않더라도 칼은 불의를 엄단하는 상징물이었던 걸 생각했다. 그뿐만 아니라 썩은 환부를 도려내는 치유의 수단이란 것도 떠올렸다. 내가 그런 생각을 할 동안 사무실은 구호와 흥분의 도가니가 되었고 까만 정장을 차려입은 남자들이 나중범 뒤로 장막을 치듯 죽 둘러섰다. 나중범의 후배 검사들로 보였다. 자기네들끼리 김 검사, 이 검사, 하며 부르는 소리가 오고갔다. 사무실 입구 쪽에는 경찰도 배치되어 있었다. 생수를 나에게 갖다 준 여자가 다시 과일을 깎기 시작했다. 나는 여자와 멀어지면서 사람들을 둘러봤다. 나중범은 벌써 영웅이 되어 있었다. '차기 대통령 후보로 P당에서 점찍어 두었다'는 말을 여기저기서 속삭이고 있었다.

당원들은 전국각지에서 올라온 모양이었다. 양복을 차려입었지만 촌티 나는 사람들도 많았다. 친구 박민수가 생각났다. 박민수처럼 시골 당사에서 일하는 사람들이 이번 기회에 눈도장이라도 한번 찍을까 하여 올라온 것 같았다. 나 역시 모처럼 양복을 차려입었지만 우리나라 남단의 임해면 촌티가 졸졸 흐를 것이었다. 나중범은 촌티 나는 사람들에게도 정중하게 허리를 굽혀 인사를 했다. 허리만 굽히는 것이 아니라 눈까지 맞추어 가며 일일이 악수를 청했다. 나에게도 마찬가지였다. 그는 악수를 하면서 손에다 힘을 꼭 주었다. 그의 겸손함이 가슴속으로 흘러들었다. 추운 겨울날 뜨거운 국물을 마신 것처럼 속이 후끈했다.

순간 '은희 씨의 말이 사실일까?' 하는 생각이 들었다. 나중범은 계속 허리를 굽혀 인사를 하느라 바빴다. 당선의 기쁨으로 가득 찬 얼굴은 후덕하고 인자하게 보였다. 굳이 티를 잡자면 눈빛은 TV에서 본 대로 날카로웠다. 그건 범죄자를 다루는 검사 생활을 오래하다 보면 그렇게 변할 수도 있을 것이었다. 또한 그런 눈빛은 법조인에게 어울리는 특별한 카리스마로 보였다. 혼란스러웠다. 또다시 목이 말랐다. 물을 찾아 조금 전에 여자가 생수를 가지러 갔던 곳으로 갔다. 대여섯 명 남자들이 물을 마시고 있었다. 나도 종이컵에 생수를 따라 마셨다. 그때 남자들이 주고받는 말이 귓가를 스쳤다.

"성자 같지 않아? 저 겸손한 모습 말이야."

"그걸 인제 알았어?"

"어지러워, 평소와 달라도 너무 달라서."

"그런데 이상한 소문이 돌던데?"

"딸이 신혼여행지에서 사라졌다는 소문?"

"어, 어떻게 알았어? 일급비밀인데."

"세상에 비밀이 어딨어. 지구에서 저 혼자 살면 모를까."

"그런데도 저렇게 태연할 수 있어?"

"나중범답지 뭘."

그들은 젊은 사람들이었고 모두 정장을 차려입고 있었다. 검사들 무리에서 나온 사람들로 보였다. 짐작컨대 같은 검사로서 축하는 해 주러 왔지만 마음속은 그게 아닌 모양이었다. 잠시 은희 씨를 의심했던 게 미안했다. 정신이 번쩍 들었다.

드디어 축하식이 시작되었다. 먼저 목사가 나와 신께 감사를 드리는 기도를 한 다음 당선자가 당선 소감을 말했다.

"여러분, 이 나중범은 이제부터 제 것이 아닙니다. 하늘로서는 하나님의 것이며 우리 대한민국에서는 여러분의 것입니다. 여러분이 살리고 죽일 수 있습니다. 지금 제가 이 자리에 선 것도 여러분들이 세워 주신 것 아닙니까. 앞으로 저를 도구로 쓰십시오. 하나님께서 저를 여러분께 덜컥 내어주셨으니 저를 마음껏 사용하십시오. 나중범이라는 그릇에 쌀밥을 퍼 담든 보리밥을 퍼 담든 오직 여러분께 달렸습니다. 저는 여러분이 서라면 서고 앉으라면 앉을 것입니다."

그쯤에서 박수가 터져 나왔다. '나중범! 나중범!'이라는 구호도 외쳤다. 당선 소감은 잠시 멈추었다가 다시 이어졌다.

"함께 울고 웃겠습니다. 우리나라 아직도 배고픈 사람 많습니다. 억울한 사람 부지기수입니다. 이 땅에 정의를 실현하기 위해 제 한목숨 기꺼이 바치겠습니다. 존경하는 여러분과 사랑하는 여러분과 함께 험한 그 길을 가겠습니다. 감사하고, 또 감사합니다."

"4년 후엔 청와대로!"

당선 소감이 끝나기가 무섭게 누군가 외쳤다.

"옳소! 여러분, 4년 후엔 우리의 영웅 나중범 의원을 청와대로 보냅시다."

한 무리의 사람들이 또 외쳤다. 놈이 고개를 끄덕거리며 주먹을 불끈 쥔 손을 들어 답했다. 나중범이란 그릇에 쌀밥을 담든 보리밥을 담든 여러분에게 달렸다고 한 건 차기 대통령으로 만들어 달라는 주문이었다. 당원들이 차기 대통령을 외치는 소리를 듣자 또다시 피가 거꾸로 솟구쳐 올랐다.

나중범이 아내를 손잡아 일으켜 세웠다. 은희 씨 어머니가 활짝 웃으며 사람들을 향해 손을 흔들었다. 자식을 짓밟아 버린 놈은 짐승이라 치더라도 은희 어머니를 이해할 수 없었다. 딸을 잃어버린 어머니가 결코 아니었다. 보름달처럼 꽉 찬 행복감에 젖어 있었다. 나중범 부부가 손을 맞잡고 사람들과 함께 만세를 불렀다. 옆에서는 경호원들이 주인을 지키는 사냥개처럼 주위를 두리번거리고 있었다. 만세를 부를 때 놈이 입고 있는 당 유니폼 점퍼가 위로 당겨져 올라갔다. 속에 입은 하얀 Y셔츠가 보였고 바지에 맨 벨트의 경계가 드러났다.

만세를 두 번째 부를 때 불현듯 안중근 의사가 떠올랐다. 하얼빈

역에서 안 의사가 했던 것처럼 나도 총이 있었으면 좋겠다는 생각이 들었다. 순간 나중범이 이토 히로부미로 보였다. 역사 사진에서 봤던 초대 통감 이토 히로부미, 인력거를 타고 허리를 뒤로 젖히고 비스듬히 앉아 종로를 누비면서 조선 민족을 깔보던 눈빛이 바로 나중범의 눈빛과 일치했다.

나는 자리에서 일어나 과일 깎는 여자가 있는 곳으로 가 슬쩍 칼을 집어 주머니 안에 넣었다. 그리고 나중범과 그의 사람들이 만세를 세 번째 부르려고 팔을 높이 치켜 올릴 때, 안중근 의사를 생각하며 총 대신 과도로 바지에 맨 벨트의 경계를 찔렀다. 은희 씨의 눈물을 생각하면서 한 번 더 찔렀다. 내가 아니면 그를 응징할 사람이 대한민국엔 없다는 것을 생각하면서 다시 찌르려는데 경호원들이 번개처럼 달려들었다. 축하파티장이 아수라장으로 변했다. 때마침 몰려든 기자들 카메라에 내 행동이 그대로 잡히고 말았다. 나는 단숨에 경찰에게 연행되었다. 그리고 대기라도 시켜 놓은 것처럼 119가 달려와 놈을 병원으로 이송하느라 북새통을 이루었다.

경하 - 초침 소리

신은 인간의 고통을 치유하기 위해 시간을 주었다고 하지만 나에게는 반대였다. 시간이 갈수록 더욱 고통스럽기 짝이 없었다. 눈코 뜰 새 없이 바쁜 것, 병원에서 정신없이 산다고 하여 은희 생각으로부터 멀어지는 것이 아니었다. 그리움은 물처럼 아주 작은 틈만 있어도 가차 없이 스며들었다. 수술을 끝내고 메스를 놓자마자, 아니 수술 도중 몇 초 동안 숨을 고르기 위해 고개를 쳐든 순간에도 어김없이 파고들었다. 이대로 은희를 영영 잃어버리는 건 아닌가. 이렇게 막연히 시간이 가 버리면 은희는 나에게 오는 길을 까맣게 잊어버리는 건 아닌가 하는 두려움에 사로잡혔다.

은희의 짐이라도 내 곁에 있어 다행이었다. 은희는 결혼을 앞두고 카나리아, 옷가지, 책 등등을 신혼집으로 옮겨 놓았다. 나는 은희 짐을 풀어 은희 사진 열 장쯤을 액자를 만들어 벽에 걸었다. 은희가 쓴 시도 걸었다. 은희 옷도 꺼내어 안방 장롱과 행거에 내 옷과 나란히 걸었다. 현관에는 구두와 마트 등 가까운 곳에 가면서 신는 슬리퍼까지 꺼내 놓았다. 그쯤 해 두자 누가 봐도 은희와 내가 함께 사는 것처럼 보였다. 어느 날 갑자기 친구들이 불쑥 쳐들어온다 해도 전혀 의심하지 않을 것이었다.

그렇게라도 꾸며 놓고 살면서 은희를 느끼는데, 어느 날 퇴근하여 집에 돌아오자 마치 은희가 몰래 들어와 몽땅 가져가 버린 것처럼 은희 물건이 모조리 사라지고 말았다. 은희의 '은'자도 듣기 싫어하는 엄마가 냉장고까지 몽땅 실어내 버린 것이었다. 카나리아도 사라지고 없었다. 나는 급히 엄마에게 전화를 걸어 울먹이는 목소리로 카나리아는 안 된다고 항의했다. 내가 울먹이자 엄마가 놀란 것 같았다. 엄마에게 다른 건 몰라도 제발 카나리아만은 찾게 해 달라고 애원했다. 엄마는 잠시 생각하더니 우리 아파트 어떤 젊은 여자에게 줘 버렸다고 했다.

나는 가슴을 쓸어내리며 아파트 관리실로 찾아가 방송을 부탁했다. 관리소장이 개인적인 일로 방송을 하는 건 곤란하다고 했다. 열 번 사정을 해도 열 번 다 마찬가지였다. 나는 책상을 꽝, 치면서 "그게 없으면 나는 죽는다구요."라고 했다. 그러자 나를 위 아래로 훑어보면서 "멀쩡해 보이는 사람이"라고 중얼거렸다. 정신병자 취급을 한 것이었다. 나는 생각을 바꿔 사례를 후하게 할 테니 제발 방송을 해 카나리아를 찾게 해 달라고 애원했다. 소장은 여전히 고개를 좌우로 살래살래 흔들면서 어서 나가 달라고 했다.

나는 재빨리 집으로 돌아와 명함을 들고 다시 관리실로 갔다. 정중하게 명함을 내밀며 신분을 밝혔다. S대학국립병원 외과의사라는 걸 안 관리소장은 자리에서 벌떡 일어나 "미리 말씀하시지요."라고 하며 마이크를 켰다. 그런 다음 "뭐라고 방송해 드릴까요?"라고 친절하게 물었다. 관리소장은 내가 말해 준 대로 방송을 하기 시작했다.

"오늘 나이 많은 아주머니로부터 카나리아 한 쌍을 받으신 젊은 아주머니께서는 지금 신속하게 카나리아를 가지고 관리실로 와 주시기 바랍니다. 실수로 내준 것이라고 합니다. 사람의 목숨이 달려 있는 일입니다. 만약 카나리아를 찾지 못하면 사람이 죽는 수가 있으니, 정말로 죽는 수가 있으니, 부디 이 방송을 듣는 즉시 가져다주실 것을 부탁합니다. 돌려주시면 후히 사례하겠답니다. 지금 관리실로 빨리 가져오시기 바랍니다."

관리소장은 새를 못 찾으면 죽는 수가 있다는 말을 두 번이나 되풀이하면서 기대 이상으로 방송을 잘해 주었다.

"S대학병원 경비만 알아도 급할 때 덕을 본다는 데 오늘 행운입니다. 마침 우리 어머니를 입원시키는 문제로 큰 걱정을 하고 있었거든요. 선생님, 잘 부탁합니다."

관리소장은 커다란 공을 세운 사람처럼 의기양양해하면서 자기 어머니 입원을 부탁했다. 나는 꼭 찾아오라고 친절하게 말하고는 관리실 입구 쪽을 애타게 바라보았다. 새를 가져간 여자는 좀처럼 나타나지 않았다. 관리소장이 안절부절못하더니 "새를 어서 좀 갖다 주시기 바랍니다. 지금 일각이 급합니다."라고 다시 재방송을 했다. 그리고 10분이나 지났을까, 젊은 여자가 카나리아가 든 새장 두 개를 들고 나타났다.

"우리 아이들도 죽어도 못 준다고 울고불고 야단이 났다구요. 돌려주지 않으면 우리 때문에 새(鳥) 주인이 죽는다고 겁을 줘 가면서 간신히 갖고 나온 거예요. 괜히 우리 아이들만 울렸잖아요."

"제가 똑같은 걸로 사 드릴게요. 그리고 사례도 하겠습니다."

"됐어요. 우리도 새 살 돈 정도는 있다구요."

여자는 쌩, 하고 찬바람을 일으키며 가 버렸다. 카나리아를 보자 눈물이 핑 돌았다. 은희를 만난 것만 같았다. 카나리아를 조심스럽게 들고 집으로 돌아왔지만 카나리아는 나를 보고도 한참 동안 울지 않았다. 겁을 먹은 것 같았다. 목욕물을 갈아 주자 목욕을 하고는 새장 안 나뭇가지로 올라가서야 나를 향해 울었다.

내가 은희를 그리워할수록 부모님은 선을 보라고 성화를 댔다. 혼인신고도 하지 않았고 첫날밤도 치르지 않았으므로 나는 멀쩡한 총각이라는 주장이었다. 나는 부모님께 은희와 섹스를 하지 않았다는 것을 끝까지 숨겼지만 결국 부모님도 알아 버리고 말았다. 두 번째 실종신고를 취소했을 때 아버지는 은희 아버지에게 전화를 하고, 엄마는 은희 엄마에게 전화를 해 혼사를 없었던 일로 하자고 한 모양이었다. 그러면서 엄마는 은희 부모님에게 위자료를 내놓으라고 주장했고, 저쪽에서 들은 척도 하지 않자 은희 부모에게 위자료청구소송을 내겠다고 으름장을 놨다.

그러자 은희 부모님이 무슨 일로 은희가 잠자리를 거부했는지 그것부터 알아야 할 것이라고 반격을 하고 나섰다. 서 검사가 나에게 고자냐고 물었듯이 나에게 무슨 문제가 있어서가 아니냐는 것이었다. 그때까지 아무것도 몰랐던 우리 부모님이 깜짝 놀라 그게 사실이냐고 나에게 다그쳤다. 나는 어쩔 수 없이 사실이라고 고백할 수밖에 없었다. 무슨 이유냐고 물었다. 나는 모든 게 다 내 탓이니 더 이상은 알려고 하지 말아 달라고 부탁했다. 엄마는 믿을 수 없다며 울었다. 나를 성불능자로 오해한 것이었다.

엄마는 아무리 생각해도 내가 성불능자라는 걸 믿을 수 없다면서 서 검사에게 혹시 뭐 아는 게 없느냐고 물어보았고, 서 검사가 엄마에게 사실대로 말해 버리고 말았다. 엄마는 내가 성불능자가 아니라는 것에 가슴을 쓸어내리면서 예상했던 대로 은희를 향해 천길만길 뛰었다. 위자료를 받아도 단단히 받아 낼 거라며 분노했다. 서 검사가 또 나섰다. 그건 나를 몰아세우는 일이며 나를 몰아세우면 의사 못한다고 겁을 줘 가면서 엄마를 달랬다.

은희와 첫날밤을 치르지 않았다는 것을 알게 된 엄마는 오히려 잘됐다는 식으로 계속 선을 보라고 졸라 댔다. 나는 어쩔 수 없이 선을 보는 척이라도 해야 했다. 사실 은희가 사라지고 일 년이 경과될 무렵부터 선을 보기 시작하여 세 번이나 봐야 했다. 선을 볼 때마다 스펙이 대단한 여자들이 내 앞에 앉아 있었다. 그녀들은 내 과거 따위는 상관없다는 태도였다. 신혼여행에서 신부와 살을 섞고 끝났더라도 상관하지 않겠다는 눈치였다. 나는 선을 볼 때마다 언젠가는 은희가 내 앞에 나타날 것이라는 확신을 굳혔다. 나도 나중범이 상견례 때 우리 앞에서 '급한 재판이 있어 가 봐야' 한다고 했던 것처럼 차를 마시는 둥 마는 둥 하고는 '급한 수술환자가 있어서 가 봐야' 한다면서 자리를 떴다. 그녀들은 질려 버릴 정도로 자존심이 상했을 것이었다.

부모님은 내가 아직도 은희를 잊지 못한 탓이라면서 은희를 더욱 미워했다. 그리고 우리 집에 일주일에 한 번 오시던 것을 혹시 은희가 불쑥 나타날지 몰라 거의 날마다 집에 오시기 시작했다. 오늘 아침에도 출근을 서두르는데 엄마가 오셨다.

"집 내놨다. 급매에 내놨으니 곧 팔릴 거야."

아파트를 팔고 다른 곳으로 집을 옮기려는 계산이었다. 어차피 다시 결혼하면 이 아파트에서 살 수 없을 뿐만 아니라 은희와 연관된 집에서 나를 살게 할 수 없다는 생각이었다. 나중범이 국회의원에 덜컥 당선이 되자 더 예민해진 것 같았다. 엄마 심정은 충분히 이해하지만 나는 어떤 일이 있어도 이사는 가지 않겠다고 못을 박았다. 엄마에겐 무척 죄송하지만 은희와 연관된 집마저 옮겨 버린다면 나는 더 이상 버티지 못할 거라고 겁을 주었다.

뇌졸중 환자 수술을 끝내고 허리를 펴자 밤 8시였다. 수술복을 벗고 머리에 쓴 캡을 벗고 수술용 장갑을 벗고 손을 씻는데 병원이 술렁거렸다. "외과 선생님들께서는 지금 빨리 응급실로 모여 주시기 바랍니다."라는 방송이 외과병동을 울렸다. 거물급이 뇌졸중이나 심근경색으로 쓰러져 실려 왔을 거라는 추측을 하며 응급실로 급히 내려갔다.

거물급이 실려 올 때면 늘 그렇듯이 외과 의료진들이 단숨에 모였다. P당 유니폼을 입은 남자가 '빨리 서둘러 주세요.'라고 소리쳤다. 언제나 마이너스인 침대가 그가 오리라고 대기하고 있을 수는 없었다. 내 후임으로 내려온 응급실 팀장이 수면제 과다 복용으로 실려와 응급조치를 막 끝낸 환자를 밀어내고 P당 환자를 눕게 했다.

뜻밖에 은희 아버지였다. 천하의 나중범이 칼에 찔리다니? 속보가 나갔겠지만 수술실에서는 알 턱이 없었다. 싫든 좋든 그는 응급환자였고 나는 의사였다. 그가 누구든(원수라 할지라도) 의사는 환자를 환자로 바라보아야 하는 의사 윤리가 그를 환자로 바라보게 만들었다. 나중범은 허리 맹장 쪽을 칼에 찔린 상태였다. 상처 부위는 작았지만 두 곳이었다. 한 곳은 상처가 얕고 한 곳은 2센티 정도였다. 2센티 상처에서 출혈이 조금 심했다.

칼끝이 장기에 닿지 않아 수술은 간단했다. 상처를 깁고 난 다음 그는 중환자실이 필요 없으므로 일반입원실인 특실로 옮겨졌다. 나는 그때서야 누가 왜, 그를 찔렀는지 궁금해서 견딜 수가 없었다. 서 검사에게 전화를 걸어 보고 싶었는데 서 검사가 먼저 전화를 걸었다.

"나중범 상태 어때?"

서 검사가 흥분된 목소리로 물었다.

"별것 아니야. 표피층 한두 겹만 바느질하면 되는 수술이었어. 내가 보기엔 2주 정도면 정상적으로 활동할 수 있을 거야. 그런데 누가 감히 나중범을 찔렀지? 무슨 일로?"

"이상한 일이야."

"이상한 일?"

"시골 초등학교 선생이야. 그것도 경남 벽촌에서 올라온 아주 순박한 청년."

"이유는?"

"법정에서 말하겠대. 아직 묵비권이야."

"정치적 이념이겠지."

"그런 것도 아닌 것 같아."

"그런 게 아니라구?"

"그럼 왜?"

"글쎄, 수사해 보면 알게 되겠지."

"그건 그렇고 이 사건 맡을 거야?"

"당연히 그러고 싶지. 상대가 나중범이잖아. 그런데 나중범 후임 부장검사가 직접 진두지휘를 할 모양이야. 나중범의 가신이었거든. 어떻게든 해 볼 작정이야."

예상했던 대로 나중범은 2주 만에 상처가 아물었고 퇴원해도 되는데 병원에서 나갈 생각을 하지 않았다. 병원으로 문병객들과 당 관계자들이 몰려들었다. 참모들이 문병객을 구별하여 면회를 시켰다.

서 검사가 사건을 맡게 됐다고 알려 주었다. 재미있는 일이 벌어질 거란 예감이 든다면서 흥분을 감추지 못했다. 기자들은 연일 병원으로 와 나중범에게 원한을 살 만한 일이 있었는지를 캐물었다. 나도 그럴 거라고 생각했다. 부장검사까지 했으니 어떤 피의자로부터 원한을 살 수도 있는 일이었다. 판검사들이 피의자들로부터 두고 보자라는 협박을 받는 것이 비일비재하다는 걸 기억했다.

나는 바쁜 와중에도 신문기사에 촉각을 세웠다. 원한을 살 만한 사람이 있느냐는 기자들 질문에 나중범은 "역사가 겸 인류사가인 토인비는 일찍이 말하기를 인간이 오늘날 누리는 자유를 피값이라고 했습니다. 마찬가지로 사회정의를 실현한다는 것은 피값을 치러야 하는 모양입니다." 라고 대답했다. 짐작대로 불만을 품은 피의자 짓이라는 말이었다.

기자들은 나중범 사건을 일제히 '사회정의와 피값'이라는 제목으로 기사화하기 시작했다. 나중범 당선자야말로 사회 정의의 진두 지휘자였고 여러 번 목숨을 위협받기도 했다는 기사가 삽시간에 전국으로 퍼져 나갔다. 나중범은 인터넷상에서 인기몰이를 하기 시작했다. 네티즌들은 어서 쾌차하여 국민을 위해 정의를 실현해 달라고 부탁했다. 나중범의 건강과 안위를 위해 기도하고 있다는 네티즌들도 많았다.

나중범은 단번에 정의파로 유명해졌고, 사회정의구현과 피값은 나중범 신드롬이 되어 버렸다. 그럴수록 나는 나중범을 이해할 수 없었다. 은희, 자기 딸 은희를 찾을 생각도 하지 않고, 찾지도 못하게 막는 사람이 사회 정의를 외친다는 건 앞뒤가 맞지 않았다. 그렇지만 나는 나중범 병실을 가 보지 않을 수 없었다. 내가 은희를 포기하지 않는 한 그는 나에게 장인이었다.

"이만하기 다행입니다."

"자네, 다시는 엉뚱한 짓 하지 않을 거지?"

나는 형식상 그렇게 말했고, 나중범은 이런 와중에도 다시 일침을 가했다. 은희 실종신고 냈던 걸 말한 것이었다. 불덩이 같은 것이 솟구쳐 올랐다. '자식도 모른 니가 인간이야? 너 같은 놈은 정말 죽어도 싸.'라고 통쾌하게 내뱉고 싶었지만 마음뿐이었다. 이제 나중범은 국회의원이라는 특별한 신분까지 얻었으므로 정말 나 하나쯤은 당장 모가지를 칠 수도 있을 것이었다.

서 검사는 피의자에게 연민이 간다고 했다. 아무리 생각해 봐도 그런 무시무시한 사건을 저지를 사람이 아니라고 했다. 재판 날이 닥쳤다. 나도 재판을 보러 갔다. 감히 나중범을 찌른 시골학교 선생이 어떤 사람인지 궁금하기 짝이 없었다. 방청객들이 평소보다 두세 배나 넘친다며 사람들이 놀랐다. 보안위원들이 휴대폰을 끌 것과 어떤 경우에도 소란을 피워서는 안 된다는 주의를 주면서 장내를 정리하고 판사들과 검사들과 피의자와 변호사들이 입장했다. 나뿐만 아니라 방청객 모두가 천하의 나중범을 찌른 그가 누군지에 집중했다.

두 손이 밧줄에 묶인 채 법정으로 들어선 피의자는 고개를 반듯하게 들고 당당하게 입장하여 자리에 앉았다. 당당함이 이토 히로부미를 저격한 안중근 의사를 연상케 했다. 정말 독립투사 같은 얼굴이었다. 나는 놀랐다. 이유가 무엇이든 사람을 찌른 피의자 신분으로 재판정에서 당당하게 고개를 드는 것은 이해하기 어려운 일이었다. 재판이 시작되었다. 오로지 진실만을 말하겠다는 선서가 끝나고 변호인들의 변론과 검사의 논고가 시작되었다. 서 검사가 피고인을 향해 물었다.

"피고 김동하 씨는 지방에서 초등학교 학생들을 가르치는 교사, 맞습니까?"

"맞습니다."

"객관적으로 볼 때 나중범 당선자를 해칠 이유가 없는데 왜 그랬지요?"

"안중근 선생께서는 왜 이토 히로부미를 죽였을까요? 저도 인간으로서 참을 수 없는 분노 때문이었습니다."

방청객들이 일시에 웅성거렸다. 손가락으로 삿대질을 하며 '정신병자!'라고 소리치는 사람도 있었다. 나는 내 느낌이 맞아떨어진 것에 더욱 놀랐다. 피고인 김동하라는 사람은 '어떤 정의를 위해' 그런 일을 저지른 것이 분명했다.

"피고인은 묻는 말에만 대답하세요."

재판장이 주의를 주었다.

"구체적인 이유를 말해 주세요. 무엇 때문에 나중범 당선자를 죽이려고 했습니까?"

서 검사가 다시 질문했다.

"안중근 선생이 아니면 아무도 이토 히로부미를 죽일 수 없었듯이, 내가 아니면 아무도 그를 건드릴 수 없어서입니다. 그는 죽어야 마땅합니다. 이 땅에서 사라져야 합니다."

김동하는 서 검사를 똑바로 바라보며 부르르 떨었다. 나중범을 죽이지 못한 것이 한이 맺힌 것 같았다. 지금이라도 옆에 나중범이 있다면 죽여 버릴 기세였다. 서 검사가 피고인에게 연민이 느껴진다고 했던 것처럼 나는 벌써 김동하를 응원하고 있었다.

"이유를 말하세요."

서 검사가 이유를 독촉했다. 그럼에도 김동하는 이유를 대지 않았다. 방청석에서는 계속 정신병자라는 야유가 터져 나왔다. 야유를 뚫고 김동하가 입을 열었다.

"존경하는 재판장님, 제가 이유를 말하면 그를 처벌해 주시겠습니까? 아니, 처벌하실 수 있겠습니까?"

법정이 물을 끼얹은 듯 조용해졌다. 이번에도 재판장이 불쾌한 표정을 지으며 묻는 말에 대해서만 대답하라고 주의를 주었다. 서 검사가 의미심장한 미소를 지으며 김동하를 향해 입을 열었다.

"누구든 죄가 있으면 처벌하는 것이 법입니다. 피고는 어서 이유를 말하세요."

"말하겠습니다."

서 검사와 판사들과 방청객들이 모두 숨소리를 죽였다. 기자들이 피의자 쪽으로 우르르 몰려들었다. 나는 김동하의 입을 바라보면서 과연 무슨 말이 튀어나올 것인지 상상해 보았다. '뇌물? 부정? 출세를 위한 어떤 나쁜 짓?'

"일개 부장검사가 인간을 농락했습니다. 그는 미성년자 성폭력범입니다."

말을 마친 김동하가 숨을 거칠게 몰아쉬었다. 얼굴에는 비장함이 흘렀다. 장내가 물을 끼얹은 듯 조용했다.

"뭐라고? 저자가 지금 뭐라고 한 거야!"

"미친 새끼, 입 닥치지 못해!"

기절했다 깨어난 것처럼, 조용하던 방청석에서 고함이 터져 나오기 시작했다. 보안위원이 소란을 급히 제지시켰다. 내가 생각해도 말도 안 되는 소리였다. 나중범이 아무리 밉지만 그건 말이 되지 않았다. 방청석은 웅성거리고 판사들도 멍한 눈빛이었다. 오직 서 검사만 눈동자가 경이롭게 빛나고 있었다.

"피고인이 지금 한 말은 단 한마디도 삭제되지 못한다는 걸 알고 있겠지요?"

재판장이 김동하를 날카롭게 쏘아보며 물었다.

"잘 알고 있습니다. 재판장님."

김동하는 당당하게 대답했다.

"그렇다면 그 미성년자가 누굽니까?"

서 검사가 독촉하며 김동하를 응시했다.

"누구든 죄가 있으면 처벌하는 것이 법이라고 했습니까? 어림없는 소립니다. 누가 전 부장검사이며 국회의원이 된 나중범을 처벌할 수 있단 말입니까."

김동하는 마치 어느 강연장에서 연설하는 연사 같았다.

"피고인은 묻는 말에만 대답하세요."

재판장이 다시 일침을 가했다.

"김동하 씨, 일개 부장검사가 인간을 농락했다고 했지요? 맞습니다. 부장검사나 국회의원 역시 인간 그 이상 그 이하도 아닙니다. 법 앞에 똑같은 인간입니다. 그러니 법을 믿고 사실을 말하세요."

서 검사가 달래면서 다시 말할 것을 재촉했지만 김동하는 더 이상 말을 하지 않았다.

그날 저녁 뉴스에 김동하가 한 말이 전국으로 방송되었다. 서 검사가 나에게 전화를 걸어 몹시 흥분된 어조로 말했다.

"나 말이야. '일개 부장검사가 인간을 농락했다.'는 김동하의 말에 감동했다. 이 정도면 나중범 인생 끝났어. 나중범이 이렇게 망할 줄이야."

"그런데 믿어지지가 않아. 나중범이 밉지만 그건 도저히 믿을 수가 없어."

"그건 알 수 없는 일이야. 아무튼 피의자 입에서 이런 말이 언급되었다는 자체만으로도 나중범에게는 원자폭탄이잖아. 피의자도 나중범을 죽이려고 한 게 아니라 이걸 노린 것 같아. 아무튼 하루빨리 피의자의 입을 열게 해야 할 텐데."

서 검사와 전화통화를 마친 다음 나는 나중범이 묵고(퇴원하기에 충분한데도 병원 생활을 계속하는 경우) 있는 특실로 올라갔다. 기자들이 벌써 몰려와 있었다. 기자들이 김동하가 한 발언에 대해 묻고 나중범은 여유 있게 웃으면서 대답하고 있었다.

"내가 검사 생활 수십 년을 하면서 각종 흉악범들을 만났는데 그들은 일종의 사이코패스들입니다. 그들은 범죄를 저지름으로 해서 자기가 안고 있는 어떤 갈등을 해소하려고 해요. 또는 관심을 끌기 위해 세상을 한번 떠들썩하게 만들어 보고 싶어 하기도 하고."

"그럼 피의자가 거짓말을 하고 있다는 겁니까?"

"전형적인 정신병자지요. 내가 놀란 것은 그 정신병자의 횡설수설에 귀를 기울이는 기자 여러분들입니다. 나, 나중범 얼마 전까지만 해도 대한민국 검찰 부장검사였어요. 그리고 세상이 다 아는 대로 지금은 성폭력범죄시대라고 해도 과언이 아닙니다. 범법자가 그걸 이용한 겁니다."

나중범의 말도 일리가 있었다. 그래서인지 대부분 기자들이 나중범의 말을 믿는 눈치였다. 모두 허탕 친 표정으로 방을 나갔다. 그런데 딱 한 사람만 나가지 않고 질문을 계속했다.

"나 당선자님 말씀도 일리가 있기는 합니다. 그러나 그는 일반적인 범법자와는 다릅니다. 벽촌의 초등학교 교사입니다. 그런 그가 사이코패스라든가 세상을 한번 떠들썩하게 만들겠다는 건 납득이 가지 않습니다."

"당신 어느 신문이야?"

"L신문입니다."

"그렇지. 언제나 우리 P당을 못 잡아먹어 안달인 신문 맞잖아."

"결백하다는 말씀입니까?"

"조금 전에 말했잖아. 너, 정말 내가 누군지 몰라서 그래?"

나중범이 화를 내자 보좌관이 L신문사 기자를 병실 밖으로 밀어냈다. 다음 날 나중범과 기자들의 인터뷰가 신문과 인터넷에 그대로 실렸다. 신문을 본 서 검사가 이런 기회에 자기 딸을 찾지 않는 아버지라는 걸 기자들에게 흘려야 한다고 주장했다.

"니가 못하면 내가 할게."

나는 서 검사를 말렸다. 그렇게 하는 것이 은희를 찾는 데 도움이 될 리 없어서였다. 오히려 은희가 더 깊이 숨어 버릴 것이었다.

서 검사가 김동하를 찾아가 면회를 하자고 졸랐다. 나중범은 실종된 자기 딸을 찾는 것을 막는 놈이라고 말하면서 김동하를 설득시키자는 것이었다. 사실 나도 김동하가 어떻게 나중범을 아는지, 나중범과 어떤 관계인지 궁금하기 짝이 없었다. 서 검사를 따라나섰다. 가까이 본 김동하 얼굴은 법정에서와 달랐다. 독립투사처럼 결연하고 비장하고 당당했던 것과 달리 순진하기 짝이 없는 인상이었다. 소년 같았다. 서 검사 말대로 눈빛이 소년처럼 순수했다. 이유가 무엇이든 그가 칼로 사람을 찔렀다는 사실을 믿기 어려웠다. 그러면서 어디선 가 본 것 같은 친근감이 들었다. 정말 어디선가 본 것 같았다. 서울에서만 살아온 내가 벽촌에서 올라온 그와 인연이 있을 리 없는데 자꾸 그런 생각이 들었다.

"김동하 씨, 나중범은 국회의원 당선 전까지 대한민국 부장검사였어요. 그런 나중범이 미성년자를 성폭력 했다는 게 말이 됩니까?"

서 검사의 질문에 그는 묵묵부답이었다. 서 검사가 나를 흔들었다. 나는 은희 이야기를 꺼낼 수가 없었다. 과연 그것이 옳은 일인지도 판단할 수 없었다. 내가 말할 것 같지 않자 서 검사가 입을 열어버리고 말았다.

"김동하 씨, 당신은 나중범에 대해 많은 것을 알고 있는 게 분명해요. 참고로 나중범은 자기 딸이 신혼여행지에서 실종됐는데도 찾지 않는 사람입니다. 자기 체면 때문이기도 하지만 선거에 악영향이 미칠까 봐, 두려운 탓이었을 겁니다. 나와 함께 온 이분이 나중범 딸과 결혼한 당사자예요. 부장검사라는 신분을 가진 아버지가 사라진 딸을 찾지 않을 뿐만 아니라 결혼 당사자가 찾는 데도 그걸 막는 사람을 김동하 씨는 어떻게 생각합니까?"

김동하가 반사작용처럼 나를 쳐다보았다. 눈빛이 충격 그 자체였다. 얼굴에 경련이 일기까지 했다.

"김동하 씨, 당신 나중범뿐만 아니라 딸에 대해서나 가족들에 대해서도 잘 알고 있죠?"

서 검사가 단도직입적으로 치고 들어갔다.

"전혀 모릅니다. 절대로."

지금까지 묵묵부답이던 김동하가 딸과 가족들을 들먹이자 펄쩍 뛰었다.

"아니, 당신은 나중범에 대해 많이 알고 있어. 아주 많은 것을."

"아닙니다. 다른 건 전혀 모릅니다."

"그가 성폭력을 했다는 사실을 아는 사람이 다른 건 모르다니 말이 됩니까?"

"가족에 대해서는 정말 모릅니다."

"아무튼 다음 재판 때는 그 미성년자가 누군지 말해 줄 거라고 믿어도 되겠지요?"

김동하는 대답하지 않았다. 다음 재판 때도 쉽게 입을 열 것 같지 않아 보였다. 서 검사가 생각보다 쉽지 않은 사람이라면서 답답해했다. 나는 병원으로 돌아오면서 그를 어디선가 봤다는 생각을 떨치지 못했다.

은희 - 검은 밀물

어느 나라 별이었을 제비꽃
너는 말이 없어도 좋다
나를 향해 웃어 주지 않아도 좋다
너를 향해 쿵쿵 뛰는
내 심장의 박동 소리를
너는 듣지 못해도 좋다

사랑하는 마음이란 긴 강물처럼
제 가슴속에서 저 혼자
고요히, 고요히 흘러도 좋은 것
제비꽃 그늘 아래 그냥 숨어 있어도
좋은 것
두고 온 하늘과 지난날의 추억을 생각하며
바람에 몸을 떠는 제비꽃
행여 꽃잎이 떨어질세라
내 마음은 강물처럼 파문을 일으키는데
언제나 저 혼자 말이 없는 제비꽃

- 김동하 「제비꽃」

꽃길을 가꿀 때 팻말에 새겨 넣은 동하 씨의 시를 다시 읽었다. 나는 어쩌자고 선하고 아름다운 동하 씨에게 그런 모진 비밀을 털어놓았는지 후회하면서 눈이 짓무르도록 읽고 또 읽었다. 시가 가슴을 난도질했다. 구구절절 골수를 쪼갰다. 처음엔 아름다운 시라고만 생각했었다. 물론 나에 대한 동하 씨의 마음은 잘 알고 있었지만 나는 모른 척 작품으로만 읽으려고 했었다.

그런데 이젠 시어들이 화살처럼 가슴에 꽂혔다. 그럴 것이었다. 단순히 솟구쳐 오른 정의감만으로 어떻게 그런 끔찍한 일을 저지를 수 있었겠는가. "사랑하는 마음이란 긴 강물처럼 제 가슴속에서 저 혼자 고요히, 고요히 흘러도 좋은 것"이라는 대로 동하 씨는 그런 심정으로 나를 위하여 나 몰래 서울까지 올라가 내 아빠 나중범을 찔렀을 것이었다.

사실 죽기 전에 그 더러운 비밀을 누구에겐가 꼭 말하고 싶었다. 어려서부터 늘 그런 심정으로 내 말을 들어 줄 사람이 이 세상 어딘가에 한 사람쯤은 꼭 있을 거라고 믿었다. 그런데 하필 그 사람이 동하 씨였다는 것이 가슴 아팠다. 나는 동하 씨에게 잔인한 짓을 하고 말았다는 죄책감을 안고 후박나무 아래서 날마다 새처럼 울었다. 동하 씨가 법정에서 아빠를 찌른 이유를 말하지 않는 것도 나 때문으로 짐작되었다. 나를 세상으로 끌어내고 싶지 않아서일 것이었다.

평소 동하 씨와 티격태격하던 순정리 이장도 안타까워하며 혀를 찼다. 마을 사람들도 대대로 점잖은 집안에서 그런 일이 일어난 건 아무래도 조상들 묘를 잘못 쓴 탓일 거라고 했다.

"일개 부장검사가 인간을 농락했습니다. 누구든 죄가 있으면 처벌하는 것이 법이라고 했습니까? 어림없는 소립니다."

동하 씨가 재판정에서 외쳤다는 말이 인터넷과 신문에 그대로 실렸고 네티즌들이 명언이라고 감탄했다. 나도 동하 씨처럼 법 앞에 인간은 누구나 평등하다는 걸 믿지 않았다. 내가 어렸을 때 아빠는 엄마와 함께 이야기하면서 법도 수학처럼 공식이 있다고 했다. 수학에서 제곱근 루트 안에 들어 있는 숫자가 루트를 벗어나려면 제곱 공식을 사용해야 벗어날 수 있는 것처럼 법도 공식을 어떻게 활용하느냐에 따라 달렸다고 했다. 그 제곱근은 권력과 돈이라고 했다.

이제부터 학교 일은 내 몫이 되고 말았고, 이종호도 제곱근을 잘 활용한 사람이었다. 동하 씨가 그렇게 되자 이종호는 아지 사건에서 어렵지 않게 빠져나왔다. 증거 불충분이라는 이유로 슬쩍 넘어간 것이었다. 아지가 동하 씨와 나를 믿고 모든 걸 말했지만 소용없는 일이었다. 이종호는 아지가 사람을 잘못 본 거라며 우겼다. 경찰서에서도 어린아이가 컴컴한 빈집에서 사람을 제대로 봤겠느냐는 분위기로 돌아섰다. 검은입, 순정이의 증언은 염려했던 대로 인정받지 못했다.

이종호는 사건에서 벗어나 당당하게 면장이 되었다. 면장이 된 이종호는 동하 씨를 마음대로 질타하기 시작했다. 칼로 사람을 찌른 놈이 무슨 짓인들 못하겠느냐고 하면서 그런 놈이니까 자기를 죽이려고 모략을 꾸몄다고 했다. 이종호는 그쯤에서 그치지 않고 아지 일도 동하 씨의 짓이라고 뒤집어씌웠다. "김동하는 젊은 놈이다. 아지가 하루만 결석해도 선화도로 찾아가 아지를 봤다더라. 이사까지 시킨 것 봐라. 그런데다 김동하는 장가도 못간 노총각이다. 한참 펄떡거릴 때다. 탈탈 굶는 놈이 무슨 짓을 못하겠느냐."라고 떠들었다. 이종호의 말을 믿는 사람들이 점점 늘어 갔다. 사람들은 그것이 사실이든 아니든 상관없이 면장이 된 이종호의 말에 맞장구를 치며 고개를 끄떡였다.

동하 씨 어머니는 아들이 사람을 찌른 것보다 아지를 그렇게 만들었다는 누명이 더 무섭고 억울하다며 가슴을 쳤다. "세상 천지에 이보다 더 추잡한 일은 없는데. 도둑의 때는 벗어도 천지가 개벽을 해도 벗을 수 없는 일이 그 추잡한 것인데."라고 울부짖다 쓰러져 병원으로 실려 갔다. 동하 씨 누나가 내려왔지만 오래 있을 수 없었다. 순정이를 보내 돌보게 하고 주말에는 내가 병원으로 갔다.

이종호는 병원으로 동하 씨 어머니를 찾아와 "나를 모함하여 죽이려고 들더니 뿌린 대로 거둔 것 아니요? 예전에 동하 아버지가 나에게 뿌린 대로 거둔 법이라면서 사사건건 트집을 잡던 일이 생각나네요. 자기 아들이 이리 될 줄도 모르고."라며 염장을 질렀다. 그뿐만 아니라 이제 동하 씨는 교사 자격을 영원히 박탈당하게 생겼으니 학교는 다른 사람에게 맡겨야 한다면서 내친김에 나까지 쫓아낼 연구를 했다.

"나은희 선생도 무슨 일로 서울에서 여기까지 내려왔는지 내 꼼꼼히 조사해 볼 것이니 스스로 알아서 처신하는 게 좋을 걸."

그는 직접 학교까지 찾아와 나를 협박했다. 알아서 학교를 떠나라는 것이었다.

옆에서 듣고 있던 순정이가 이종호를 노려봤다. 순정이의 눈에서 불꽃이 이글거리고 있었다. 이종호가 주춤했다. 나는 그녀가 '집적대는 외지 남자들을 물어뜯었다'는 성질이 동할까 봐 불안을 감추지 못했다. 이종호가 주춤한 것도 그래서일 것이었다.

"어서 안으로 들어가요."

그녀를 뒤로 밀어냈다. 순정이는 뒤로 물러서면서도 이종호에게서 눈을 떼지 않았다.

"저게 감히 누굴 노려보는 거야!"

이종호가 도저히 참을 수 없다는 듯이 순정일 향해 큰소리를 쳤다.

"생각해 보니 이 모든 일이 나은희 선생이 오고부터 일어난 것이야. 저 정신병자가 나에게 하는 짓거리도."

"말 삼가세요. 누가 정신병자라는 겁니까."

나는 더 이상 인내하지 않았다. 이종호는 두고 보자는 식으로 나를 향해 눈을 위아래로 흘기며 돌아가고 말았다.

이종호가 기세등등해지자 아지가 공포에 떨었다. 비밀을 말하면 쥐도 새도 모르게 죽는다고 협박했는데 고소를 하고 난리를 쳤으니 어린것이 무서울 것이었다. 아지를 보호해 주어야 했다. 밤이면 잠을 못 자는 아지를 데려다 내 방에 재웠다. 아지는 자다가 놀라면서 헛소리를 했다. 어미 닭이 병아리를 품듯 아지를 품어 안았다. 아지는 어미둥지를 찾아든 아기 새처럼 내 품에서 겨우 잠이 들었다. 내가 동하 씨 걱정과 아지 걱정으로 밤을 새우듯이 순정이도 꼬박꼬박 밤을 새웠다. 한밤중 마당에 우두커니 서서 하늘을 바라보는 그녀 입에서 '나쁜 놈'이라는 말이 여러 번 흘러나왔다.

동하 씨 어머니도 걱정이었다. 병원에서 퇴원하여 집으로 돌아갔지만 혼자 둘 수 없었다. 순정이를 보내 돌봐 드리도록 하고 나는 학교 때문에 주말에나 들르기로 했다. 그런데 하루는 순정이가 돌아와 숨을 헐떡거렸다. 왜 그러느냐고 물어봤자 짧은 단어 한두 마디만 하는 그녀가 자세하게 설명해 줄 수 없었다. 서둘러 읍내로 갔다. 내가 무슨 일이 있었느냐고 묻기도 전에 동하 씨 어머니가 부들부들 떨며 말을 꺼냈다.

"며칠 전부터 밤마다 장대같이 큰 사람이 집을 맴돌지 뭔가."

시커먼 그림자가 방문 앞에 턱 버티고 섰다가는 사라지고 다시 오는데 어젯밤엔 순정이가 용케 바짓가랑이를 붙잡고 물어뜯으며 한참 씨름을 하다 그만 놓쳐 버렸다고 했다. 이종호가 번개처럼 스쳤다. 동하 씨 어머니에게 겁을 주려고 사람을 시켜 무슨 수작을 꾸민 것이 틀림없었다. 해칠지도 모를 일이었다. 학교까지 찾아와 두고 보자고 했던 말이 자꾸 떠올랐다.

나는 생각 끝에 동하 씨 어머니를 아예 순정리 우리 집으로 모시기로 했다. 동하 씨 어머니는 내 집을 두고 어디로 가느냐며 펄쩍 뛰었지만 결국 내 말에 따라 주었다. 순정리 집도 동하 씨가 샀으므로 동하 씨 집이라고 설득했다. 우리는 세 식구가 되었다. 집은 방이 세 칸이고 내가 사용하던 안방에 동하 씨 어머니를 모셨다. 나는 건넛방으로 옮기고 건넛방을 쓰던 순정이는 더 작은 방을 사용하기로 했다.

이종호는 승승장구하면서 실추된 체면을 세우기 위해 마을마다 돌아다니며 술밥으로 인심을 썼다. 이종호가 행차하면 모두 허리를 굽혀 인사하기에 바빴다. 순정리에도 들러 나를 쫓아내려고 계속 수작을 부렸다.

"젊은 아가씨가 이런 촌이 좋아서 내려왔을 리는 만무하고, 뭔가 이상해. 우리 촌사람들은 그렇게 말하지. 도시 사람이 촌으로 내려와 말뚝 박는 것은 떳떳치 못한 짓을 저지르고 숨어든 것이 틀림없다고."

그는 종종 학교에 찾아와 그런 식으로 나를 괴롭혔다. 그럴 때마다 순정이가 싸리 빗자루를 들고 후려칠 것처럼 그를 노려봤다.

"이 정신병자 내보내지 않으면 교육청에 이야기해 끌어내고 말 거야."

"무료봉사를 하는 사람입니다."

"무료봉사라고 아무나 하는 줄 알아 아이들에게 미칠 영향을 생각해야지."

"말씀 잘하셨어요. 지금 아지가 어떻게 살고 있는지 아세요?"

"그 아이 이야기를 왜 나에게 하는 거야? 모두 무고죄로 처넣을 테니 두고 봐."

지금 이런 상황에서 그를 건드리면 안 된다는 걸 잘 알면서도 나도 모르게 아지를 입 밖에 내고 말았다. 그가 나를 향해 으름장을 놓자 순정이가 내 곁에서 걱정스런 표정으로 나를 바라보았다. 나는 걱정하지 말라며 손을 잡고 달래 주었다. 그러면서도 속으로는 두려움을 떨치지 못했다. 모든 것이 우리에게 불리한 탓이었다. 나까지 잘못되면 학교와 아이들, 동하 씨 어머니, 아지, 순정이가 걱정이었다.

동하 씨의 자식 같은 아이들이 아니라면 나는 더 이상 존재할 이유가 없었다. 벌써 깊은 바닷속으로 들어가 버렸든지 아니면 누운 채로 영원히 일어나지 못했을 것이었다. 그런데다 한 아이가 최근에 우리 학교로 전학을 왔다. 그 아이도 내가 돌봐 주지 않으면 안 될 아이였다. 서울에서 김강이라는 아이가 전학 온 것은 동하 씨가 일을 저지른 다음이었다.

올해 3학년인 강이는 몸이 좋지 않아 일부러 시골로 내려왔다고 했다. 서울에서 사고를 당한 탓이라고 했다. 무슨 사고를 당했는지는 알 수 없었다. 강이 엄마는 큰 사고를 당해 대수술을 했다는 말만 했을 뿐 구체적인 것은 말하지 않았다. 사람은 남에게 말하기 힘든 일, 말하고 싶지만 차마 말할 수 없는 일이 있다는 것을 누구보다도 잘 알고 있는 나는 애써 알려고 하지 않았다.

처음에 강이는 좀처럼 입을 열지 않았다. 수업 시간에도 멍하게 창밖을 바라보거나 살며시 교실 밖으로 나가 후박나무 아래 놓여 있는 나무의자에 앉아 새소리를 듣고 있었다. 내가 처음 순정초등학교에 왔을 때와 흡사했다. 강이 엄마는 사고를 당한 충격 탓이라고 하면서 아이들과 잘 어울릴 수 있도록 도와 달라고 부탁했다. 강이 엄마는 강이 대소변을 돌봐 주기 위해 날마다 학교에 출근하다시피 했다. 사고로 장이 망가졌는데 성장할 때까지는 엄마가 돌봐 주어야 한다고 했다. 강이 엄마는 우리가 가꾸어 놓은 빈집을 빌려 살고 있다. 인근 마을에 강이 아빠 본가가 있지만 학교와 상당히 떨어진 곳이라 강이가 통학하기 힘든 탓이었다.

"선생님, 나무가 아직 어리고 시원치 않은데도 새들이 날아와 울어 주네요."

강이 엄마 말대로 순정리에는 근사한 나무들이 지천인데 새들은 우리가 심어 놓은 보잘것없는 나무에도 찾아와 열심히 울어 주었다.

"새들은 잘난 나무 못난 나무를 가리지 않은가 보죠."

"정말 그런가 봐요. 우리 강이가 새들을 너무 좋아해요. 아침에 눈 뜨자마자 맨 먼저 새소리에 귀를 기울이거든요."

나는 평소대로 아이들에게 열심히 시를 쓰도록 유도하고 아이들은 여전히 시 쓰기를 좋아했다. 강이도 시를 썼다. 아지가 그랬던 것처럼 강이가 쓴 시는 다른 아이들과 달랐다. 아지와도 달랐다. 아지 시는 그리움과 외로움 일색이었다면 강이 시는 아픔 일색이었다. 예를 들면 "아이들이 바위에서 뛰어논다. 바위가 아프다고 운다. 바위는 울어도 소리가 나지 않는다. 바람에 풀잎이 나뭇잎이 팔랑거린다. 풀잎과 나뭇잎이 벌벌 떤다."는 식이었다.

강이의 대상은 아픔과 공포였다. 그것도 나와 비슷했다. 사고를 당하면서 받은 충격 탓일 거라고 생각했다. 아이의 마음을 변화시켜 주어야 했다. 내용이야 어떻든 강이도 자기가 쓴 시를 칭찬받고 싶어했다. 상처가 있다고 해서 무조건 칭찬이 약이 될 수는 없었다. 그렇다고 시는 이렇게 쓰는 게 아니라고 말해서도 안 되는 일이었다. 대신 아이들에게 질문을 했다.

"우리가 바위에서 뛰어놀면 바위는 기분이 어떨까요? 아플까요?"

"아니요. 바위는 튼튼하니까 아무렇지도 않아요."

"바위는 우리 친구니까 좋아해요."

"나뭇잎은 바람이 불면 좋아할까요, 싫어할까요?"

"좋아서 깔깔 웃어요."

"나뭇잎은 춤을 추고 싶어서 바람이 불기를 기다려요."

"나뭇잎은 바람이 불지 않으면 심심해서 꾸벅꾸벅 졸아요."

아이들은 단 한 명도 바위가 운다고 생각하지 않았다. 바람 타는 나뭇잎이 찢어진다고 걱정하는 아이도 없었다. 신기하게도 그다음부터 강이의 시에 아픔이란 말이 사라져 갔다. 아이들이 강이와 잘 어울려 준 탓이었다.

동하 씨는 종종 고대 파피루스에도 '요즘 아이들은 제멋대로'라는 글이 적혀 있다는 말을 인용하면서, 우리 아이들은 흔히 말하는 요즘 아이들이 아니라고 자랑하기를 좋아했는데, 정말 착한 순정초등학교 아이들은 동하 씨가 돌아오기를 기다리며 더 착하게 굴었다. 아이들이 고마웠다.

순정이도 동하 씨가 없는 것을 알고 무엇이든 더 열심히 하려고 애썼다. 동하 씨 어머니를 위해 바다에서 열심히 고기를 잡아 왔다. 새벽 4시쯤에 나가면 6시경에 돌아왔다. 오늘 새벽에도 그물꾸러미를 챙겨 들고 바다로 나갔다. 그런데 좀처럼 돌아오지 않았다. 아지도 보이지 않았다. 순정이는 새벽마다 고기를 잡으러 간 것이지만 아지는 이상한 일이었다. 동하 씨 어머니는 아지네 집으로 가고 나는 혹시 순정이를 따라갔을지도 모른다는 생각을 하면서 바닷가로 나갔다.

바닷가로 가려면 10분쯤 걸어야 하는데 절반쯤 갔을 때 순정이가 아지를 업고 오고 있었다. 아지가 축 늘어져 있었다. 나는 장승처럼 우뚝 걸음을 멈추고 말았다. 발이 움직여지지 않았다. 순정이가 내 앞에 아지를 내려놓았다. 아지는 물에 흠뻑 젖어 있었고 꼼짝하지 않았다. 가슴에 귀를 대고 숨소리를 확인해 봤다. 숨소리가 느껴지지 않았다. 물에 빠져 물을 먹은 것이 틀림없었다. 급한 대로 심폐소생술을 실시했다. 두 손을 겹쳐 복부를 압박해도 깨어나지 않았다. 코를 쥐고 입속으로 공기를 불어 넣어 봤지만 마찬가지였다.

마을 사람들이 아지를 차에 태우고 읍내로 달렸다. 병원에 도착하자 이미 숨이 끊어진 상태라고 했다. 내 방에서 고이 자는 줄만 알았던 아지가 바람처럼 빠져나가 버린 걸 몰랐던 내가 원망스러웠다. 아지의 아픔을 잘 안다고 믿었던 나는 엉터리였다. 아지가 죽지도 못하는 내 대신 죽은 것만 같았다. 정말 그럴지도 모를 일이었다.

아지를 묻어 주어야 했다. 말 한마디 못한 채 가슴을 쥐어뜯는 아지 할머니와 순정이와 이장과 마을 사람들과 함께 용산 산자락에 아지를 묻어 주었다. 동하 씨의 자식 하나를 묻은 것이었다. 제비꽃으로 아지 무덤을 치장해 주었다. 무덤 앞에는 아지가 쓴 시를 새겨 놓은 돌을 뽑아다가 세워 주었다. '엄마가 그리울 땐 산으로 가지요'라는 시구대로 아지가 그리운 엄마 품에 안긴 것 같았다. 동하 씨에게는 너무나 슬픈 아지 소식을 알릴 엄두가 나지 않았다. 할 수만 있다면 영원히 숨기고 싶었다. 동하 씨 어머니도 행여 알릴 생각을 말라고 누누이 당부했다. 성질 급한 동하 씨가 알게 되면 틀림없이 도망을 쳐서라도 이종호를 죽이고 말 것이라고 했다.

교정에서 새들이 크게 울어 댔다. 순정이는 묵묵히 학교 청소를 하면서도 가끔 빗자루를 놓고 먼 산을 바라보며 무슨 생각엔가 잠기고는 했다. 함께 청소를 하는 강이 엄마가 툭 치면서 무슨 생각을 그렇게 하느냐고 하면 깜짝 놀라 다시 비질을 하는 것이었다.

나는 나대로 매일 아지 무덤을 찾아가 울었다. 보호받지 못한 아지가 가엾어서 울고, 보호해 주지 못한 죄책감 때문에 울었다. 그리고 생각했다. 힘이 지배하는 세상이 얼마나 무서운지에 대하여, 힘은 힘끼리 뭉쳐 더 단단한 힘을 만들어 가면서 약자들을 짓밟는다는 것에 대하여, 우리 아빠 나중범과 이종호 같은 권력자들이 세상으로부터 존경받으며 살아가고 있는 현실에 대하여 생각했다. 잘못되어 있는데, 너무너무 잘못되어 있는데 세상은 태연하다는 것에 숨이 막혔다.

순정이는 아지가 죽고 나자 고기잡이를 그만두었다. 바닷가에 나가 멍청하게 바다를 바라보며 주먹을 쥐고 자기 가슴을 쳤다. 순정이도 아지의 죽음을 자기 탓이라고 자책하는 것 같았다. 나는 순정이 탓이 아니라고 달랬지만 순정인 고개를 좌우로 흔들었다. 학교 청소도 손을 놓고 말았다.

그렇게 방황하더니 어느 날 그물을 갈기갈기 찢어 버렸다. 배를 매어 둔 밧줄도 싹둑 잘라 버렸다. 밧줄이 끊어진 배는 바다 어디론가 사라져 버리고 말았다. 배가 사라져 버리듯 며칠 뒤 순정이도 보이지 않았다. 집 안을 구석구석 뒤졌다. 학교 어딘가에 처박혀 울고 있을

지 몰라 학교 구석구석을 뒤졌지만 없었다. 아이들을 데리고 산을 뒤지고 바닷가를 찾아봤지만 없었다. 배가 매어 있던 곳에 찢어진 그물과 밧줄토막만 어지럽게 널려 있었다.

이종호가 떠올랐다. 동하 씨 어머니를 놀라게 했듯이 그자가 무슨 짓을 한 것이 틀림없다는 생각이 들었다. 불안이 눈덩이처럼 쌓여 가는데 순정이는 3일이 지나도록 돌아오지 않았다. 소식도 알 수 없었다. 그녀 스스로 돌아오지 않는 한 찾을 방법이 없었다. 그리고 다시 3일이 지나갔다. 수업 중인데 동하 씨 어머니가 헐레벌떡 학교로 달려왔다.

"순정이 왔어요?"

반가움에 총알같이 물었다.

"순정이가 온 게 아이고……."

동하 씨 어머니가 떨며 입을 열지 못했다.

"그럼 무슨 일이세요?"

나는 실망한 표정으로 물었다. 실망보다도 혹시 아지처럼 순정이도 잘못되지는 않았는지 두려움이 엄습했다.

"지금 이종호 면장이……. 아이고 무서워라!"

"이종호 면장이 뭘 어쨌다는 거예요?"

가슴이 덜컥 내려앉았다. 순정이에 대한 불길한 예감이 스쳤다. 이종호가 분명히 무슨 사건을 저지른 것 같았다.

"이종호가 죽었다고 동네가 난리가 났는기라."

"네?"

지나친 의외였다. 아니, 지나친 반전이었다. 가슴을 쓸어내리는 동안 이종호 때문에 물에 빠져 자살한 아지와 이종호의 죽음이 겹쳤다. 기분이 묘했다. 사람이 죽었다는 어마어마한 사건이 아니라 어떤 백신이 순정이의 일생을 망치고도 모자라 어린 아지를 죽게 만든 아주 나쁜 전염 균을 퇴치해 버렸다는 느낌이 들었다.

"그게 정말인가요?"

내 목소리는 이미 떨고 있었다.

"누가 목 졸라 죽였다는 거라."

동하 씨 어머니는 최소한 낮은 목소리로 이종호가 목이 졸려 죽었다고 했다. 저녁 늦게까지 술을 마시고 귀가하던 중 노상에서 누군가가 밧줄로 목을 졸랐는데 범인은 힘이 장사일 거라고 했다. 이종호는 체구가 크고 뚱뚱했으므로 그럴 것이었다. 경찰이 총출동하여 범인을 찾기 위해 마을마다 진을 쳤다. 배에서 사용하는 밧줄 때문에 바다와 가까운 순정리가 가장 먼저 조사 대상이 됐다.

"우리 순정리에는 그 정도로 힘쓸 만한 장정이 없지 않은가."

이장은 경찰에게 남자가 있는 집들을 안내하면서 순정리에는 그럴 만한 사람이 없다고 강조했다. 이장의 말은 사실이었다. 마을 남자들은 대부분 50대 이상이었다. 그렇더라도 모두 참고인으로 조사를 받아야 했다. 조사를 받고 돌아오면서 남자들이 말을 주고받았다.

"그나저나 우리가 이게 무슨 꼴이야."

"그놈이 더럽게 살다 더럽게 죽은 탓이지 뭐고."

"이제야 하는 말이지만 이종호 그놈 죽어도 싸지. 검은입과 죽은 아지를 생각해 보라고."

"돈이라면 물불 가리지 않고 해 처먹은 일은 어떻고."

"그렇고말고. 이모저모로 양껏 해 먹고 돼지처럼 살찐 놈이지."

"이제 죽고 없으니 말인데, 검은입과 아지 말고도 여럿 있었잖아. 그것도 이제 막 꽃봉오리를 맺을락 말락 한 아이들만 골라 가면서."

"그거야 비밀도 아니지. 우리 임해면 일대가 다 아는 일인데 뭐."

"그 짓거리를 다 알면서도 이종호 살아서는 입도 벙긋 못했으니, 우리도 한심한 인간들이지 뭐고."

이종호가 죽고 나자 비로소 마을 사람들 입이 술술 열린 것이었다. 그들 말대로 한심한 인간들이었다. 이제는 마을 사람들이 벌떼처럼 일어나 입을 열어도 아지는 살아날 수 없고, 순정이는 옛날로 돌아갈 수 없었다.

동하 - 더 사랑하고 싶다

오히려 불행인 것 같습니다. 비로소 은희 씨 당신을 기억해 냈습니다. 처음부터 어디선가 봤다는 생각이 자꾸 스쳤는데, 아무리 생각해도 도무지 생각나지 않았는데 하필이면 이런 곳에서 생각이 나다니요. 이곳에서도 밤이면 별을 볼 수 있답니다. 며칠 전 감방 손바닥만 한, 창문 밖으로 밤하늘에 뜬 별을 바라보면서 선화도의 별을 생각했지요.

꿈꾸듯이 하모니카와 동심초와 은희 씨의 눈물이 떠오르더군요. 몇 년 전 여름방학 때 서울에서 대학생들이 선화도를 찾아왔고 내가 동심초를 연주하던 날 밤 말입니다. 그날 밤 나를 놀라게 했던 당신의 눈물이 꿈속처럼 되살아난 겁니다. 이제 은희 씨 당신을 향하여 고백을 하지 않고는 더 이상 견딜 수 없을 것 같습니다.

어느 먼 나라에서 표류해 온 새처럼 배에서 해산물 자루에 기대고 있는 당신을 발견했을 때 부지불식간에 무조건 내 운명을 걸기로 했습니다. 그건 나도 알 수 없는 일이었습니다. 아마 신도 막지 못했을 겁니다. 번개처럼 지나갔으니까요. 너무나 지쳐 보였던 당신이 안고 있는 슬픔을 나는 그때 가슴으로 느끼고 말았지요. 그리고 당신이 안고 있는 그 지독한 슬픔이 설사 원자폭탄이라 할지라도 함께 안고 싶었습니다. 당신은 날개 다친 새였으니까요.

그때처럼 나는 앞으로도, 날개 다친 새를 고이 품을 것입니다. 당신에게 아무것도 바라지도 원하지도 않겠습니다. 원해서도 안 되며 원할 수도 없으니까요. 은희 씨 당신 속에는 오로지 민경하 씨만 존재하니까요. 그래요. 은희 씨 당신은 그를 사랑하세요. 나는 은희 씨 당신을 사랑할 테니까요.

아, 그런데 놀라운 사실을 말하지 않을 수 없습니다. 며칠 전 은희 씨 당신이 그토록 사랑하는 민경하 씨를 만나고 말았습니다. 당신을 찾고 있더군요. 당신처럼 오로지 당신만을 사랑하고 있더군요. 당신을 포기하지 않고 애타게 기다리면서……. 그런데 나는 솔직하지 못했습니다. 경남 K군 임해면 순정리 순정초등학교에 가면 은희 씨가 있다고 말하지 않았습니다. 마치 내가 은희 씨를 훔쳐다가 멀고 먼 벽촌 순정리에 감추어 둔 것처럼 말입니다. 내가 당신을 알고 있다고 말하면 당장 그가 당신을 찾아가 버릴 것만 같아서 말할 수 없었습니다.

조만간 민경하 씨는 서인석 검사를 앞세우고 또다시 나를 찾아올 것입니다. 그리고 목마르게 졸라 댈 것입니다. 그렇더라도 나는 끝까지 입을 열지 않을 작정입니다. 정말 끝까지…….

감방 유리창 밖으로 밤하늘이 보이고 별들이 보였다. 별들을 보자 하모니카를 불고 싶어졌다. 하모니카 생각을 하자 선화도와 선화도의 별이 떠오르면서 선화도 별빛축제와 은희 씨 얼굴이 겹쳤다.

"맞아, 바로 그 울보 여학생이 은희 씨였어!"

나는 무릎을 쳤다. 어디선가 은희 씨를 봤던 기억이 샛별처럼 또렷해진 것이었다. 선화도는 별빛으로 유명하고 그해 여름방학 의대생들이 봉사활동을 하러 내려와 낮에는 봉사를 하고 밤에는 별빛축제를 했었다. 그때 나는 하모니카로 동요를 연주했다. 그리고 특별히 동심초를 연주할 때 은희 씨가 눈물을 흘리고 있었다. 나는 내가 좋아하는 동심초를 자주 연주했지만 눈물을 흘린 사람은 처음이었다.

그리고 나는 뜻밖에 은희 씨를 기억해 냈다. 당장 편지를 쓰고 싶었다. 그런데 편지를 끝까지 쓸 수 없었다. 은희 씨가 사랑하는 민경하 씨의 출현으로 사랑한다는 고백을 할 수 없는 처지가 되어 버렸기 때문이었다. 지금 내 의식은 재판보다도 서인석 검사와 함께 나를 만나러 온 '민경하'라는 남자에게 붙잡혀 있다. 그가 은희 씨와 결혼한 남자라니!

솔직히 말해 은희 씨가 사랑하는 민경하 씨를 봤을 때 자괴감에 빠지고 말았다. 그가 나보다 은희 씨에게 먼저였다는 것과 나와는 비교조차 할 수 없을 정도로 은희 씨를 사랑한다는 것 때문이었다. 정말 그는 은희 씨를 사랑하는 멋진 남자였다. 그는 아직도 은희 씨를 애타게 찾고 있었다.

그나마 다행이랄까. 민경하 씨와 내가 은희 씨를 사랑하는 상황과 입장이 전혀 달랐다. 그가 아무리 은희 씨를 사랑한다 하더라도 아직까지 은희 씨에 대해서 아무것도 모르고 있는 그는, 평범한 은희 씨를 사랑할 뿐이었다. 그와 반대로 은희 씨는 나에게 표류하다 지친 새 한 마리로 날아왔으며 나는 지친 새를 사랑했다는 것이 위로가 되었다.

그런 생각을 하면서 나는 마치 은희 씨를 몰래 훔쳐다 숨겨 놓은 것처럼 재판에서 결코 입을 열어서는 안 된다고 결심했다. 서인석 검사가 끈질기게 보채지만 2차 재판에서도 나는 입을 굳게 다물기로 마음을 굳혔다. 물론 입을 열지 않으면 나는 살인미수에 무고에 명예훼손까지 겹쳐 무거운 형량을 받게 될 것이 뻔하다. 그렇더라도 가엾은 은희 씨를 법정으로 끌어들여 세상의 주목거리로 만들 수는 없었다.

예정대로 2차 재판이 열렸다. 사람들이 구름처럼 몰려들었다. 상대가 거물급이니 그럴 것이었다. 서 검사가 자신만만한 얼굴로 나를 바라보고 있었다. 이번에는 내가 입을 열어 줄 것으로 믿는 눈치였다. 그럴수록 나는 흔들리지 않으려고 마음을 다졌다. 어떤 일이 있어도 은희 씨를 법정에 서게 해서는 안 된다고 마음을 다잡았다.

"김동하 씨, 그 미성년자가 누구인지 말하세요."

예상했던 대로 서 검사가 단도직입적으로 나왔다. 지난번보다 훨씬 강한 태도였다. 나를 뚫어지게 바라보는 서 검사의 눈빛은 기대에 가득 차 있었다. 나는 고개를 돌린 채 입을 열지 않았다. 방청석에서 어서 말하라며 소리쳤다. 나중범을 싫어하는 사람들일 것이었다. 그 사람들에게는 미안하지만 묵묵히 인내했다. 서 검사가 마지막 기회라면서 한 번 더 독촉했다.

"김동하 씨는 사람을 찔렀습니다. 그리고 분명히 이유를 말했습니다. 마지막으로 묻겠습니다. 그 미성년자가 누구죠?"

나는 서 검사의 눈빛을 피하기 위해 눈을 감아 버렸다.

"만약 나중범 의원이 미성년자를 성폭행한 것이 사실이라면 김동하 씨는 사회적으로 정의를 실현한 인물이 될 수도 있습니다."

서 검사는 나를 달랬다. 그러자 상대편 변호사가 이의를 제기하고 나섰다.

"지금 사건을 담당한 검사가 피고인을 변론한 것처럼 사건을 다루고 있는 것은 모순입니다."

"알고 있습니다."

재판장은 변호사의 이의를 물리치며 내 입에서 무슨 말이 나오는지 촉각을 세우고 있었다. 재판장도 내 입을 열기 위해서는 검사가 그 정도 질문은 할 수 있다는 표정이었다. 그런데 서 검사는 끝까지 나를 물고 늘어지지 않고 다음 코스로 넘어간 것이었다.

"재판장님, 김동하 피고가 발언한 미성년자에 대한 증인신청을 허락해 주시기를 청합니다."

"허락합니다."

나는 소스라치게 놀랐다. 내가 알기로는 하늘 아래 은희 씨 일을 알고 있는 사람은 당사자인 은희 씨와 나중범 그리고 나 외에는 아무도 없었다. 그렇다면 은희 씨가 올라왔다는 말일 수도 있었다. 다리가 후들후들 떨렸다.

"자, 증인석으로 나와 주세요."

서 검사의 말이 끝나자 방청석에서 어떤 여자가 증인석으로 자리를 옮겨 앉았다. 다행히 은희 씨가 아니었다. 등에서 식은땀이 흘러내렸다. 일단 마음이 놓였다. 여자는 30대 후반쯤으로 보였다. 몸은 막대처럼 말랐고 얼굴이 몹시 창백했다. 표정은 결연해 보였지만 환자에 다름 아니었다. 도대체 여자는 누구이며 무얼 말하겠다는 것인지 두려웠다. 절차에 따라 여자가 진실만을 말하겠다는 증인선서를 마치고 나자 서 검사가 그녀에게 질문을 시작했다.

"정혜진 증인께서는 김동하 피고가 나중범이 미성년자 성폭행을 한 범법자라고 발언한 것에 대해 증언을 해 주시겠다고 하셨지요?"

"그렇습니다."

나는 소스라치게 놀랐다. 방청석이 크게 웅성거렸다.

"제가 그 미성년자입니다. 나중범은 저를 성폭행했습니다. 그때 저는 중학교 2학년이었습니다."

나는 내 귀를 의심했다. 머리가 핑 돌았다. 그렇다면 은희와 비슷한 희생자가 또 있다는 말이었다. 방청석에서 작전이라며 야유가 터져 나왔다. 나중범 쪽 사람들인 모양이었다. 보안위원이 제지하느라 진땀을 뺐다. 서 검사는 보란 듯이 자신만만한 표정을 지으며 다시 질문했다.

"증인께서는 나중범과 무슨 관계지요?"

들썩거리던 방청석이 여자의 말에 귀를 기울이느라 조용해졌다.

"저의 형부입니다. 제 친언니 남편입니다."

여자의 말이 미처 끝나기도 전에 방청석에서 '더러운 놈!'이라는 야유가 터져 나왔다. 나에게 어서 말하라고 독촉했던 사람들일 것이었다. 조금 전에 작전이라며 야유를 퍼붓던 나중범 사람들은 망연자실

한 듯 조용했다.

"재판장님, 이의 있습니다. 지금 서인석 검사는 나중범 의원님을 살해하려한 피의자 편에서 이 사건을 끌고 가고 있습니다. 이건 모순입니다."

나중범 변호인이 벌떡 일어나 증인의 입을 막으려고 했다. 그러면서 거짓을 말할 때는 무거운 법적 책임을 져야 할 것이라며 증거를 요청하고 나섰다. 정혜진이란 여자는 자기 말을 증언해 줄 증인을 댈수 있다고 말했다. 나도 생각 같아서는 벌떡 일어나 은희 씨를 밝히며 그런 놈은 살려 두어서는 안 된다고 소리치고 싶었다.

재판은 새로운 국면을 맞이했다. 다음 날 서 검사가 다시 나를 찾아왔다. 정혜진 씨가 그 미성년자냐고 은밀히 물었다.

"맞습니까?"

나는 대답하지 못했다. 생각 같아서는 그렇다고 말하고 싶었지만 성급하게 대답할 수 없는 문제였다.

"정혜진 씨를 모르죠?"

서 검사는 내가 말한 미성년자가 따로 있다는 것을 굳게 믿고 있었다. 또 그러길 바라고 있었다.

"만약 정혜진 씨 외에 다른 미성년자가 또 있다면 이건 활활 타오르는 불길에 폭탄을 던져 넣는 것이 됩니다. 그렇게 되면 사회 공분은 그야말로 하늘을 찌를 것이고 김동하 씨 당신은 집행유예로 풀려날수도 있어요. 어쩌면 무죄석방도 가능할지 모릅니다. 여론의 힘으로."

"정혜진 씨입니다."

나는 정혜진 씨가 맞다고 해 버렸다. 정혜진 씨는 나를 모르지만 나는 그녀를 알고 있다고 했다. 서 검사는 실망한 표정이었다. 나중범의 변호인이 항의한 대로 서 검사는 마치 나중범의 범죄를 캐는 검사처럼 보였다. 정혜진은 나중범의 변호사가 요청한 대로 증인을 세웠다.

"혜진이가 그때마다 울면서 죽고 싶다고 했습니다. 한두 번이 아니었어요. 고등학교에 갈 때까지 계속됐습니다. 두 번이나 자살을 시도했습니다. 나는 그때마다 혜진이를 구한 사람이기도 합니다."

증인은 정혜진의 중학교 때 친구라고 했다. 정혜진 씨 친구는 증언하면서 그때가 떠오르는지 울먹였다.

서 검사가 왜 지금까지 세상에 알리지 않았느냐고 정혜진 씨에게 물었다. 그녀는 언니와 엄마가 그 사실을 알게 되면 충격으로 죽을 것 같아서라고 했다. 혼자 모든 것을 안고 가기로 결심하고 지금까지 살아왔는데 느닷없이 나중범 일이 불거지자 하늘의 뜻으로 알고 모든 걸 말하기로 결심한 거라고 했다.

"그럼 정혜진 증인께서는 여기 김동하 피고를 아십니까? 김동하 피고가 말한 그 미성년자가 바로 정혜진 씨냐는 겁니다."

서 검사가 욕심을 부렸다. 내 말을 믿지 않은 것이었다. 정혜진 씨가 나를 바라보았다. 무슨 생각인가 잠시 하는 것 같았다. 좀처럼 대답을 하지 못한 채 망설인 끝에 입을 열었다.

"그렇습니다. 그 미성년자가 바로 접니다."

나는 놀랐다. 법정에서 왜 그런 거짓말을 하는지 알 수 없었다. 서 검사가 '어떻게 김동하 피고와 아느냐?'고 물었다. 그녀가 또 생각에 잠겼다. 나는 고개를 숙이고 있었다. 정혜진이 이번에는 또 무슨 말을 할지 가슴이 두근거렸다.

"저는 그림을 그리기 위해 주로 시골을 찾아다녔는데 그때 알았습니다."

서 검사가 석연치 않은 표정을 지으면서도 질문은 그 정도로 그치고 말았다. 나는 은희 씨를 지켜 내는 데 성공한 셈이었다. 그런데 정혜진 씨가 나를 안다고 거짓말을 한 것에 대해 이해할 수 없었다. 그렇다고 물어볼 방법도 없었다.

뜻하지 않게 정혜진이란 여자가 나타나 나중범을 궁지에 몰아넣었지만 서 검사는 나중범보다 한 수 아래였다. 그 정도로 증거가 성립되지 않았다. 나중범이 정혜진의 병력을 제출하여 받아치기를 했다. 정혜진이 우울증을 앓으면서 병원에 다닌 기록을 찾아낸 것이었다. 나중범은 명예훼손과 무고죄로 나와 정혜진을 고소했다. 서 검사는 정혜진이 우울증을 앓는 이유가 바로 나중범에게 성폭행을 당한 것 때문이라고 주장했지만 그것 역시 성립되지 않았다. 병원기록에는 사춘기우울증이라고 기록되어 있었다.

정혜진 씨는 당시 의사 앞에서 차마 형부에게 성폭행을 당했다는 말을 할 수 없었다고 했다. 그냥 아무 이유도 없이 공부가 하기 싫고 밥도 먹기 싫고 사람도 만나기 싫다고 말했으며 의사도 자기 엄마도 그걸 믿었다고 진술했다. 법은 눈에 보인 것만 인정한 탓에 그녀의 진술은 공허할 뿐이었다. 나는 살인미수에 무고죄와 명예훼손죄까지 추가되어 형량이 더 무거워질 것이고 정혜진 씨도 무사하지 못할 것이었다.

사정이 이렇게 나쁘게 돌아가는데도 서 검사는 개선장군 같았다. 나중범보다 한 수 아래로 봤던 건 오해였다. 그에게는 처음부터 증거 문제는 중요한 게 아니었다. 어차피 공소시효가 지났으니 증거가 완벽하게 증명된다 하더라도 법적 효과는 기대하기 어렵다고 했다. 내가 발설한 대로 나중범이 미성년자를 성폭행했다는 이유로 칼을 맞았다는 것만으로도 세상을 한바탕 치는 것, 서 검사가 노리는 것은 단지 그것이었다. 그런데 남도 아닌 처제라는 여자가 직접 법정에 나와 진술한 것은 호박이 넝쿨째 굴러들어 온 것이었다.

세상이 아무리 나중범 이야기로 떠들어도 나중범은 금배지를 달고 당당하게 국회에 출석하여 국민을 위해 땀을 흘리기 시작했다. 서 검사가 기필코 형량을 최하로 내리겠다고 했지만 나는 기대하지 않았다. 나는 살인미수에 무고죄와 명예훼손까지 뭉뚱그려 만만치 않은 형량이 떨어질 것이고 앞으로 안양교도소로 이감하여 감옥살이를 해야 할 것이었다.

안양으로 가기 전이었지만 나에게도 교화위원들이 오기 시작했다. 목사님과 스님이었다. 그분들은 일주일에 한 번씩 교대로 찾아와 설교도 하고 좋은 말씀도 해 주었다. 스님은 나에게 반야심경을 주면서 부처님의 대자대비의 품안에서 죄를 뉘우쳐야 한다고 일렀다. 목사님은 성경을 주면서 원수를 사랑하라는 예수님의 가르침 안에서 회개하라고 일렀다.

나는 성경을 주로 읽었다. 구약을 읽다가 신이 만든 인간 중에 최초로 살인을 한 가인을 발견했다. 가인은 지극정성으로 신을 섬기는 동생 아벨을 시기 질투하고 있었다. 신이 아벨을 더 사랑한 탓이었다. 가인이 질투를 못 이겨 아벨을 죽이고 말았다. 살인자가 된 가인은 신을 피해 숨어 다녔다. 신이 가인의 이름을 부르며 찾았다. 가인은 무서워 떨며 자기 죄를 고백했다. 그런데 여기서부터 이해하지 못할 이야기가 전개되었다. 가인은 사람들이 자기를 죽일까 두렵다고 했다. 그러자 신은 누구든지 가인을 해치면 일곱 배의 벌을 내릴 것이라며 가인을 보호하고 나선 것이었다. 신은 가인을 확실하게 보호하기 위해 이마에 표까지 해 주면서 지켜 줄 것을 약속했다.

나는 살인자를 보호해 주는 신을 이해할 수 없었다. 살인자 가인이 나중범으로 치환되었기 때문이다. 목사님에게 신이 가인을 보호해 주는 이유를 물었다. 목사님은 사람이 죄를 짓더라도 신만이 그 죄를 다스리거나 용서하거나 할 수 있는 권한 때문이라고 했다. 사람이 죄를 짓더라도 사람이 직접 복수하거나 되갚을 수 없으며 법만이 그에게 죄를 물을 수 있다는 말이었다. 결론적으로 내가 나중범을 찌른 것은 잘못이라는 것이었다. 목사님은 나에게 법이기 전에 '사람을 찌른 죄'를 회개하라고 거듭 당부했다.

옳은 말이었지만 나는 회개할 게 없다고 했다. 나는 사람을 찌른 게 아니라 사람을 헤치는 짐승을 찔렀으므로 백번 생각해도 잘못이 아니라고 했다. 그리고 내가 아니면 이 세상 그 누구도 권력자 나중범 몸에 손톱자국도 낼 수 없다고 강조했다. 그러자 목사님은 어떤 이유로든 사람이 사람을 해할 수 없다고 계속 주장했다. 그렇다면 나 중범이 어린아이를 짓이겨 버린 것은 사람을 해함이 아니고 무엇인 지 물었다. 나중범의 성기야말로 무서운 흉기 중 흉기가 아니냐고, 내가 나중범을 찌른 칼만이 흉기냐고 물었더니 목사님은 더 이상 대 답하지 못했다.

은희 - 독풀 박새

이모가 나와 똑같은 처지였다는 것은 감당할 수 없는 충격이었다. 믿어지지 않았다. 아니, 믿고 싶지 않았다. 말없이 어디론가 홀연히 떠나 어딘가를 헤매다 돌아오곤 했던 바람꽃 같은 이모의 모든 것이 영화처럼 떠오르기 시작했다. 할머니가 돌아가시고 장례가 끝나자마자 집을 이사했던 것, 이사를 한 후 엄마 아빠에게는 집을 가르쳐 주지 않았던 것, 나에게만 가르쳐 주면서 엄마에게도 말을 해서는 안된다고 당부했던 이유가 이제야 명확해졌다.

할머니를 의지했던 이모는 너무 외로웠다. 나는 시간만 나면 이모를 찾아갔다. 이모는 약을 한 줌씩 입에 털어 넣으면서 "이게 내 양식이다."라고 할 때마다 나는 이모를 어떻게 위로해 주어야 할지 알 수 없었다. 약을 입에 넣고 물을 마시면서 눈을 감을 때면 감은 눈에서 눈물이 흘러내렸다. 캔버스에 물감을 칠하면서도 딴생각을 하고 있었다. 내가 옆에서 말을 해도 듣지 못했다.

그러다가는 느닷없이 "은희야, 24층 아파트에서 아래로 뛰어내리면 기분이 어떨까? 아마 새가 된 기분이겠지?"라고 했다. 나는 겁이 나서 "이모, 왜 그런 말을 해?" 하고 물으면 "그림 그릴 때 속도감을 생각한 거야."라고 하며 억지로 웃었다. 할머니가 이모에게 말벗이

239

되어 주라는 부탁을 그때서야 이해할 수 있었다.

걸핏하면 어디론가 떠나 버리는 이모는 가끔 학교 기숙사로 나를 찾아왔다. 나는 옷가지며 이런저런 잡동사니 짐을 외갓집에 옮겨 놓았고 이모는 그런 것들이 필요하다 싶으면 가져다주었다. 그런 일 말고도 이모는 가끔 나를 찾아와 "은희가 이제 대학생이 되었으니 이모와 친구가 될 수 있겠다. 그치?"라고 하며 나를 대견하다는 눈빛으로 바라보기도 했다.

때로는 나를 찾아왔다가 내가 수업 중일 때는 혼자 캠퍼스 풀밭에 앉아 넋이 나간 것처럼 허공을 바라보고 있었다. 할머니 말에 의하면 이모가 우울증을 앓는 것은 어려서 병치레를 많이 한 탓일 거라고 했다. 의사가 된 엄마 못지않게 이모도 초등학생 때부터 공부를 뛰어나게 잘했고 전교어린이회장을 할 정도로 활발했는데 중학교 2학년 때부터 갑자기 성적이 뚝 떨어졌다고 했다. 이모가 중3일 때 나는 초등학교에 입학했다.

내가 생각해도 이모는 그때 멍해지고는 했었다. 이모의 행동은 남다른 게 한두 가지가 아니었다. 꽃집에서 버리는 시든 꽃나무를 수집한 적도 있었다. 수집이라고 하면 이상하지만 할머니는 그렇게 말했다. 이모는 열심히 시들어 버려진 것을 주워 오고 할머니는 그것들을 몰래 버렸다. 내가 봐도 절반 이상이 죽어 버린 것들이었다.

할머니가 버릴 때마다 이모는 벌에 쏘인 듯이 밖으로 뛰어나가 아파트 화단에 버려져 있는 것을 다시 거둬 왔다. 겨우 목숨이 붙어 있을까 말까 한 것을 마치 어린 새를 안듯 조심스럽게 붙들고 들어와 화분에 심어 놓고 호호 불듯이 물을 주고 햇볕을 쪼여 주며 살려 내려고 애를 썼다. 살아난 것보다 죽은 것이 더 많았다. 결국 할머니는 손을 들고 말았다. 그러면서 자연을 아끼는 어진 마음이라고 칭찬을 했다. 지금 생각해 보면 그건 어진 마음이 아니라 아픔이었는데 할머니는 이모 마음을 알 턱이 없었다.

내가 경하 씨와 사귄다는 걸 알았을 때 이모는 새를 키우기 시작했다. 그 전에는 가끔 나에게 "결혼하지 말고 나랑 함께 살면 안 될까?" 하고 물어볼 때가 있었다. 그런데 내가 경하 씨와 사귄 걸 알고부터 "넌 경하와 결혼해서 잘 살아야 해 남보다 열 배로."라고 말을 바꿨다. 그러더니 집 안을 새(鳥)집으로 만들어 버렸다. 할머니가 안 계신 탓에 처음엔 쓸쓸해서 그럴 거라고 여겼다. 앵무새, 십자매, 잉꼬, 카나리아 등 여러 가지 새들이 있었다.

새들 중에 카나리아가 내 마음에 들었다. 울음소리가 가장 아름다운 탓이었다. 이모는 카나리아를 나에게 주었다. 나에게 주었지만 나는 대학기숙사 생활을 한 탓에 옮겨 갈 수가 없어 이모 집에 그대로 두고 새를 보러 다녔다. 이모는 내가 새를 보러 갈 때마다 "새들이 슬플 때 어떻게 우는지 모르지?"라고 물었다. 나는 새들이 슬퍼서 우는 게 아니라 노래하는 거라고 했다. 이모는 손을 저으며 "그래, 넌 모를 거야. 가르쳐 주어도 이해할 수 없지."라고 그냥 넘어가고 말았다.

그리고 내가 결혼을 한 달 앞두었을 무렵 갑자기 새가 싫어졌다고 했다. 새들의 울음소리가 슬퍼 새들을 모두 흩어 버리겠다고 하면서 카나리아를 가져가라고 했다. 마침 경하 씨가 신혼집을 마련했으므로 나는 카나리아 한 쌍을 미리 신혼집으로 가져다 놓았다. 그 무시무시한 비밀을 안고 혼자 몸부림친 이모를 생각할수록 가슴이 아파 말문이 막혔다. 내가 경하 씨를 생각하면서 죽지 못했듯이 이모도 할머니를 생각하면서 죽지 못했을 것이었다. 나는 며칠 동안 잠을 자다가도 이모를 부르며 흐느껴 울다 깨어나곤 했다. 마음 같아서는 당장 이모를 만나고 싶었지만, 이모를 끌어안고 목이 터져라 울고 싶었지만, 죽어도 이모를 만날 용기가 나지 않았다.

내가 이모 생각을 하며 몸부림칠 동안, 동하 씨 어머니는 어머니대로 식음을 전폐하고 누워 눈물만 흘렸다. 그런데 3일 동안 물 한 모금 마시지 못하던 분이 갑자기 자리를 털고 일어나 무명천과 바늘과 실을 들고 집을 나섰다. 한 집 한 집 찾아다니면서 바느질 한 땀씩을 받으러 다닌다고 했다. '천인(千人) 침'이라고 했다. 천 명의 사람이 아니라 천 가정에서 딱 한 땀씩 천 번의 바느질을 받아 내면 소망을 이룬다는 속설이 있었다. 지푸라기라도 잡고 싶은 늙은 모성의 간절한 심정을 모를 리 없었다. 그런데 여기에도 조건이 있었다. 사람이 죽어 나간 집은 가려야 한다는 것이다. 동하 씨 어머니는 아들이 하루라도 빨리 나오기를 빌면서 사람이 죽어 나간 적이 없는 집을 골라 바늘 한 땀씩을 받아 내기 시작했다.

한편 순정이를 봤다는 소문이 돌기 시작했다. 어떤 사람들은 아지 무덤에서 봤다고 하고, 어떤 사람들은 바닷가에서 봤다고 했다. 반갑기 짝이 없었다. 죽지 않고 살아 있다는 증거였다. 아이들은 순정이가 용바위굴에서 살 거라고 했다. 순정리에서 영산(靈山)으로 치는 용산은 용바위가 중심이었다. 당장 아이들과 함께 용산으로 갔다. 아지 무덤에 먼저 들렀다. 커다란 눈물방울처럼 동그마니 앉아 있는 무덤가에 제비꽃이 빙 둘러 피어 있었다. 보랏빛 등불을 켜 들고 아지를 지켜 주는 것 같았다. 무덤을 쓰다듬어 주고 다시 산으로 올라갔다.

용산은 해발 5백 미터쯤이었다. 높은 산이 별로 없는 이곳 남쪽 지역에서는 높은 산으로 쳤다. 정상에 올라서자 선화도가 빤히 보였다. 용을 닮았다는 바위는 용이 머리를 쳐든 것처럼 높이 솟아 있고 용의 입처럼 높은 바위 중앙에 굴이 있는데 그걸 용의 입이라고 불렀다. 굴속으로 들어가려면 거의 직선에 가까운 경사진 바위를 10미터쯤이나 기어 올라가야 했다. 아이들이 다람쥐처럼 바위를 금세 기어올랐다. 굴에 들어간 아이들이 "순정이 아줌마! 순정이 아줌마!" 하고 소리를 질렀다. 굴을 울린 소리가 메아리로 퍼졌다. 없는 모양이었다. 아이들이 그냥 내려왔다. 순정이가 꼭 있을 거라고 기대는 하지 않았지만 허탈했다. 산 중간쯤 내려오면서 아이들이 '독풀이다!'라고 소리쳤다.

"선생님, 이게 독풀인데요. 검은입, 아니 순정이 아줌마가 이걸 먹어서 입이 까맣게 변했대요."

아이들이 독풀을 따다가 나에게 보여 주면서 먹으면 죽는 풀이라고 했다. 독풀이 많았다. 아이들은 나에게 위험한 독풀을 가르쳐 주겠다는 생각으로 열심히 독풀을 찾아냈다.

"이건 박새, 이건 미친 풀, 이건 삿갓 풀, 이건 연앵초."

독풀은 모두 청명하고 예뻤다. 그중에서 박새가 가장 독하다고 했다. 밑동부터 서양 난처럼 긴 잎을 낸 박새는 독풀 중에서도 가장 청아한 연둣빛을 띠고 있었다. 약간 노란빛을 띠는 흰 꽃이 피어 있었다. 뿌리째 캐어다 집 안에 두면 벌레란 벌레가 모조리 죽어 버린다고 했다. 그런데 전혀 독을 품은 것 같지 않아 보였다. 독한 냄새나 역겨운 냄새도 나지 않았다.

박새 꽃을 따 입에 대어 보았다. 아이들이 펄쩍 뛰면서 "안 돼요!"라고 소리쳤다. 나는 아이들의 만류를 물리치며 박새 꽃을 꼭꼭 씹어 보았다. 달콤한 꿀이 터졌다. 그러고 보니 주변에서 벌들이 윙윙거렸다. 독풀은 사람을 끌어들이기 위해 꽃도 아름답게 필 뿐만 아니라 꿀도 품은 모양이었다. 대한민국 국민들이 화려한 스펙을 자랑하는 우리 아빠에게 매료되는 것과 흡사했다.

동하 씨 어머니는 하루도 쉬지 않고 천인 침을 받으러 다녔다. 연세가 많은 탓에 날이 갈수록 기력이 없어져 갔다. 때마침 방학이라 나도 따라나서겠다고 했지만 안 된다고 했다. 어머니나 아내 등 가족이 아니면 소용이 없다는 것이다. 마을 사람들이 안쓰러워 못 보겠다며 혀를 찼다. 이장은 늙은 노모를 생각해서라도 자중자애하라 일렀는데 자기 말을 듣지 않았다면서 동하 씨를 탓했다.

"다 잘될 거예요. 너무 상심하지 마시고 기다리기로 해요." 동하 씨는 선한 사람이라 하늘이 도울 거라고 부지런히 위로했지만 점점 할 말이 없어져 갔다. 천인 침을 받으러 다니는 동하 씨 어머니를 볼 때마다 나는 죄책감을 감당할 수 없었다. 동하 씨뿐만 아니라 동하 씨 어머니가 겪어야 하는 고통이 나를 더 힘들게 했다.

아직까지 동하 씨 어머니는 동하 씨가 저렇게 된 게 나 때문이란 걸 까맣게 모르고 있다. 마을 사람들이 동하 씨가 왜 느닷없이 정치에 관심을 두었는지 이해할 수 없다고 하듯이, 동하 씨 어머니도 동하 씨가 왜 그런 끔찍한 일을 저질렀는지 의문에 사로잡혀 있는 것 같았다. 며칠 전에는 "나 선생, 자네는 우리 동하가 왜 그런 일을 저질는지 짐작이 가는가?"라고 물었다. 가슴이 천길 아래로 뚝 떨어졌다. 나는 대답 대신 눈물만 흘릴 뿐이었다.

아무리 생각해도 동하 씨가 저지른 행동이 이해가 가지 않는 어머니는 밤마다 한숨으로 날을 새웠다. 밤마다 몰아쉬는 동하 씨 어머니의 한숨 소리가 내 방까지 들렸다. 한숨 소리를 들을 때마다 동하 씨 어머니의 손바닥이 내 등짝을 후려친 것 같아 깜짝 놀라곤 했다. '네가 사람이냐고 내 아들이 저 지경인데 학교 때문이라는 변명이나 하면서 언제까지 입을 꼭 다물고 있을 거냐'고 정말 등을 후려치는 것만 같아 자다가도 벌떡 일어날 때가 한두 번이 아니었다.

방학이 3주로 접어들었다. 늘 하는 대로 나는 아침 일찍 일어나 동하 씨 어머니가 주무시는 안방 문을 열어 보았다. 밤새 한숨을 쉬다가 새벽쯤에 잠이 든 것 같았다. 나에 대해 아무것도 모른 채 잠들어 있는 슬픈 얼굴을 바라보는 순간 내 입에서 '내가 지금 뭘 하고 있지?'라는 외마디가 터져 나왔다. 나는 몸을 떨었다. 내 목숨을 던져서라도 동하 씨를 구해야 한다는 결심이 불길처럼 일어났다. 동하 씨 어머니의 아침상을 차려 방 안에 들여놓고 학교로 갔다. 중앙 신문사가운데 하나를 골라 가까운 부산지사로 전화를 걸었다.

"나중범 의원에 대해 할 말이 있다구요?"

"그렇습니다."

"무엇에 대해서 말입니까?"

"나중범 의원님 사건에 대해서입니다."

"지금 전화하신 분은 누굽니까?"

"전, 나중범 의원 딸입니다."

"따님이라고요?"

"네. 그렇습니다."

나는 망설이지 않고 단호하게 말했다. 내 말이 떨어지기가 무섭게 신문사에서 갑자기 웅성거리는 소리가 나더니 다른 사람이 전화를 빼앗은 모양이었다. 먼저 전화를 받은 사람보다 나이가 훨씬 들어 보이는 목소리였다.

"여보세요. 거기가 어딥니까? 우리가 거기로 갈 테니 위치를 말씀해 주세요."

"아니에요. 제가 가죠. 제가 갈 겁니다."

"그럼 기다리겠습니다. 꼭 오시는 거죠? 참 어디서 무얼 타고 오시는 거죠?"

"경남에서 시외버스 타고 갈 겁니다."

"여긴 중앙동인데요. 자갈치시장 쪽이에요. 지하철 1호선 8번 출구로 나오시면 높은 건물이 보입니다. 오셔서 다시 전화하세요. 모시러 나가겠습니다."

시외버스를 타고 부산으로 향했다. 순정리에 온 지 2년 3개월 만에 처음으로 하는 외출이었다. 서부터미널에 내려 자갈치시장 쪽 중앙동을 찾는 일은 쉬웠다. 다시 전화를 걸 것도 없이 1호선 지하철에서 내려 8번 출구로 나와 단번에 신문사를 찾아냈다. 고층건물이 나를 기다리는 것처럼 우뚝 서 있었다. 신문사는 15층이었다. 엘리베이터를 타고 15층으로 올라갔다.

긴 복도를 지나 신문사에 들어서자 남자 직원이 어떻게 왔느냐고 물었다. 내가 전화를 건 사람이라고 했다. 남자는 멈칫하더니 다른 직원들과 무슨 말인가를 주고받았다. 전화로 느꼈던 흥분과는 전혀 달랐다.

"아까 전화 건 분 맞아요? 정말 나중범 의원님 딸이 맞느냐고요?"

나이가 들어 보이는 남자가 나를 향해 물었다. 나는 그렇다고 대답했다. 옆에 서 있는 남자들이 고개를 갸웃거렸다. 도저히 믿을 수 없다는 표정이었다.

그때서야 나는 내 몰골을 떠올렸다. 내 얼굴은 거침없이 쏟아지는 순정리 햇살에 구운 듯이 검게 타 있었다. 긴 머리는 짧게 잘라 버렸고 바닷바람에 머리카락이 갈라져 푸석했다. 김을 매고 제비꽃을 심은 내 손은 거칠 대로 거칠어진 촌 아낙네 손이었다. 나는 벌써 촌부로 변해 있었다. 남자들은 좀처럼 앉으란 말도 하지 않았다.

"나중범 의원 따님이라고 하셨죠?"

한 남자가 나를 위아래로 훑어보며 다시 물었다.

"그렇습니다."

"사실입니까?"

"그렇습니다."

"아무튼 좋습니다. 앉으세요."

남자들은 어디 한번 말이나 들어보자는 식으로 나에게 자리를 권했다. 남자들도 내 앞에 앉았다.

"먼저 이름과 현재 거주하고 있는 곳을 말해 주시겠습니까. 아까 경남이라고 했는데 어디죠?"

"이름은 나은희입니다. 구체적인 거주지는 밝힐 수 없습니다."

기자들이 학교로 찾아올 수 있어 거주지는 밝히지 않았다. 학교가 세상에 밝혀지게 되면 아이들에게 큰 충격을 안겨 줄 것이었다. 남자들이 나은희란 이름에 놀란 듯하면서도 고개를 갸웃했다.

"그럼 말해 보세요."

"나중범은 미성년자를 성폭행한 것이 맞습니다."

"뭐라구요? 정말 친딸 맞아요?"

"그는 친딸을 성폭행했습니다."

내 앞에 앉아 있던 남자들이 자리에서 벌떡 일어났다. 어이없어하며 문을 열어 주었다. 나는 우두커니 선 채로 문을 열어 준 남자들을 바라보았다. 남자 한 사람이 내게 다가와 '어서 가 보세요.'라고 하며 정중하게 등을 떠밀었다. 떠밀려 나오는 등 뒤로 '나중범이 적이 많기는 많나 보군. 저런 여자까지 나선 걸 보면'이라는 말이 들려왔다. 나는 잠시 문밖에 서서 그들이 하는 말을 계속 들었다.

"일단 말이나 들어 보고 보내도 늦지 않잖아요. 부장님."

"보고도 그래. 저런 여자가 나중범 딸이겠어? 그리고 서울이 아니라 경남에서 왔다잖아."

"성폭행당하고 그곳으로 갔겠지요. 그럴 수 있잖아요."

"지금 소설 써?"

"아무튼 시골 사람 같지는 않았어요. 말씨도 정확하게 서울말씨였고."

"가만, 나중범을 찌른 피의자가 경남지역 시골학교 교사잖아. 이건 진짜 특종감이야."

"어허, 심심하면 낮잠들이나 자. 나중범이 누구야."

"만약 그 여자 말대로 나중범이 자기 친딸을 성폭행했다면 우린 굴러들어 온 특종을 놓친 거잖아요. 부장님."

"특종 같은 소릴 하는군. 특종 좋아하다가 정말 일내는 수가 있다는 거 몰라?"

나는 어디든 이런 몰골로 기자들을 찾아가 '내가 나중범 딸입니다.'라고 해서는 안 된다는 걸 알았다.

순정리로 돌아오면서 다른 방법을 찾기로 했다. 학교에 도착하자마자 나중범을 찌른 김동하 씨가 말한 미성년자가 바로 나라는 편지를 썼다. 그리고 이번에는 바른 말 잘하기로 유명한 L신문사로 편지를 부쳤다. 편지는 이틀 후면 도착한다고 했다. 불과 2일 후면 세상이 발칵 뒤집힐 것이었다. 우체국에서 편지를 부치고 밖으로 나와 하늘을 우러러보았다. 늘 보던 하늘빛이 아니었다. 부모를 매장시켜 버리는 딸의 눈에 비친 하늘은 노랗기도 하고 푸르기도 하고 무섭도록 붉

기도 했다. '넌 패륜아야.'라고 하늘이 당장 날벼락을 내려 나를 까맣게 태워 버릴 것 같기도 했다.

편지가 서울에 도착할 동안 나는 용산으로 갔다. 용바위굴에 올라가 보고 싶었다. 바위에 발을 걸쳐 보았지만 어림없는 일이었다. 바위가 벌레를 털어 내듯 나를 떨쳐 버렸다. 선화도에서 바닷바람이 불어와 풀숲을 흔들었다. 우두커니 서서 풀숲을 바라보았다. 아이들이 가르쳐 준 박새, 미친 풀, 삿갓 풀, 연앵초가 줄줄이 눈에 띄었다. 그동안 비가 온 탓에 그때보다 무성하게 자라 있었다.

가장 독하다는 박새에게 손이 갔다. 하얀 꽃이 절정을 맞고 있었다. 독풀이라기보다 아름답고 선량한 꽃이었다. 박새 꽃을 따면서 '너는 이렇게 아름다운 꽃을 가졌으면서 왜 독을 품었느냐'고 물었다. 다른 풀이나 나무들은 태어날 때부터 아궁이에 들어가 제 몸을 태울 때까지 사람에게 이로움을 주는데, 세상에 고통을 주는 사람처럼 너는 무엇 때문에 사람을 해치느냐고 물었다. 내 말이 고까운 듯 밥풀만 한 꽃이 바람에 몸을 떨었다.

내가 보낸 편지로 모든 것이 끝장이 날 아빠를 생각하면서 꽃을 한 줌 훑어 입에 넣었다. 음식을 먹듯 꼭꼭 씹어 삼켰다. 독을 연구한 독일의 어떤 학자가 독을 직접 먹어 보면서 조금씩 죽어 갔다는 글을 읽은 게 생각이 났다. 그 연구자는 독 연구에 성공하여 독의 특성에서 독을 퇴치하는 역반응을 얻어 냈지만 자신은 결국 그 독으로 죽었다고 했다. 그 연구자처럼 되면 좋겠다고 생각하면서, 그래서 이 세상에 나 같은 희생자가 더 이상 생기지 않았으면 좋겠다고 생각하면서, 한 번 더 꽃을 훑어 입에 넣었다. 꽃을 먹을수록 나에게 뼈와 살을 준 아빠라는 사람을 생각하자 내 살과 뼈가 싫었다. 부정할 수 없는 천륜을 부정하고 싶었다. 아빠를 파괴하듯 내 살과 뼈를 파괴하기 위해 박새 꽃을 배불리 먹었다. 어지러움을 느끼며 다시 용바위를 쳐다봤다.

그때 바람이 조금 불었고, 무언가 희끗 스치는 것이 있었다. 새 같기도 하고 구름 같기도 했다. '순정일까?' 하는 생각이 들었지만 확인할 방법이 없었다. 착각일 것이었다. 아이들이 순정이가 용의 목구멍에서 산다고 했지만 순정이는 거기에 없었다. 비틀비틀 어지럼을 안고 산을 내려오다 아지 무덤가에 앉았다. 아지가 나를 반기듯 제비꽃이 부지런히 꽃잎을 팔랑거렸다. 아지가 목마르게 그리웠다.

정하 - 조심스럽게

세상에는 믿지 못할 일이 많다고 하지만 이건 아니었다. 믿을 수가 없었다. 은희 이모의 증언을 듣고 나는 한동안 말문을 닫고 말았다. 나중범이란 인간이 내가 사랑하는 은희 아버지란 사실이 숨 막히도록 불쾌했다. 내가 신이라면 당장 놈의 정수리에 불벼락을 내려 불태워 버리고 싶었다. 순간 '은희도?'라는 무서운 생각까지 쳐들어왔다.

나는 고개를 흔들었다. 나중범이 비록 처제를 그 지경으로 만들어 버린 파렴치한이라 하더라도 자기 속으로 낳은 딸, 제 뼈와 살과 피를 이어받은 분신을 짓밟은 인간은 아닐 것이었다. 가끔 친딸을 성폭행했다는 뉴스가 뜨긴 하지만 그들은 사이코패스거나 그에 준한 인간들이었다. 그들은 어려서부터 지독하게 나쁜 가정과 나쁜 환경에서 자란 사람들이었고 강이 의붓아빠처럼 백수건달로 세상의 어둠속을 어슬렁거리는 인간들이었다.

은희가 늘 걱정했던 이모가 가엾어 나도 괴로웠다. 마음 같아서는 당장 전화를 걸고 싶었지만 도무지 전화를 걸 용기가 나지 않았다. 나중범에 대한 더러운 생각과 이모에 대한 참담함을 머릿속에서 지우기 위해 카나리아에게 더욱 신경을 썼다. 오늘도 어김없이 목욕물을 넣어 주고 새장 청소를 한 다음 먹이를 주고 출근을 했다. 응급실

담당을 마치고 다시 일반병동으로 돌아왔지만 외과는 항상 응급 상태이므로 응급실과 다를 게 없다. 갈수록 교통사고를 앞지를 정도로 뇌졸중환자나 심장병환자들이 늘어난 탓이다.

새벽에 실려 온 심장병환자가 수술을 기다리고 있었다. 수술 준비를 하기 위해 휴대폰을 끄려는데 신호가 울렸다. 서 검사였다. '아침부터 서 검사가 나에게 전화할 일이 뭔가?' 하는 생각을 하면서 전화를 받았다.

"지금 수술 들어가야 해. 나중에 전화하자."

"경하야!"

서 검사는 초를 다투듯 나를 붙잡았다.

"빨리 신문 좀 봐!"

나는 전화를 고쳐 잡았다.

"왜 그래?"

"은희 씨를 찾았단 말이야!"

몸이 공중에 붕 뜬 것 같았다. 귓속 달팽이관이 흔들린 것처럼 어지러웠다.

"너 지금 은희라고 했니?"

"L신문에 은희 씨 편지가 실렸어."

수술 팀에 내 대신 다른 동료를 집어넣고 번개처럼 복도로 뛰어나왔다. 신문을 찾았다. 평소 여기저기 널려 있던 그 많던 신문이 단 한 부도 보이지 않았다. 인터넷을 검색했다. 마우스를 쥔 손이 덜덜 떨렸다. '나중범 의원 딸 나은희 씨 편지 공개!'라는 제목이 떠 있었다.

나는 차마 기사를 열지 못한 채 마우스를 멈췄다.

그때 서 검사로부터 다시 전화가 왔다. 지금 정치권과 각 신문사마다 사실을 확인하느라 난리가 났다고 했다. 나는 최후의 심판대 앞에 선 사람처럼 심호흡을 수없이 퍼낸 다음 기사 전문을 열었다. 정말 나은희였다.

성폭행이라니! 그것도 부장검사가 자기 딸을! 온몸에서 피가 모조리 빠져나가 버린 듯했다. 나는 지금까지 의사로서 인간이 패닉 상태에 빠지게 되면 어떻게 된다는 걸 이론으로만 알고 있었다. 그건 패닉도 아니었다. 한마디로 하늘이 노랗게 변해 버리고 말았다. 노란 하늘이 내려와 땅과 거의 맞닿아 있었다. 하늘과 땅 그 틈은 1, 2센티나 될까? 우리 병원에는 넓은 정원이 있고 거기에 나무와 꽃들이 있었지만 그것들도 모두 사라지고 없었다. 세상이 온데간데없이 사라지고 말았다. 그런 상태로 아직 분노할 경황조차 없는데 서 검사가 퇴근하여 나에게 달려왔다.

"경하 너에겐 미안한 말이지만 내 예감이 맞았어. 난 지금까지 그런 의구심 떨치지 못했거든. 그래서 김동하를 그렇게 졸랐던 거야."

서 검사는 마치 신바람이 난 것처럼 흥분을 감추지 못했다.

"나중범은 이제 신이라도 빠져나가지 못한다."

나는 당장이라도 수술용 메스를 들고 나가 김동하가 찢다 만 나중범의 더러운 창자를 갈기갈기 찢어 버리고 싶었다. 분노의 화염을 헤치고 김동하가 떠올랐다. 그는 은희가 지금 어디 있는지 잘 알고 있을 것이었다. 자리를 박차고 일어났다.

"서 검사, 빨리 일어나. 김동하에게 확인할 게 있어."

"오늘 화요일이라 면회 안 돼. 내일 가야 해."

김동하 면회신청은 일주일에 수요일 한 번이고 오전 10시부터 오후 5시까지였다. 나는 앉아 있는 그대로 밤을 보냈다. 하룻밤이 천년이었다. 은희를 곧 만날 수 있다는 희망이 하늘 끝까지 솟구쳐 올랐다.

아침이 되자 서 검사와 함께 김동하를 만나러 교도소로 달려갔다. 김동하는 이미 파랗게 질려 있는 얼굴이었다. 그도 은희의 편지 사건을 알고 있었다. 교도소에 비치된 신문을 봤을 것이고 TV 뉴스도 들었을 것이었다. 서 검사가 김동하에게 먼저 신문을 내밀었다. 신문을 받아 든 김동하가 얼굴을 들지 않았다. 서슬 푸른 재판정에서도 독립 투사처럼 당당하던 그가 도무지 우리를 쳐다보지 못했다.

"은희 지금 어딨죠?"

나는 단도직입적으로 물었다. 그는 대답하지 않았다.

"은희가 어디 있는지 알고 있잖아요?"

다시 다그쳐 물었다.

"김동하 씨, 말해 주세요. 은희 씨가 이렇게 할 때는 당신을 구하려고 한 겁니다."

서 검사가 대답을 독촉하고 나섰다. 김동하가 얼굴을 감싸 쥐었다. 울고 있었다. 은희가 있는 곳을 더 이상 물어볼 필요가 없었다. 서 검사가 김동하 집 주소와 학교 주소를 내 손에 쥐어 주었다. 경남 K군이었다. 대한민국 넓지 않은 땅 어딘들 못 갈까. 나는 은희를 찾기 위해 병원에 휴가를 신청했다.

서둘러 경남으로 내려갔다. 서울에서 기차를 타고 종착역 부산에 내려 다시 K군으로 가는 버스를 타고 읍에서 내려 김동하의 집 주소 대로 찾아갔지만 집이 비어 있었다. 김동하 씨가 근무했다는 순정초 등학교로 가 보기로 했다. 하루에 두 번 있는 버스를 탔다. 낯설지 않 았다. 그때서야 대학 때 의료봉사를 가기 위해 거쳤던 곳이란 걸 기 억했다. "아, 선화도!"라는 탄식이 터져 나왔다. 은희가 나에게 도망 쳐 이곳으로 올 줄 꿈에도 몰랐다는 것이 기가 막혔다. '왜 그 생각을 못했을까!' 하며 가슴을 쳤다.

버스는 바다가 보이는 곳에서 멈추었다. 정류장이었고 그때도 이 곳에서 내려 눈앞에 보이는 섬으로 가기 위해 배를 탔다. 밤하늘 별이 유난히 영롱하고 아름다운 선화도였다. 바다 저편으로 선화도 가 보였다. 선화도를 바라보며 그날을 떠올렸다. 3박 4일 동안 즐거 웠던 시간, 그해 여름 분수처럼 쏟아지는 파도를 맞으며 첫 키스를 했었던 것, 낮에는 봉사를 하고, 배를 타기도 하고, 밤에는 바닷가 에 둘러앉아 별빛축제를 했었고, 시골 초등학교 선생님이라는 분이 하모니카 연주를 해 주었던 것, '동심초'를 연주할 때 은희가 울었던 것. 나는 거기까지 생각하다 깜짝 놀랐다. 김동하와 하모니카가 또 렷하게 떠오른 탓이었다. 나중범을 찌른 김동하가 그때 그 선생님이 었다니!

나는 곧 은희를 만날 수 있다는 흥분에 휩싸여 순정리로 향했다. 지나가는 아주머니에게 순정리에 혹시 서울에서 내려온 젊은 여선생 님이 있느냐고 물었다. 순정리 사람으로 보이는 아주머니는 "순정초등학교 나은희 선생님 말인가 보네?"라고 하며 나를 쳐다보았다. 순정초등학교 나은희 선생님! 심장이 멈출 것만 같았다. 그렇다면 김동하와 같은 학교에 있다는 말이었다. 나는 탄식하면서 학교로 가는 길을 찾았다. 아주머니가 학교로 가려면 마을 입구에서 제비꽃이 심어진 길을 따라 쭉 내려가라고 일러 주었다.

마을길로 접어들었다. 길이 아름다웠다. 정말 제비꽃이 있고 시가 새겨져 있는 팻말이 띄엄띄엄 세워져 있었다. 놀랍게도 은희가 쓴 시를 발견했다.

마음을 고이 모아 귀 기울여 보면
보랏빛 꽃잎마다 낮은 속삭임
서로서로 몸 기대면 따뜻하다고
동그랗게 입 모으며 주고받는 속삭임

넓고 넓은 세상에 작게 피어도
보랏빛 꽃잎마다 순정한 기쁨이
높다란 하늘 아래 낮게 피어도
보랏빛 꽃잎마다 순정한 사랑이

– 나은희 「순정리 제비꽃」

하얀 페인트칠을 한 팻말에 보라색으로 쓴 시어들이 방울방울 맺혀 있는 눈물 같았다. 점자를 짚듯 은희의 시를 한 글자 한 글자 손으로 더듬어 보았다. '가엾은 은희야!'라고 탄식하며 글자를 더듬고 또 더듬었다. 글자들을 쓸어 모아 은희를 끌어안듯 품에 안고 싶었다. 전율하는 슬픔을 억누르며 학교를 향해 걸었다.

정문에 들어서자 하늘 높이 펄럭이는 태극기와 맞닥뜨렸다. 맑은 하늘과 깊은 숲속에 옛날식 목조건물 단층교사가 한일자로 서 있었다. 숲에서 새들이 우는 소리에 잠시 넋을 뺐다. 은희는 어쩌면 이 새소리를 들으며 끔찍한 고통을 잊으려고 몸부림쳤을 것이었다. 방학이라 아이들은 보이지 않았다.

누군가 숲속을 걷고 있었다. 여자였다. 나는 재빨리 나무 뒤로 몸을 숨겼다. 뒷모습만 보였다. 청소용구를 들고 있는 것으로 봐 학교 청소원인 듯했다. 머리도 짧고 몸집도 듬직해 보이는 여자가 빗자루를 들고 교사로 들어갔다. 잠시 후에 다른 여자가 보였다. 이번에도 뒷모습만 보였다. 하늘을 덮을 정도의 무성한 나무에 가려 보이다 말다 했다. 은희는 머리가 긴데 이번 여자도 머리가 짧았다. 긴 머리야 얼마든지 자를 수 있었다. 보통 키에 가느다란 몸매가 은희와 흡사했다. 당장 뛰어가 앞을 돌려보고 싶은 충동을 억제하며 그녀가 뒤돌아서기를 기다렸다.

그녀는 좀처럼 돌아서지 않았다. 돌아설 것처럼 하면서도 자꾸 앞으로만 가는 것이었다. 나는 숨 쉬는 것조차 참아 가며 눈으로 계속 그녀를 쫓았다. 그녀는 가끔 엎드려 무언가를 줍기도 하고 나무를 쳐다보기도 하더니 교실로 들어가 버리고 말았다. 나는 마치 자석에 끌리듯 교실 쪽으로 향했다. 조심스럽게 발걸음을 옮겼다. 교실로 들어

가는 길에 자갈이 깔려 있고 자갈을 밟는 내 발걸음 소리가 무척 크게 들렸다.

자갈 밟는 소리에 정신이 번쩍 들었다. 걸음을 멈추었다. 꿈에서 여기까지 도망쳐 온 사람 앞에 무턱대고 나타나는 게 아니라는 생각이 들었다. 나를 보면 또 어디론가 도망쳐 버릴지도 모를 일이었다. 속으로 은희야, 은희야, 하고 부르며 다시 발길을 돌렸다. 일단 서울로 돌아가 생각을 정리하고 계획을 세우기로 했다. 꿈을 꾸듯 가슴속에 은희가 써 놓은 시와 은희 뒷모습을 품고 서울로 돌아왔다.

서울은 나중범 뉴스로 떠들썩했다. 당에서도 이제 더 이상 안 된다는 분위기로 돌아서고 있었다. 처제 정혜진은 우울증 병력이 있어 정신병자로 몰고 가는 데 성공하면서 위기를 넘겼지만 은희 편지 사건이 문제였다. 사실 여부를 따지기 전에 이번엔 당에서 더 이상 용납할 수 없다는 목소리가 높아진 것이었다.

나중범은 딸이 거짓말을 한다고 주장했다. 딸이 어려서부터 빗나간 행동을 하더니 중학교 때부터 남자들과 어울리는 등 행실이 좋지 않아 골머리를 앓았다고 했다. 그래서 일찍 의사와 결혼시켰는데, 결혼할 때 병원을 내달라는 등 무리한 요구를 해 못해 준다고 하자 앙심을 품은 거라고 했다. 그리고 결혼을 하고 신혼여행을 가더니 자기네들끼리 싸우고는 어디론가 사라져 버렸다가 이제 복수를 하는 거라고 했다.

나는 L신문사로 전화를 걸어 내가 나중범의 딸 나은희와 결혼한 장본인인데 나중범의 말은 모두 거짓말이며, 은희는 말없이 신혼여행에서 사라져 버렸는데 그 이유를 이제야 알게 됐다고 말했다. 내 말은 언론계에 불을 붙였다. 신문마다 처제와 친딸이 터트렸고 이젠 사위까지 나섰는데 더 이상 무슨 증거가 필요한 거냐고 치열하게 기사를 썼다. 국민심판을 받아야 할 사람이 국회에 발을 딛는 것은 국민을 모독하는 행위라고 비판했다. 네티즌들이 나중범을 의원직에서 끌어내려 처벌해야 하고 김동하는 석방해야 한다는 글로 인터넷을 도배했다.

나중범은 의원직은 죽어도 버릴 수 없으며 딸을 잘못 키운 죄밖에 없다고 주장했다. 딸 행실이 오죽하면 신혼여행에서 도망을 쳤겠느냐면서 딸자식 잘못 키운 죄는 달게 받겠다고 했다. 세상이 원한다면 대면이라도 해 성폭행을 했다는 증거를 은희에게 직접 묻겠다고 했다. 처제 정혜진에게 했던 대로 십 년 전 일이고 증거를 댈 수 없다는 걸 믿고 큰소리를 치는 것이었다. 그런데 나중범이 아무리 결백을 주장해도 세상의 비난이 멈추지 않았다. 서 검사 말대로 나중범이 신이라도 빠져나갈 방법이 없을 것이었다.

일이 그쯤 되자 나중범 부인, 그러니까 은희 엄마가 나섰다. 은희 엄마도 은희처럼 작심하고 신문사로 편지를 보낸 것이었다. 그런데 은희 엄마 편지는 나에게 또 하나의 충격이었다. '우리에겐 딸이 없다. 다만 양녀가 있을 뿐'이라는 내용이었다. 그러니까 은희가 친딸이 아니라는 것이었다. 아기 때 입양한 양녀였는데 양녀는 유전자가 나빠 모든 면에서 비정상이었고, 나중범이 주장했듯이 중학교 때부터 자주 가출을 하면서 남자들과 자고 다니는 등 성적으로 문란한 탓에 골머리를 썩였다고 했다. 여러 가지로 골머리가 아파 대학을 졸업하자마자 일찍 결혼을 시켰는데 결국 도망쳐 버렸고, 도망친 것도 지저분한 남자관계가 탄로 날까 봐 두려운 탓일 거라며 남편 나중범 말을 뒷받침했다. 그리고 은희에게는 숨어서 키워 준 부모에게 배은망덕한 짓을 하지 말고 당당하게 나와 말을 해 보라며 파양을 선언했다.

"잔인한 인간들이군. 친딸을 성폭행한 인면수심이라고 세상이 질타하자 입양했다고 밝힌 것 보라구. 그럼 입양한 딸은 성폭행해도 된다는 건가."

서 검사가 분노했다. 나는 지독하게 나쁜 영화를 보고 있는 것 같았다. 엄마가 전화를 걸어 "넌 바보야. 이래도 은희, 은희, 할 거니. 더러워, 너무 더럽다니까. 내 아들과 살을 섞지 않은 게 천만다행이야."라며 분노했다.

정말 악몽을 꾸고 있는 것만 같은 나에게 서 검사가 정혜진을 만나 은희가 정말 양녀인지 확인해 보자고 했다. 나는 만날 수 없다고 했다. 만날 용기가 나지 않았다. 은희나 정혜진이나 똑같은 피해자라는 사실을 알아 버린 나로서는 지금까지 은희의 이모로 알고 있는 정혜진을 쳐다볼 자신이 없었다.

서 검사 혼자 정혜진을 만났고 그 결과를 나에게 말해 주었다. 나중범의 아내 정혜정은 결혼하여 7년이 넘도록 아이를 갖지 못했고 나중범은 바람기가 많아 여자들이 한둘이 아니었다고 했다. 그래서 자주 싸웠고 나중범은 아이도 못 낳는 주제에 누명까지 씌운다면서 자주 폭력까지 행사했고, 그래서 은희 외할머니가 우겨 첫돌이 지난 은희를 입양해 키웠는데 은희는 지금까지 친부모로 알고 있다고 했다. 정혜진은 나중범이 은희까지 그렇게 만들어 버린 줄은 꿈에도 몰랐다면서 큰 충격에 빠져 있더라고 했다.

"은희를 만나 보고 싶어 하지는 않아?"

"그렇지 않아도 내가 물었지. 그랬더니 어떻게 은희 얼굴을 볼 수 있겠느냐면서 만나지 않겠다고 하더군. 은희 씨 앞에 설 자신이 없대. 지켜 주지 못한 죄책감 때문에."

은희 이모도 내 심정과 똑같은 모양이었다. 나는 더 이상 생각할 것도 없이 주변 정리를 하기 시작했다. 병원에 사표를 제출했다. 외국으로 나가 공부를 더 할 생각이라고 거짓말을 했다. 병원에서는 안 된다고 붙잡았다. 이젠 우리 한국 의술이 선진국을 앞질러 가고 있는데 무엇 때문에 외국 유학을 가느냐면서 말렸다. 동기들과 선배들과 교수님들이 나를 설득하기에 바빴다. 외과 고난도 수술 팀에서 내가 없으면 안 된다고 밀어붙였다. 나는 나보다 훨씬 능력 있는 사람이 생기게 마련이라고 했다. 그러자 나만한 사람은 없다고 했다. 그건 고정관념이라고 받아쳤다. 나를 아끼는 교수님들과 동료들이 고마웠지만, 언제나 나 아니면 안 된다는 것이 문제라는 말도 덧붙였다.

내가 사표를 냈다는 말에 서 검사도 펄쩍 뛰었다. 부모님에게도 외국으로 공부하러 가겠다고 거짓말을 했다. 부모님은 내 말을 수긍해 주었다. 은희 때문에 충격을 받아 한국을 떠나려는 것으로 알고 있었다. 엄마는 내 등을 쓰다듬어 주면서 외국에 나가 머리를 식히고 오라는 격려까지 해 주었다.

"은희 씨가 있는 시골로 가겠다니?"

서 검사가 안타까워하며 물었다. 시골로 간다는 말은 서 검사에게만 했다.

"그래."

"그럴 게 아니라 은희 씨를 서울로 데려올 수 없을까?"

"서울로 올 사람이 아니잖아. 그럴 거면 도망을 갔겠냐구."

"시골에서 또 도망칠 수 있잖아?"

"그래서 내가 시골로 내려가려는 거야."

나는 시골로 내려가더라도 무턱대고 은희 앞에 나타나는 게 아니라 지혜롭게 행동하기로 했다. 내가 떠나던 날 서 검사는 기필코 김동하를 집행유예로 풀려나게 할 거라고 벼르면서 사회적 요구도 있으니 잘될 거라고 했다. 나는 반드시 그래야 한다고 당부하고 떠날 준비를 서둘렀다. 이제는 기차를 타지 않고 내 자동차에 여러 가지 짐을 실었다. 은희의 새 카나리아도 실었다.

은희 - 산에 오르다

　나는 끝내 엄마를 잃어버리고 말았다. 나에게 아무리 냉정하게 대했더라도 내 가슴 한 구석엔 엄마가 존재하고 있었다. 딱 한 번 내 편을 들어 준 적도 있었다. 초등학생 때 그 악마적 비밀을 간직한 채 나는 늘 수족관 금붕어를 바라보았다. 어느 날 입만 쫑긋 내밀며 유리벽에 머리를 찧어 대던 금붕어 한 마리가 죽어 있는 것을 발견했다. 아빠가 가장 아끼는 황금빛 금붕어가 수초 사이에 떠 있었다. 나처럼 말을 못해 숨이 막혀 죽었을 거라는 생각이 들었다. 손을 넣어 죽은 금붕어를 건져 냈다. 딴엔 어딘가에 묻어 주고 싶었다.

　그때 막 아빠와 엄마가 들어왔다. 아빠는 집 안에 들어서자마자 내가 하는 걸 보고 "너 뭐하는 거야! 그게 얼마짜린 줄 알아!"라며 호통을 쳤다. 한 마리에 최저 10만 원부터 최고 50만 원까지 간다는 비단 금붕어를 내가 죽인 줄 알고 아빠는 벌벌 떨었다. 나는 이미 죽은 금붕어를 손에 쥔 채 아빠가 무서워 파르르 떨었다. 금붕어가 죽어 있었다고 말을 하려고 했지만 말이 나오지 않았다. 아빠가 분노하며 내 뺨을 때렸다. 나는 죽은 금붕어를 꼭 쥔 채 마루로 쓰러졌다. 아빠는 발길로 다시 나를 걷어차 버렸다.

　그때 엄마가 방으로 들어가려다 말고 "또 사 오면 되잖아요."라고 했다. 내 편을 들어 준 것이었다. 나는 엄마를 향해 금붕어처럼 입만 뻐끔거리며 소리 없이 눈물만 흘렸다. 엄마는 그 말을 하고는 곧 엄마 방으로 들어가 문을 닫아 버렸지만 당장 엄마 품으로 달려가 소리 내어 울고 싶었다. 그때 그 '엄마'가 지금까지 내 가슴속에 분명히 있었다.

엄마가 신문사로 보냈다는 편지를 읽고 나는 정신없이 바닷가로 달려갔다. 그리고 끝없는 수평선을 향해 "아, 그랬구나! 그랬구나!"라고 소리쳤다. 눈물 대신 며칠 동안 그랬구나, 라는 말만 되풀이했다. 수천 년 동안 물속에 숨어 있다가 세상에 드러난 '파블로페트리'라는 도시처럼 도무지 생각하지 못했던 양녀라는 사실이, 엄마가 나에게 그토록 냉정하고 쌀쌀하게 대했음에도 꿈에도 생각해 보지 않았던 또하나의 비밀이 내 운명 속에 숨어 있었다.

내가 할 수 있는 일은 무엇이든 해서라도 동하 씨를 구해야 한다는 생각으로 신문사로 편지를 보낼 때까지는 나를 낳아 준 엄마 아빠에게 죽도록 미안했다. 나를 낳아 주었고 키워 준 부모였으므로 나에게 피와 살을 주었고 뼈를 준 부모였으므로 나는 편지를 보내 놓고 용산으로 올라가 내 죄를 먹듯이 독풀을 먹었었다.

양녀라는 기막힌 운명의 진실을 알게 되자 차라리 홀가분했다. 이제 마음대로 엄마 아빠를 미워할 수 있고 마음대로 저주도 할 수 있을 것 같았다. 나쁜 유전자를 갖고 있어서 가출이 심했다는 것, 중학교 때부터 남자들과 문란한 짓을 했다는 것, 나중엔 재산을 탐냈다는 것, 결혼할 때 병원을 내달라고 했다는 것 등등, 저질 드라마 같은 거짓말을 그 사람들이 나를 키워 준 대가로 여기기로 했다.

그런데 내가 중학교 때부터 남자들과 문란한 짓을 했다는 것은 아빠가 나에게 한 짓을 역이용한 것이라는 생각이 들었다. 아빠라는 사람은 자신이 저지른 일이니 그렇다 치고, 엄마라는 사람도 이미 다 알고 있었다는 말이 성립되었다. 그렇다면 엄마가 세미나에 갔다가 갑자기 돌아왔을 때, 고2 때 눈치챘을 것이라는 내 짐작은 틀린 것이었다. 이미 중학교 때부터 알고도 모른 척했을 것이라는 확신이 들었다. 무서운 확신 속에서 '엄마가 엄마의 생살을 찢고 나를 낳았더라도 그랬을까요?'라고 엄마를 향해 물었다.

다행히 네티즌들이 "일개 부장검사가 인간을 농락하다니!"라는 글을 인터넷에 올리면서 동하 씨를 무죄석방을 해야 한다고 주장했다. 나는 희망이 솟구쳐 올랐다. 소식을 동하 씨 어머니께 알리려고 읍내로 갔다. 동하 씨 어머니는 이종호가 죽고 나자 읍내 본가로 돌아갔기 때문이다. 집이 텅 비어 있었다. 나는 곧, 천인 침을 받으러 읍내를 벗어나 이 마을 저 마을을 찾아다닌다는 것을 기억해 냈다. 마루에 앉아 동하 씨 어머니가 돌아오기를 기다렸다.

해가 질 무렵에야 돌아온 동하 씨 어머니는 지칠 대로 지쳐 휘청거렸다. 내가 부축을 하자 거부했다. 방으로 들어가 문을 닫아 버렸다. 내가 신문사로 편지를 쓴 것이 뉴스를 탄 탓에 동하 씨 어머니도 비로소 사건의 전말을 알아 버리고 말았다. 그때부터 나를 보지 않으려고 했다.

"좋은 소식이 있어 전해 드리려고 왔어요."

나는 문밖에서 문에 대고 말했다. 지푸라기라도 잡고 싶은 동하 씨 어머닌데도 방문을 열지 않았다. 나는 계속 문밖에 앉아 동하 씨를 위해 많은 사람들이 애쓰고 있다고 말했다.

"사람들이 동하 씨를 석방해야 한다고 인터넷으로 데모를 하고 있어요."

동하 씨 어머니는 말도 하지 않았고 방문도 열지 않았다. 그렇더라도 나는 계속 말을 했다.

"요즘엔 인터넷 데모가 대통령 힘보다 더 세거든요."

"어서 나가."

그때서야 동하 씨 어머니가 입을 열었다.

"죄송합니다."

"양딸도 새끼고 양애비도 애빈데, 천하에 더러운 것들 같으니라고."

엄마가 쓴 편지 때문에 내가 양녀라는 사실까지 알아 버린 것이었다. 전국방방곡곡 뉴스를 탔으니 모를 리가 없었다. 내가 쓴 편지가 세상에 공개됐을 때 동하 씨 어머니는 나를 향해 침을 뱉었다. 동하 씨 어머니는 처음에는 나를 하늘에서 내려온 선녀라 했지만 사건의 전모를 알고부터는 백년 묵은 여우라고 했다. 꼬리가 백 개 달린 여우가 나타나 동하 씨를 잡아먹었다고 분노했다. 동하 씨 어머니의 말대로 부모가 누구인지 모른 나는 정말 꼬리가 백 개 달린 여우인지도 모를 일이었다. 그렇지 않고서야 사람으로서 이토록 참담한 운명을 맞을 수는 없었다.

이젠 정말 죽어도 좋은데 순정초등학교 아이들이 나를 꽉 붙잡고 있었다. 경하 씨와 멀어진 지도 이제 3년차에 들어섰으므로 내가 죽는다 하여 경하 씨에게 해가 가지 않을 것인데, 아이들과 나를 분리할 수 없는 현실이 되어 갔다. 변명 같지만 새로 온 강이 모녀도 나를 의지하며 희망을 키우고 있었다. 다행히 강이는 몰라보게 좋아져 갔다. 아이들과 재잘거림도 수다스러울 정도로 늘었다. 내가 그랬듯이 바닷가에 나가 문어와 개와 닭이 벌이는 싸움을 구경하면서 배를 쥐고 웃기도 했다. 강이 상태가 하루하루 호전되어 가자 강이 엄마는 신이 났다.

신이 난 건 또 있었다. 강이 수술을 해 준 의사가 서울에서 왔다면서 하나님이 강이에게 커다란 복을 내려 주었다고 했다.

"이런 시골로 오실 분이 아닌데 오셨어요. 얼마나 고맙고 반가운지 눈물이 나더라구요. 우리 강이에게는 행운이지만 사실 이런 시골로 그런 선생님이 오신다는 게 이해가 안 가요. S대학병원에서 오셨거든요. 그 옛날 슈바이처도 아니고."

나는 순간 그 의사 이름이 뭐냐고 물으려다 가까스로 참았다. 나는 어쩌면 경하 씨이기를 바라는지도 몰랐다. 내 무의식 속에 말도 안 되는 그런 생각이 숨어 있다가 나도 모르게 튀어나온 것인지도 모른다는 생각이 들자 무섭고 두려웠다.

그런데 강이 엄마에게 그 말을 듣고부터 결코 그런 일이 없다고 믿으면서도 마음이 산란하여 일이 손에 잡히지 않았다. 나는 단단히 마음을 먹고 해성병원으로 전화를 걸었다.

"혹시 최근에 새로 오신 선생님 계신가요?"

"최근에요? 아, 한 분 계십니다."

"어디서 오셨죠?"

"창원에서 오셨습니다."

"서울에서 오신 분은 안 계신가요?"

"글쎄요. 제가 알기로는 창원에서 오신 분 한 분밖에 없습니다. 여긴 원무관데, 더 자세히 알고 싶으시면 총무과로 돌려드릴까요?"

나는 수화기를 놓으면서 가슴을 쓸어내렸다. 총무과까지 알아볼 것도 없었다. 아마도 창원에서 왔다는 그 의사가 전에 S대학병원에서 근무했을 수 있었다.

그 후 두 주가 지나갔을 때였다. 오전수업을 마치고 점심시간에 교정 숲으로 나간 아이들이 "와!" 하고 소리를 질렀다. 곧이어 내 귀에 새소리가 들렸다. 새소리야 숲에서 노상 나는 것이지만 숲에서 나는 야생 새소리와 전혀 달랐다. 바이올린 현의 '시' 자리 음과 비슷한, 아주 정교한 소리, 내 귀에 익은 그 소리였다. 나도 모르게 숲으로 달려갔다. 카나리아였다. 내가 아끼던 카나리아와 똑같은 한 쌍이 후박나무 나뭇가지에 나란히 걸려 있었다. 눈물이 왈칵 솟구쳐 올랐다. 분명히 이모가 준 카나리아와 흡사했다.

"카나리아가 어떻게?"

내가 충격과 반가움 등 혼란에 사로잡혀 있을 동안 아이들이 "이건 도시 사람들이 집 안에서 키우는 새야."라고 하면서 새둥지를 복도로 가져갔다. 아이들은 수업이 끝나기가 무섭게 우르르 카나리아에게 달려갔다. 아이들이 뭘 먹여야 하느냐고 야단이었다. 나는 혼란으로 멍한 상태에서도 아이들에게 카나리아 키우는 방법을 가르쳐 주었다.

만약 내 카나리아라면 카나리아가 도대체 어떻게 여기까지 왔는지 알아야 할 것 같았다. 경하 씨가 아니면 카나리아를 순정리로 가져올 사람이 없기 때문이었다. 병원으로 전화를 했을 때 '총무과로 돌려드릴까요'라는 말을 떠올리며 다시 병원으로 전화를 걸었다. 최근에 서울에서 오신 선생님이 있느냐고 물었다. 자기네들끼리 잠시 말을 주고받더니 있다고 했다.

"계신데요. 그런데 왜 그러세요?"

"선생님 성함이 어떻게 되죠?"

지난번에 이름을 묻지 않았다는 것이 생각나 이름까지 물었다.

"민경하 선생님입니다."

"민경하!"

나는 소리치며 전화를 끊고 말았다. 저쪽에서 왜 그러느냐고 묻는 말이 잘리고 말았다.

"이럴 수가!"

내 입에서 탄식이 터져 나왔다. 그가 한국의 최고 S대학병원을 그만두고 시골 병원으로 직장을 옮겨 버린 것이었다. 거대한 산 하나가 나를 향해 무너져 내린 듯했다. '도대체 어쩌자고 경하 씨가 이곳까지 왔단 말인가'라는 탄식만 끝없이 흘러나왔다.

아이들은 카나리아를 키우는 데 열을 올렸다. 해바라기 씨, 굴 껍질, 좁쌀, 보리, 유채 씨, 등 도시보다 먹이가 많아 다행이었다. 아이들은 경쟁적으로 먹이를 싸 들고 와 카나리아를 키우는 데 지극정성을 바쳤다. 그런데 어느 날 아이들이 "새가 이상하게 울어요!"라고 소리쳤다. 정말 수놈이 쉬지 않고 울고 있었다. 암놈이 시원치 않았다. 암놈은 울지도 못한 채 목을 늘이기도 하고 날갯죽지를 치켜 올리면서 몸부림을 쳤다. 그걸 수놈이 바라보며 우는 것이었다.

한 아이가 호박씨를 먹였다면서 울먹였다. 내가 카나리아는 씨앗을 잘 먹는다고 했던 게 잘못이었다. 굵은 호박씨가 목에 걸린 모양이었다. 어떻게 해야 좋을지 알 수 없었다. 목을 쓸어내려 주기도 하고 물을 먹이기도 하고 부리를 벌리고 계란 흰자를 흘려 넣어 주기도 하면서 애를 썼지만 암놈은 밤새 고통스럽게 몸부림치다가 다음 날 죽고 말았다. 수놈이 혼자 슬피 울어 댔다.

산자락에 죽은 카나리아를 묻어 주고 나자 가을이 깊어 가고 있었다. 깊어 가는 가을과 함께 결국 그가 다가오기 시작했다. 경하 씨가 제비꽃과 팻말을 따라 점점 가까이 오고 있었다. 때론 내 시가 적힌 팻말 앞에 붙박아 선 채 떠날 줄 몰랐다. 그가 흘리는 눈물이 내 시를 적시는 것을 나는 여러 번 목격해야 했다. 그는 내가 모르는 줄 알고 있었다. 내가 가끔 뒤돌아보면 후다닥 몸을 감추면서 나에게 들키지 않으려고 애썼다. 경하 씨는 적어도 이삼 일에 한 번씩은 온 것 같았다. 아니, 더 자주 왔는지도 모를 일이었다.

마을 사람들은 비가 오려 하면 몸이 아프다고 했다. 나도 그가 오는 날엔 몸이 아팠다. 어지럽고 떨리면서 가슴이 조여들었다. 그러면 어김없이 경하 씨의 그림자가 내 시야에 드리워지곤 했다. 때론 학교까지 들어와 숲이 우거진 교정에 몰래 숨어 있다 가곤 하는 것이었다. 늙은 후박나무 아래 놓여 있는 나무의자에 마치 새가 앉았다 날아간 것처럼, 미약하게나마 따뜻한 체온과 가슴 미어지는 슬픔이 남아 있곤 했다.

교정에 깔려 있는 자갈 밟는 소리도 내 귀에 들렸다. 조심조심 걸음을 옮기는 발자국 소리가 애처롭기 짝이 없었다. 어떤 날엔 교실 앞까지 왔지만 나무로 된 복도를 걸을 용기가 나지 않은지 좀처럼 걷지 못했다. 우리 순정초등학교는 먼 옛날에 지어진 목조건물이라 복도를 걷는 소리가 학교 전체를 울린 탓이었다. 딱 한 번, 복도를 걷는 소리가 났었다. 나는 죽어도 경하 씨와 정면으로 대면할 수 없어 반대편 창밖으로 눈길을 돌리고 말았다.

창밖으로 용산의 용바위가 머리를 쳐들고 이쪽을 바라보고 있었다. 순정리 사람들은 용의 목구멍(바위굴)에 들어가 기도를 하면 모든 소망이 이루어진다고 믿고 있었다. 나도 용바위에 올라갈 수만 있다면 그렇게 하고 싶었다. 제발 경하 씨와 나 사이의 끈을 싹둑, 잘라 달라고 간절히 빌고 싶었다.

그런 생각을 하면서 눈물을 삼킬 동안 그는 뚜벅, 뚜벅, 고작 두어 걸음을 걷고는 그만두는 것이었다. 그가 사라질 즈음 조심스럽게 복도로 나갔다. 예상대로 그는 어디론가 사라져 버렸고 창문으로 바람만 불어올 뿐이었다. 그가 두어 걸음을 걷다 만 발자국을 찾아 복도 입구를 눈으로 더듬었다. 발자국 흔적이 어렴풋이 보였다. 마치 그림자를 거두어들이듯 나는 어렵게 뗀 그의 발자국을 쓸어 모아 가슴에 안았다.

그날 밤 경하 씨의 슬픈 발자국을 안고 잠이 들었다. 그리고 꿈을 꾸었다. 꿈속에서 우리는 나란히 누웠다. 경하 씨가 나를 두 팔로 힘껏 안으며 신혼 밤을 다시 시작하자고 했다. 나도 그러자고 했다. 경하 씨와 함께 있다고 생각하자 지금까지 나를 둘러싼 무섭고 눈물겨운 것들이 거짓말처럼 사라져 버리고 말았다. 행복했다. 누가 나에게 지상에서 가장 행복한 것이 무엇이냐고 묻는다면 '지금 이 순간'이라고 말하고 싶었다. 경하 씨는 "이제 다시는 은희를 놓치지 않을 거야!"라며 감격에 찬 한숨을 수없이 퍼냈다. 그러면서도 걱정이 되는지 세상에서 우리가 두려워할 것은 아무것도 없다며 나를 달랬다. 사람에게 가장 고귀한 것은 서로 사랑하는 사람끼리 마주 보며 살아가는 거라고 하면서, 사랑하는 사람과 함께 마음과 몸을 섞으며 사는 것이 가장 잘 사는 거라고 하면서, 내 얼굴을 측은하게 어루만졌다.

나는 과부하가 걸릴 지경으로 행복했다. 경하 씨는 그동안 더 원숙하고 더 따뜻한 사람이 되어 있었다. 이제부터 우리 앞을 가로막는 것이 있다면 목숨 걸고 싸울 거라고 다짐하면서 나를 깊숙이, 깊숙이, 끌어안았다. 그는 뼈가 으스러지도록 나를 안았고 나는 아이스크림처럼 그의 품속으로 녹아들었다. 영원히 이대로 있었으면 좋겠다는 생각이 들 즈음 나는 소스라치게 놀라 그를 떨치고 몸을 일으켰다. 그리고 신혼여행 때처럼 그의 품을 빠져나와 어디론가 정처 없이 달아나기 시작했다. 경하 씨가 내 이름을 부르며 뒤쫓았다. 곧 붙잡힐 것만 같은 순간 꿈에서 깨고 말았다.

꿈에서 깨어나자 찬바람이 내 어깨를 스친 것처럼 추웠다. 온 세상이 바람으로 가득 찬 것만 같았다. 뼈가 으스러지도록 안아 주었던 감각을 더듬어 보았다. 따뜻한 그의 손이 그리웠다. 그리워하면 안 되는데, 미칠 듯이 그리워지는 것이었다. 그때마다 내 입에서는 '어쩌면 좋은가. 어쩌면 좋은가'라는 한탄이 주체할 수 없도록 터져 나왔다. 그리움을 더욱 부채질한 건 그의 편지였다. 아름다운 가을 열매처럼 내 시 '순정리 제비꽃'이 적혀 있는 팻말에 예쁜 엽서봉투가 매달리기 시작했다. 나는 시한폭탄을 들어내듯 떨며 조심스럽게 그것을 읽었다.

제비꽃은 들에서만 피는 게 아니라오. 내 손가락에도 제비꽃이 노상 피어 있다오. 제비꽃 꽃반지, 들에 핀 제비꽃은 겨울이면 사라지고 말지만 내 손가락이 따뜻한 흙인 줄 아는지 제비꽃이 사시사철 떠날 줄 모른다오. 죽는 날까지 내 손가락은 제비꽃의 흙이 되어 줄 것이오. 죽는 날까지.

내가 무척이나 좋아했던 예쁜 손 글씨였다. 그는 연애할 때도 또박또박 손 글씨를 썼다. 외과 의사답게 바느질도 잘하고 손 글씨도 잘 썼다. 나는 안 본 척 편지를 원상태로 접어 다시 제자리에 넣어 두곤 했다. 내가 읽은 걸 아는지 모르는지 이삼 일 후면 그는 엽서를 다른 것으로 갈아 넣었다. 용의주도한 그는 함부로 내 앞에 우뚝 서지 않고 계속 엽서편지를 매달아 두고, 나는 계속 안 본 척하며 열어 보고는 넣어 두었다.

"나는 지금도 변함없는 스테파네트의 목동이라오. 그녀의 영원한 목동이라오. 그런 생각만으로도 세상에서 가장 행복한 자가 되는 이 기쁨을 오직 하늘이나 알까요. 어제는 선화도에 다녀왔답니다. 거기서 하룻밤을 잤지요. 우리가 별을 노래하던 곳. 우리가 첫 키스를 했던 그곳에서."

그는 드디어 우리가 연애했던 추억을 나에게 상기시키기 시작했다. 그가 즐겨 불렀던 음유시인 루시드 폴(조윤석)의 노래 '너는 내 마음속에 남아'의 가사도 함께 들어 있었다.

가을처럼 슬픈 겨울이 오면
그때는 내가 널 잊을 수 있을까
지금보다 더한 외로움들이
그때는 나에게만 와 주었으면
아직도 작은 나의 창틀에 쌓인 햇살을
너에게만 안겨 주고 싶어
이러다 나도 지쳐 쓰러지면 널 잊을까

가사 마지막 구절 '이러다 나도 지쳐 쓰러지면 널 잊을까'처럼 이러다 경하 씨가 쓰러질지도 모른다는 두려움이 엄습했다. 그렇더라도 나는 그의 품으로 달려갈 수 없는데, 그를 그리워해서는 안 되는데, 그의 이름을 불러서도 안 되는데, 내 의지와 상관없이 팻말에 걸어 둔 엽서와 함께 그와 나의 거리가 점점 좁혀지는 것이었다. 그의 발자국 소리가 지척에서 들리고, 그의 머리카락이 내 눈에 보이는 것이었다.

가끔 아이들이 "선생님, 누가 왔다 갔어요. 후박나무 아래 의자에 멍청하게 앉아 교실을 바라보다 그냥 갔어요."라고 했다. 그가 아이들 눈에도 띄기 시작한 것이었다. 이제는 그가 내 앞에 우뚝 설 날만 남아 있었다. 팔만 뻗으면 내 손목을 덥석, 붙잡을 것만 같았다.

가을 바다는 물고기를 일 년 중 가장 맛있게 키운다며 마을 사람들이 부지런히 배를 띄웠다. 강이 엄마는 배가 들어올 시간에 맞춰 바구니를 들고 바닷가로 나갔다. 강이를 살려 준 잊지 못할 선생님에게 세상에서 가장 맛있는 생선요리를 대접하고 싶다고 했다. 그건 내가 하고 싶은 일이었다. 나도 새벽마다 바닷가로 나가 마을 사람들이 고기잡이를 하는 광경을 바라보았다. 주낙배들이 갯가에 닿았다. 읍내에서 생선을 사러 온 사람들이 줄지어 배로 올라갔다. 강이 엄마도 배로 올라가 퍼덕거리는 물고기를 바구니에 골라 담고 있었다.

나는 갑자기 가슴이 두근거렸다. 어처구니없는 생각, 경하 씨를 위해 단 한 번만이라도 저걸 내 손으로 요리를 해 봤으면 하는 생각이 불쑥 쳐들어온 것이었다. 나는 어처구니없는 생각을 몰아내면서 그를 다시 서울로 돌아가게 해야 한다고 마음먹었다. 임해읍 해성병원

민경하 선생님이라니! 생각할수록 어이가 없었다. 내가 아니면 그가 임해읍 해성병원에 있어야 할 이유가 없었다. 그건 나로선 죽음보다 견디기 어려운 고통이었다.

한편 동하 씨 문제는 요지부동이었다. 네티즌들이 아무리 아우성을 쳐도 나중범을 허물지 못했다. 나중범이 죄인이 되지 않는 이상 그럴 것이었다. 동하 씨가 5년 이상 중형을 받을 거라는 뉴스가 나왔다. 거기서 서른의 청춘을 다 썩혀야 할 것이었다. "이 가을 하모니카가 불고 싶어 어떻게 견딜까, 이제 곧 겨울이 오면 얼마나 춥고 고독할까, 그곳은 겨울이면 눈도 많이 오고 북풍이 뼛속까지 쳐들어온다는데 태어나 서른셋까지 따뜻한 남쪽에서만 살아온 그가 얼마나 추울까, 자유분방하고 평화롭게 거침없이 살아온 그가 얼마나 속이 터질까." 하고 생각할수록 가슴이 천 갈래 만 갈래로 찢어졌다. 이 두 남자의 어이없는 운명은 나, '나은희' 때문이었다.

용산에 오르기 시작했다. 높은 사람들이 중대한 결단을 할 때마다 산에 오른다는 뉴스를 이해할 수 있을 것 같았다. 어떤 결단을 해야만 하는 기로에 서게 되면, 인간은 산을 찾는 모양이었다. 산에 오를 때마다 커다란 눈물방울처럼 동그마니 앉아 있는 아지 무덤을 지났다. 가엾은 어린 영혼을 위해 아지의 고향 선화도의 텃새 동박새가 날아와 서럽게 울어 주고 있었다.

아지 무덤을 지나 산 정상의 용바위까지 올랐다. 그리고 높은 함량을 자랑한다는 독풀 박새 꽃을 따 먹기 시작했다. 경하 씨와 두 번째 이별을 거부해서는 안 된다는 각오를 다지면서 날마다 양을 늘려 갔

다. 다음날도 그다음 날도 계속 용산에 올라 마치 하루 세 끼 밥을 먹
듯 독풀을 따 먹었다. 잘 익은 가을 열매처럼 농도 짙은 독기가 내 배
속으로 들어가 내장을 속속 장악하기 시작했다. 창자가 비비꼬이면
서 아픔을 호소하더니 하혈이 시작됐다.

7일째 되는 날 도수 높은 술을 거나하게 마신 것처럼 심한 취기가
돌았다. 고개를 쑥 뽑아 올리고 산을 내려다보는 용바위가 빙글빙글
돌았다. 용바위가 용이 되어 하늘로 날아오른 것 같았다. 정말 용의
목구멍에서 '순정이가 살고 있을까?' 하는 의문과 함께 문득 순정이
가 보고 싶었다. 용의 목구멍에서 꼭 순정이가 살고 있을 것만 같았
지만 나는 용바위로 올라갈 수 없었다.

휘청거리면서 산을 내려오다 아지 무덤가에 눕고 말았다. 동박새
들이 가엾은 아지를 위해 열심히 울어 주고 있었다. 아지 무덤을 쓸
어안은 채 눈이 감겼다. 잠을 자는 기분이 들었다. 비몽사몽간에 아
지를 만났다.

"선생님, 동박새들이 날마다 슬프게 울어요. 새들도 슬픈가요?"

아지가 동박새를 바라보며 물었다.

"그럼, 새들도 슬플 때가 있단다. 그리고 슬플 땐 우리들처럼 운다
는구나. 눈물을 흘리면서."

나는 아지 얼굴을 쓸어안으며 대답해 주었고, 아지는 무척 쓸쓸한
표정을 지으며 다시 물었다.

"눈물을 흘리면서요?"

"그래, 눈물을 흘리면서 운다는구나."

"사람들은 새들이 노래한다고 하잖아요?"

"사람들은 새들의 슬픔을 몰라서 그래. 아지의 슬픔을 전혀 모르듯이."

"그런데 선생님이 너무 슬퍼 보여요. 선생님은 왜 슬퍼졌어요?"

"나도 아지처럼 어려서부터 너무 슬펐어."

"정말이세요?"

"푸른 석류처럼 입을 꼭 다물고 깊이 감추었지. 끝까지 그랬어야 했는데 가을에 석류가 빨갛게 익어 입이 활짝 벌어지듯이 그만 입이 열리고 말았어."

"안 돼요! 선생님은 슬프면 안 돼요!"

아지가 안 된다며 울었다. 꿈에서 깨어나듯 눈을 떴을 때 소스라치게 놀랐다. 누군가 울면서 내 입에 뭔가를 흘려 넣어 주고 있었다.

"살았다."

정말 누군가 울면서 제비꽃 뿌리를 찧어 내 입에 흘려 넣고 있었다. 제비꽃은 옛날부터 순정리 사람들에게 약이라고 했다. 상처가 생기거나 곪았을 때는 뿌리를 찧어 붙이고, 독사에게 물렸거나 독풀을 먹었거나 농약을 마셨을 때는 즙을 짜서 먹이면 해독이 된다고 했다.

"살았다."

다시 '살았다'는 말을 연발했다. 눈이 떠지면서 눈앞에 물체가 보이기 시작했다.

"순정이?"

순정이었다. 순간 어지럼이 싹 사라지고 말았다.

"순정이 맞아?"

몰골이 말이 아니었다. 내가 씻겨 주고 다듬어 준 모양은 온데간데 없고 처음 봤을 때의 떠돌이 검은입이었다.

"어디서 뭘 하고 살았어?"

못 본 지 거의 반년 만이었다.

"저기."

순정이가 용바위를 가리켰다. 아이들 말대로 용의 목구멍에서 살았던 모양이었다.

"용서 못해. 내가 얼마나 찾았는데."

반가움에 화를 낸 것도 모르고 순정이가 벌떡 일어나 도망을 가려고 했다. 나는 '안 돼'라는 말을 남기고 다시 정신을 잃었다. 순정이가 나를 업고 산을 내려왔는지 눈을 뜨자 집이었다. 순정이가 죽을 먹이며 지극정성 간호를 해 준 탓에 정신이 조금 돌아왔다.

"내가 죽였어."

순정이가 의기양양하게 말했다.

"누굴?"

나는 짐작하면서도 모른 척하며 물었다.

"아지 원수."

나는 순정이의 원수는 아니냐고 묻고 싶었지만 말이 제대로 나오지 않았다. 다시 눈이 감겼다. 혼돈 속에서 낯선 길을 따라 걸었다.

새들도 눈물을 흘린다

은희는 어디론가 낯선 길을 따라 걷다가 이번에도 아지를 만났다. 바람 부는 길목 어디선가 아지가 기다리고 있었다. "선생님!" 하면서 아지가 은희 손을 잡았다. 아지는 길을 안내하듯 단발머리를 팔랑거리며 은희를 데리고 어디론가 걸어가기 시작했다. 그렇게 시간이 얼마나 흘렀을까. 순정이가 울면서 은희를 흔들어 깨웠다. 은희는 눈을 떴다. 흐릿하지만 병원이란 걸 알았다.

"예쁜 선생님 죽지 마세요! 죽으면 안 돼요!"

순정이가 처음으로 말을 길게 했다. 완전한 문장이었다. 은희는 칭찬해 주고 싶었지만 마음뿐이었다. 순정이는 말을 못해서 못한 게 아니라 이종호라는 바위에 압사당해 입이 열리지 않았다는 증거였다. 순정이와 많은 이야기를 하고 싶었는데 이젠 시간이 허락하지 않았다. 은희 팔에는 링거가 꽂혀 있고 의사들이 응급조치를 하느라 바빴다. 은희는 소용없는 일이라는 걸 잘 알고 있었다. 독은 이미 장기마다 퍼져 있었다.

은희는 점점 의식이 흐려지기 시작했다. 꿈에서 경하 씨를 떠나 멀리 바닷가 마을 순정리로 달려왔지만, 그래서 따뜻한 동하 씨의 보살핌을 받았지만, 결국 이 땅에 뿌리내릴 수 없었다. 생각해 보면 지금까지 살아온 것도 긴 시간이었다.

"은희야! 은희야!"

경하의 슬픈 목소리가 들려왔다. 은희는 경하가 있는 읍내 적십자 병원이라는 걸 의식했다. 그립고 그리운 경하를 보고 갈 수 있다는 것에 감격했다. 경하는 미친 듯이 은희를 불렀다.

"은희야, 제발 정신 차려!"

울고 있는 경하를 향해 은희는 눈을 뜨려고 안간힘을 썼다. 경하의 잘생긴 얼굴, 자상하고 따뜻한 얼굴을 꼭 보고 가려고 있는 힘을 다 했다. 정말 기적처럼 눈이 떠졌다. 경하의 얼굴이 또렷하게 보였다. 잘생긴 얼굴은 눈물과 슬픔으로 엉망이 되어 있었다. 하얀 피부에 선한 눈빛은 그대로였지만 수십 년을 한꺼번에 살아 버린 것처럼 지친 얼굴이었다.

은희를 둘러싼 의사들이 환자가 잠시 눈을 뜬 것은 사람이 마지막 갈 때 보이는 일시적인 현상이라며 수군거렸다. 은희는 '일시적'이라는 천하보다 귀한 시간을 이용하여 경하에게 "미안해, 경하 씨!"라고 말했다. 은희의 말을 알아들은 경하가 "미안한 건 나야."라고 했다. 은희는 다시 "죽도록 미안해."라고 했지만 경하는 더 이상 은희의 말을 알아듣지 못했다. 은희는 또 한 사람, 죽어도 잊지 못할 동하 씨에게도 미안하다는 말을 하고 가야 한다고 생각했다. 어쩌면 경하보다 동하 씨에게 더 미안했다. 동하 씨가 더 가엾다는 생각이 들었다. 아니, 둘 다 똑같이 미안하고 똑같이 가여웠다.

은희는 따뜻하고 아름다운 두 사람의 사랑을 죽어도 잊지 않겠다고 말하고 싶은데⋯⋯, 죽어도 잊지 못할 고귀한 사랑을 고이 품고 가겠다고 말하고 싶은데 더 이상 말이 나오지 않았다.

　경하는 영원히 은희를 잃어버리고 말았다. 꽘에서 도망쳐 버린 것은 불행도 아니었다. 은희 가까이 다가선 게 잘못이라고 가슴을 쳤다. '차라리 모른 척하고 순정리에서 살도록 내버려 두었더라면 얼마나 좋았을까. 그랬더라면 얼마나 좋았을까. 이 땅 어딘가에 살아 있다는 것만으로도 나는 얼마나 행복했을까'라고 후회하며 싸늘하게 식어 가는 은희를 끌어안고 몸부림쳤지만 소용없는 일이었다.

　은희는 바람 맑은 순정리 용산 산자락에 누웠다. 아지 무덤 옆에 나란히 묻어 주었다. 머리부터 발끝까지 생전에 좋아하던 제비꽃으로 치장해 주었다. 머리엔 제비꽃을 꽂아 주고 목에는 제비꽃 화환을 걸어 주었다. 두 손엔 제비꽃부케를 쥐어 주었다. 발에는 제비꽃으로 엮은 꽃신을 신겨 주었다. 경하는 그렇게 은희를 묻어 주고 은희가 남겨 놓은 유품을 챙기러 순정리로 갔다. 이제는 슬픔으로 변해 버린 꽃길을 지나, 은희가 기거했던 집에서 얼마 되지 않는 물건을 들고 나왔다.

　그다음 학교로 갔다. 학교는 고요했다. 수놈 카나리아가 혼자 울고 있었다. 아이들이 암카나리아가 죽었다고 말해 주었다. 암카나리아는 다시 저세상에서 은희의 새가 되기 위해 죽은 것만 같았다. 어쩌면 은희가 덜 쓸쓸할 것도 같았다. 경하는 카나리아 옆에서 한참을 울고 난 뒤 은희 물건을 챙겼다. 꽘에서 베개에 묻어 있는 은희 머리카락까지 챙겼던 것처럼 책과 노트, 슬리퍼, 컵, 칫솔 등 은희 몸이 닿은 것은 손수건 한 장, 볼펜 하나까지 남김없이 챙겼다. 홀로 남은 수놈 카나리아는 은희가 사랑했던 아이들에게 선물하기로 했다.

은희 물건을 가지고 다시 꽃길을 지나던 중 발걸음을 멈추었다. 동하가 쓴 '제비꽃'이란 시가 적힌 팻말 앞이었다. 은희에게 모든 것을 집중했던 탓이었을까. 그동안 여러 번 지났던 길인데 처음 발견한 시였다. 시를 읽고 또 읽었다.

어느 나라 별이었을 제비꽃
너는 말이 없어도 좋다
나를 향해 웃어 주지 않아도 좋다
너를 향해 쿵쿵 뛰는
내 심장의 박동 소리를
너는 듣지 못해도 좋다

사랑하는 마음이란 긴 강물처럼
제 가슴속에서 혼자
고요히, 고요히 흘러도 좋은 것
⋯⋯

읽을수록 아름다운 시였다. 은희를 바라보는 동하의 순수한 마음이 그대로 느껴졌다. 상대에게 자신의 마음을 알아주기를 바라지도 요구하지도 않는 고상함이 향기로웠다. 동하의 시를 음미할수록 경하는 부끄러웠다. 나중범을 응징하려는 것부터 자신과는 전혀 다른 차원에서 은희를 사랑하고 있었기 때문이었다. 동하의 시를 은희 무덤가로 옮겼다. 은희 시도 옮겨 와 두 사람 시를 나란히 세워 주었다.

은희가 이 땅을 떠났는데도 시간은 멈추지 않고 태연하게 흘러갔다. 가을이 가고, 겨울이 가고, 다시 봄이 왔다. 그리고 경하는 은희가 뛸 듯이 기뻐할 동하 소식을 은희에게 알려 줄 수 있었다. 서 검사와 시민단체가 나서서 대법원에 상고하여 형량을 징역 2년에 집행유예 3년으로 낮추는 데 성공했다는 반가운 소식이었다. 처음부터 살해할 의도나 계획이 없었다는 것을 인정받은 탓이었다.

순정초등학교 아이들이 "우리 선생님 어서 돌려보내 주세요."라고 호소문을 보낸 것도 큰 효과를 냈다. 순정리 이장도 나섰다. 순정리 사람들 한 사람 한 사람 연명을 받아 동하의 선량한 인간성을 호소했다. 동하의 교육에 대한 소신을 잘 아는 관할 교육청에서도 나서 주었다. 대도시 학교에서 근무하던 젊은 청년 교사가 시골 학교로 자원하여 내려와 폐교 위기에 있는 학교를 살려 낸 업적을 제출했다. 또 한 사람 동하의 어머니가 80노구를 이끌고 마을마다 돌면서 받아 낸 천인 침이 대법원을 감동시켰다. 이제 곧 동하 씨는 그리운 학교가 있는 고향으로 돌아올 수 있었다.

동하가 오면 은희 무덤을 지켜 줄 것이었다. 경하는 서울로 다시 돌아가기로 했다. 은희를 찾으러 왔다가 은희를 잃어버리고 혼자 돌아가는 꼴이라고 자책하면서 마지막으로 은희 무덤을 찾았다. 순정이가 애절하게 무덤을 쓰다듬고 있었다. 순정이는 시묘살이를 하듯이 은희 무덤가에서 한시도 떠나지 않았다. 날마다 무덤을 지키고 앉아 "예쁜 선생님! 예쁜 선생님!" 하면서 울었다. 바람이 불면 예쁜 선생님이 춥다고 울고, 비가 오면 예쁜 선생님이 비를 맞는다며 나뭇가지를 꺾어 무덤을 덮어 주면서 울었다.

때마침 봄날 새로 핀 제비꽃이 은희 무덤을 아름답게 꾸며 주고 있었다. 순정이가 예쁜 선생님이 제비꽃이 되었다며 좋아했다. 그녀 말대로 은희가 모든 악몽에서 벗어나 제비꽃으로 피어난 듯했다. 경하는 마지막으로 자리를 뜨면서 "은희야, 난 어쩌지?"라고 물었다. 무덤가 나뭇가지에서 동박새가 울고 있었다. 순정이가 동박새를 가리키며 "예쁜 선생님이 울어요."라고 했다. 경하의 귀에도 은희가 서럽게 우는 것처럼 들렸다.

은희는 벌써 순정리 용산의 산새가 된 것 같았다. 아니, 산새가 되어 있었다. 경하는 동박새 울음소리를 들으며 산을 내려왔다. 무덤이 멀어질수록 등 뒤에서 동박새가 더 크게 울었다.

당선 소감

●

심사평

'새들의 눈물'이 '새들의 노래'로
변화되는 세상을 소망하며

산책을 나설 때마다 어김없이 청량한 새들의 울음소리를 만난다. 그런데 흔히 새들이 운다고 말하면서도 새들이 '운다'는 생각은 하지 않는 듯하다. 새들의 눈물은 보이지 않아서 일까……?

허드슨, 골드만, 사르트르, 고리키 등등이 소설을 인간학이라고 강조한 대로, 소설은 작가의 날카로운 역사의식과 현실 인식과 분방한 상상력으로 독자에게 인생의 진면목을 제시하는 산문이다. 이것은 소설가의 심중에 항상 심장처럼 존재하는 생각이다. 인생의 진면목 때문에 특히 인간의 존엄성과 그렇지 못한 현실에 대해 나 역시 괴롭도록 골몰하는 버릇이 있다. 작가의 골몰은 곧 작가적 소명인 것, 그 버릇으로 하여 이번에는 보이지 않는 새들의 눈물이 보이지 않는 누군가의 눈물로 치환되고 말았다.

그래서 태어난 졸작 「새들의 눈물」이 감히 불멸의 대작가 서포 김만중 문학상이라는 이름을 달고 세상으로 나오게 되었다. 사방천지 끝없는 바다 한가운데 놓여 있는 섬 노도의 초옥에서 고독을 삼키며, 명작 「사씨남정기」와 「구운몽」을 창작했던 선생의 애국심과 효심, 그리고 정의 앞에, 마음을 가다듬고 깊숙이 고개 숙인다. 부디 '새들의 눈물'이 '새들의 노래'로 변화되는 세상을 소망하면서, 끝까지 읽어 주신 심사위원님들께 존경과 감사를 드린다.

감동을 주는 생생한 현장감,
작품을 이끌어 나가는 필력

올해 소설 부문에는 140명 213편의 작품이 응모되었다. 이를 세 심사위원이 나눠 예심을 보았고, 모두 여섯 편의 작품이 본심에 올랐다. 지난해보다 응모작도 늘었지만, 작품 수준 역시 평년을 넘어서지 못했다는 것이 심사위원들의 중론이었다. 앞으로도 기량 있는 작가들의 응모가 이어지기를 기대하면서 심사평을 올린다.

본심에 오른 작품은 여섯 편으로, 「새들의 눈물」, 「물 그리고 돌과 신화」, 「누가 그 시절을 다 데려갔을까」, 「악어」, 「것」, 「윤애」가 그 제목이다. 심사위원들은 금상 수상작으로 「누가 그 시절을 다 데려갔을까」를 선정하는 데 이견 없이 동의하였다. 한 여성이 전쟁을 겪으면서 인내하고 포용하는 과정을 생생한 현장감으로 되살려 감동을 준 작품으로, 수상작으로 전혀 손색이 없었다. 제법 긴 시간대에 걸쳐 사건이 전개되었음에도 작품을 무리 없이 이끌어 나가는 필력도 상당했다.

그러나 은상을 차지한 「새들의 눈물」에 대해서는 심사위원의 이견이 없던 것은 아니었다. 요즘 사회적인 이슈가 되어 세상을 떠들썩하게 한 '성폭력'을 다룬 작품으로, 가해자는 본능적인 성 충동에 의한 폭력일 뿐이지만, 피해자에게는 한 인간의 정체성을 파괴시키고, 종래에는 파멸에 이르게 한다는 충격적인 이야기다.

본선에 오른 여섯 편의 작품 모두 장점과 단점을 가지고 있어 심사위원들의 고민도 깊어질 수밖에 없었다. 또 예심에서 떨어진 작품들 가운데도 외면하기 아쉬운 작품들이 많이 보였다. 그래서 문학상 심사는 영광스럽지만 부담스러운 소임이 아닐까 싶다. 입선한 작가에게는 축하의 인사를 건네고 더욱 정진하시기를 당부 드린다. 아울러 선정되지 못한 작가들도 실망하지 말고 역량과 가능성은 넘치니 분연히 분발해서 내일의 성취가 있기를 기대한다.

심사위원 : 백시종, 홍성암, 임종욱

제9회 김만중문학상 소설 부문 은상 수상작

새들의 눈물

초판 1쇄 인쇄일 2018년 10월 26일
초판 1쇄 발행일 2018년 10월 31일

지은이 박정선
저작권자 남해군·김만중문학상운영위원회
펴낸이 양옥매
디자인 표지혜
교 정 조준경

펴낸곳 도서출판 책과나무
출판등록 제2012-000376
주소 서울특별시 마포구 방울내로 79 이노빌딩 302호
대표전화 02.372.1537 **팩스** 02.372.1538
이메일 booknamu2007@naver.com
홈페이지 www.booknamu.com

ISBN 979-11-5776-632-1(03800)

이 도서의 국립중앙도서관 출판시도서목록(CIP)은 서지정보유통지원 시스템
홈페이지(http://seoji.nl.go.kr)와 국가자료공동목록시스템
(http://www.nl.go.kr/kolisnet)에서 이용하실 수 있습니다.
(CIP제어번호 : CIP2018033504)